KB267420

Jade
Goddess
of
Mercy

玉觀音
海岩 著

옥관음 1

초판 1쇄 발행 • 2010년 02월 25일

지은이 • 하이옌
옮긴이 • 김태성
펴낸이 • 김성은
펴낸곳 • 아우라
등록 • 제395-2007-00127호
주소 • 412-270 경기도 고양시 덕양구 화정동 966 한성리츠빌 801호
전화 • 031-963-4272
팩스 • 031-963-4276
이메일 • aurabook@naver.com

한국어판 ⓒ 아우라 2010
ISBN 978-89-94222-00-4 04820
ISBN 978-89-960463-9-4 (전2권)

* 이 책 내용의 전부 또는 일부를 다시 사용하려면
  반드시 번역자와 아우라 모두의 동의를 받아야 합니다.
* 책값은 표지 뒷면에 표시되어 있습니다.

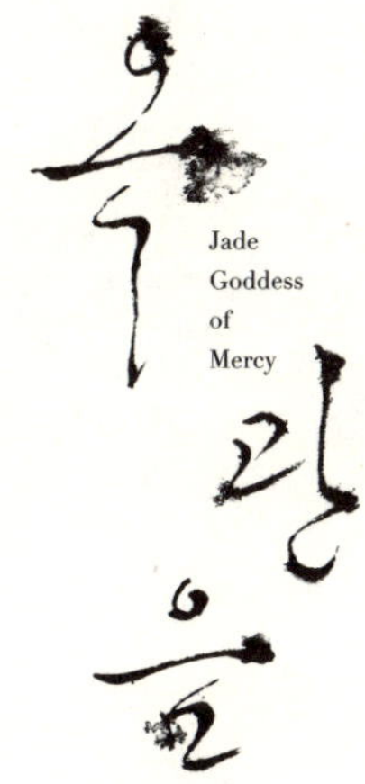

Jade
Goddess
of
Mercy

1

하이옌 장편소설 / 김태성 옮김

아우라

AURA

편안함과 꿈, 부드러운 포옹과 어루만짐을 우리에게 선사하는

세상의 모든 여성들에게 이 이야기를 바친다.

바라건대 여성들이 우리보다 더 행복했으면 좋겠다.

불교에는 네 명의 보살이 있어 각각 자비, 지혜, 실천, 소원의 네 가지 이상적 인격을 대표한다. 지장왕 보살은 소원을 상징하고 보현 보살은 실천을, 문수사리 보살은 지혜를, 관세음 보살은 자비를 각각 상징한다. 이 가운데 대자대비한 모습으로 잘 알려져 있고 중국인들에게 가장 친숙한 보살이 바로 관세음 보살이다.

자비란 무엇일까? 불교 경전에서 말하는 원래의 뜻에 따르면 자(慈)는 '즐거움을 나눠주는 것'이고 비(悲)는 '고통을 없애주는 것'이다. 중생의 고통을 달래주며 즐거움을 주는 것이 바로 자비인 것이다.

관세음 보살이 중국에 올 때 여성의 모습으로 형상화된 것은 '자비'에 대한 중국인들의 이해를 반영한 것이다. 단아하고 아름다우며 정결한 모습의 관세음 보살이 활짝 핀 연꽃 위에서 태어나는 모습은 여성의 숭고함과 위대함, 따스함과 부드러움, 선량함과 무소부재(無所不在)의 사랑을 상징하는 것이다.

프롤로그

당시 나는 결혼을 앞두고 있었다.

신부 베이베이(貝貝)는 나와 동갑으로 스물다섯살이었다.

부유한 베이베이네는 친척과 지인들이 많았다. 그리하여 축하인사
와 선물을 건네거나 신부를 보려고 온 사람들이 꼬리에 꼬리를 물었
다. 베이베이의 부모님은 번거로움을 무릅쓰고 중국 대륙에서 온 낯
선 나를 자신들이 몸담고 있는 상류사회의 구성원들에게 일일이 소
개했다. 시애틀, 샌프란시스코, 시카고, 밴쿠버, 토론토 등지에서 쉴
새없이 걸려온 전화는 축하한다는 인사말을 토해내곤 했다. 어쩌면
베이베이의 부모님은 딸의 결혼을 통해 북미 중국인 사회에서 자신
의 기반과 영향력을 확인하려 하는지도 모른다. 이러한 기반과 영향
력은 오랜 기간 형성되어온 것으로서 절대 하루아침에 이루어진 것
이 아니었다. 따라서 그들은 충분히 자부심을 가질 만했다. 베이베이

는 이 이민 가정의 네번째 세대였다.

많은 사람들이 우리의 결혼을 기뻐해주었고 결혼을 앞둔 베이베이는 이 세상에서 가장 행복한 여자처럼 보였다.

그럼 나는 어떠했는가?

호화로운 집에서 많은 사람의 관심을 받고 있던 나도 당연히 행복감을 느꼈다. 우리는 의상 디자이너를 불러 예복을 맞추었을 뿐만 아니라 카메라맨을 불러 결혼 비디오도 촬영했다. 선물이 산더미처럼 쌓여 이를 장부에 기록하는 사람까지 둘 정도였다. 이 모든 것은 내가 한번도 누려보지 못한 호사였다.

이뿐만이 아니었다. 에티오피아 출신으로 베이베이의 보모인 머레이스 부인에 의하면 사실 나의 가장 큰 행복은 미국 이민국 관리들 앞에서 '가라오케'를 부를 수 있게 된 것이라고 했다. 머레이스 부인은 이 중국인 가정에서 이십년 넘게 일해오면서 타이완 억양의 중국어를 유창하게 구사했을 뿐만 아니라 중국인 사회의 풍속과 습관, 그리고 중국인 사회의 대소사를 속속들이 알고 있는 흑인이었다.

순종 중국인인 나는 가라오케를 부르는 것이 왜 좋은 일인지 물어보았다.

머레이스 부인이 답했다.

"당연히 좋은 일이죠! 가라오케란 이민국에 가서 미국 국가를 부르는 것인데, 저는 이곳에 온 지 이십년이 지나서야 간신히 그런 자격을 얻을 수 있었어요. 하지만 도련님은 이곳에 온 지 반년도 안돼 가라오케 부르러 오라는 이민국의 통지를 받았잖아요. 이는 도련님이 미국 시민권자를 아내로 맞이한 덕분이에요."

"미국 시민권을 갖는 게 그렇게 좋나요?"

나는 일부러 아무런 내색도 하지 않고 물었다. 사실 나는 미국 시민권이야말로 이곳의 모든 이민자들이 꿈꾸는 최종목표라는 사실을 잘 알고 있었다.

"당연히 좋죠."

머레이스 부인은 다소 과장을 섞어 말했다.

"미국이 얼마나 좋은 곳인데요. 미국은 모든 국민을 끝까지 보호해 줘요. 법률과 복지 등 모든 제도를 동원해 철저히 보살펴주죠."

내가 담담한 어투로 말을 받았다.

"그렇군요. 〈성조기여 영원하라〉란 노래를 부르면 미국 시민권을 얻을 수 있고, 미국 시민권을 손에 넣으면 미국의 보살핌을 받을 수 있군요."

머레이스 부인이 매우 진지한 어투로 말했다.

"단지 노래만 부르면 되는 것이 아니에요. 이민국에서는 도련님에게 이것저것 질문을 던질 거예요. 하지만 전부 대답하기 쉬운 질문들이에요. 그들은 먼저 이 나라를 좋아하느냐고 물을 거예요. 그러면 좋아한다고 대답하세요. 이렇게 훌륭한 나라를 좋아하는 것은 당연하다고 말이에요. 그들은 또 이 나라를 위해 공헌할 생각이 있느냐고 물을 거예요. 그러면 최선을 다해 그러겠다고 대답하세요. 요컨대 모든 질문에 긍정적으로 대답하면 되는 거지요. 그러면 도련님은 선서를 하고 국가를 부르게 될 거예요. 국가를 부르면 곧바로 미국 시민권자가 되는 거지요."

그랬다. 나는 베이베이와의 결혼 덕분에 아주 쉽게 미국 시민권자가 될 수 있었다. 이는 행복일 뿐만 아니라 커다란 행운이기도 했다.

나는 이 집에 머물면서 미소와 함께 몹시 감격하고 감사하다는 표정을 지었다. 최고로 행복한 듯한 표정을 연출했던 것이다. 나는 베이베이와 그녀의 부모님이 만족하기를 바랐다. 나는 머레이스 부인을 비롯하여 이 집안의 모든 사람들이 나 때문에 흥이 깨지지 않기를 바랐다.

그럼에도 불구하고 결혼식이 임박하자 나는 우울했다. 어느날 베이베이가 의혹에 찬 눈으로 물었다.

"자기 얼굴이 즐겁지도 신나지도 않은 표정이네. 너무 피곤한 거 아니야?"

내가 대답했다.

"아니야."

나는 베이베이를 끌어안으며 내 마음속의 공허와 미망을 감추려 했다. 베이베이가 다시 물었다.

"그럼 왜 그래?"

나는 내 마음이 어떤지 알 수가 없었다. 인생에서 가장 아름다운 순간을 곧 맞이할 나는 열정이라곤 전혀 찾아볼 수 없었다. 이곳에서 나는 베이베이를 제외하면 모든 것이 낯설고 소원하기만 했다.

베이베이가 말했다.

"피곤해서 그럴 거야. 차라리 이곳을 떠났다가 다음주에 돌아오는 게 어때? 어디로 가는 게 좋을까? 라스베이거스? 카지노에 가서 자기 실력을 한번 볼까? 아니면 아예 더 멀리 가는 것도 나쁘지 않지. 하와이는 어때? 우리 단둘이 조용한 해변에서……"

"조용한 해변?"

나는 고개를 끄덕이며 좋다고 했다.

'조용한 해변이라……'

그때 나는 조용한 해변에 가게 되면 분명히 오랫동안 회피해온 그 꿈을 꾸게 될 것임을 직감했다.

그날로 누군가 비행기표를 사왔고 곧 우리 두 사람은 공항으로 갔다. 로스앤젤레스에서 하와이까지 태평양 상공을 일곱 시간 동안 날아갔다.

때는 중국의 춘절 전야였다. 하지만 하와이는 한여름이었다. 도처에 종려나무가 늘어서 있었고 햇빛이 눈을 찔렀으며 푸른 바다와 뜨거운 모래사장이 있었다.

베이베이는 하와이의 이 호텔에 전에 한번 와본 적이 있어서 모든 것이 익숙한 듯했다. 이곳은 객실이 모두 바다를 향해 나 있었다.

이른 아침 나는 타원형 발코니에 서서 어젯밤의 꿈을 아주 세밀하고 탐욕스럽게, 마치 갈증을 느끼듯이 반추하기 시작했다.

'안신(安心), 너였지? 넌 웃고 있었지? 꿈의 배경이 워낙 흐릿해 나는 우리가 어디에 있는지, 우리가 어디에 있으면서 환하게 웃고 있는지 알 수가 없었어. 즐거운 분위기와 경쾌한 리듬 속에서 너의 얼굴은 보일 듯 말 듯 흐릿했어. 하지만 너라는 것, 안신 너라는 것만은 분명

히 알 수 있었어. 넌 지금 어디에 있니? 여전히 날 기억하고 있니?'

사흘 밤 연속 똑같은 꿈을 꾸었다. 내가 날마다 일찍 잠자리에 든 까닭도 그 꿈을 꾸기 위해서였다. 그 아름다운 꿈이 내 가슴을 아프게 찔렀다.

낮시간 동안 나는 수영하러 해변에 나가지 않았고 밥 생각도 나지 않았다. 하루종일 나는 병든 사람처럼 침대에 누워만 있었다.

베이베이가 물었다.

"자기 또 왜 그래?"

내가 말했다.

"아무것도 아니야."

그날 저녁 우리는 바닷가의 노천 식당에서 촛불을 사이에 두고 앉아 어색하게 식사를 했다. 바다는 보이지 않았고 사방은 온통 짙은 어둠뿐이었다. 가까워졌다 멀어져가는 파도소리 외에는 모든 것이 정지되어 있는 듯 느껴졌다. 베이베이의 얼굴은 어둠속에 묻혀 흐릿했으나 촛불에 비친 그녀의 눈동자는 의혹과 분노로 가득 차 있었다.

베이베이가 물었다.

"도대체 무슨 생각을 하고 있는 거야? 왜 나에게 아무 말도 하지 않아?"

나는 고개를 들어 촛불 너머에 있는 그녀를 바라보며 말했다.

"중국으로 돌아가고 싶어."

베이베이는 한동안 아무 말도 하지 못했다. 그녀는 내 어투와 표정을 보고 자신에게 곧 무슨 일이 닥칠지 알아차렸을 것이다. 하지만 그녀는 애써 마음을 진정시키며 말했다.

"아버지가 보고 싶은 거야? 좋아, 그럼 나랑 같이 가."

나는 큰 죄를 짓기라도 한 것처럼 고개를 숙였다.

"베이베이, 난 정말 혼란스러워. 난 이렇게 서둘러 결혼하고 싶지 않아. 우린 둘 다 아직 어리잖아."

베이베이는 아무 말이 없었다. 나는 매서운 추궁이나 분노에 찬 질책보다 이런 침묵이 더 견디기 어려웠다. 마침내 몸을 일으킨 그녀가 말했다.

"우리 부모님한테 직접 말씀드려."

베이베이의 부모님은 지체 높은 분들로 지식과 교양을 갖춘 사람들이었다. 게다가 나는 중국인 사회에서 체면이 얼마나 중요한지를 잘 알고 있다. 두 분에게는 아주 많은 친척과 지인들이 있다. 두 사람의 보물 같은 딸이 신방(新房)의 문지방을 이미 넘어서버렸다는 사실을 그 누가 모르겠는가.

하와이에서 로스앤젤레스로 돌아오는 길에 우리는 한마디도 하지 않았다. 마치 우연히 동행한 사람들처럼 서로 낯설어하며 조심스러워했다.

나는 베이베이의 부모님 앞에서 내내 고개를 들지 못했다. 나는 그분들께 미안했고 베이베이에게도 미안했다. 베이베이의 부친은 아무 말 없이 근엄한 자세로 나의 말을 들었다. 그의 결론은 간단했다.

"지금 당장 결혼하고 싶지 않다는 자네의 생각을 존중하네. 하지만 이런 생각을 했더라면 좀더 일찍 말해주는 것이 옳았을걸세. 사내대장부로서 앞으로 자네가 내린 결정에 책임질 수 있기를 바라네."

그의 태도는 매우 근엄했고 심지어 분노마저 담겨 있었다. 말을 마친 그는 소파에서 일어나 문밖으로 나가버렸다.

베이베이의 모친은 자리를 뜨지 않은 채 나를 바라보고 있었다. 따스하고 부드럽기만 하던 눈빛이 이제는 의혹과 문책으로 가득 차 있었다. 그녀가 물었다.

"이유를 말해줄 수 있겠나?"

나는 아무 말도 할 수가 없었다. 그녀가 다시 물었다.

"사실 자네는 베이베이를 사랑하지 않았어. 그렇지?"

나는 모친의 얼굴을 똑바로 볼 수가 없어 고개를 숙이며 말했다.

"용서해주세요. 제 마음속에는 줄곧 다른 사람이 있었어요. 그녀는 저를 떠났지만 저는 돌아가서 그녀를 찾고 싶어요."

"그럼 왜 베이베이를 따라 미국에 올 생각을 했는가?"

나는 할 말이 없었다. 모친이 자리를 박차며 일어섰다.

"미스터 양(楊), 자네는 베이베이에게 큰 상처를 주었네. 우리 가족에게도 잊지 못할 상처를 주었어. 자네의 이런 행동이 부끄러운 줄이나 알게."

1

말로써 상처를 입히는 것이 여자를 차는 방법이라면, 난 여자에게 상처 입히는 말을 밥 먹듯이 해왔다.

난 여자들이 좋아할 수밖에 없는 얼굴을 가지고 있다. 여자들은 대부분 남자가 웃겨주기를 바라는데 난 유머감각까지 있는 편이다. 게다가 더욱 중요한 점으로 나는 대학교에 들어가기 전 이미 방과 거실이 갖춰진 나만의 집을 갖고 있었다. 이러한 점들이 합쳐지면서 내 주위에는 예쁜 여자들이 끊이지 않았다.

나와 맨 처음 침대에 오른 여자애는 대학입시 고사장에서 만난 여학생이었다. 통통한 그 여자애는 피부가 좋지 않았고 아이큐도 그다지 높아 보이지 않았다. 그날 그 여자애는 펜을 가져오지 않아 하마터면 입시를 망칠 뻔했다. 나는 여분의 펜을 그녀에게 빌려줄 수 있었다. 그녀가 받은 나의 첫인상은 우수한 남학생의 모습 바로 그 자체였다.

디스코텍에 가서 늦게까지 춤을 추고 내가 그녀를 집까지 바래다줄 때였다. 그녀는 자신의 집 건물이 어둡다며 위층까지 데려다달라고 했다. 나는 그녀와 함께 건물 안으로 들어갔고 그녀를 따라 집안에까지 들어가게 되었다. 그녀는 나를 자신의 침실로 인도한 뒤 내 앞에서 옷을 벗기 시작했다. 공평하게 말하자면 그녀가 나를 유혹한 것이었다. 나중에 나는 이런 일이 그녀에게 처음이 아니라는 사실을 알아차리고 몸을 빼앗겼다는 굴욕감과 함께 뭔가 손해를 본 듯한 기분이 들었다.

나는 북방광업대학에 입학하여 베이징(北京)에 그대로 남았지만 그 통통한 여자애는 난징(南京)에 있는 대학에 들어가는 바람에 서로 만날 일이 없었다. 두번째로 잔 여자애는 광업대학의 동기생이었다. 우리는 연애한 지 석달 만에 잠자리를 같이했다. 그러지만 않았더라면 우리는 함께 공부하며 서로 돕는 연인관계를 꽤 오랫동안 유지했을 것이다.

대학 3학년 때부터 나는 시도 때도 없이 바에 가곤 했다. 그곳에는 여자들이 많았고 그중 절반 이상이 자발적으로 나에게 다가왔다.

바로 이 무렵 나는 베이베이를 알게 되었다. '보이즈 앤 걸즈'라는 이름의 술집에서였다.

그날 베이베이는 베이징에 사는 친척 여자와 함께 그 술집에서 음악을 듣고 있었다. 나는 류밍하오(劉明浩)란 친구와 함께 그녀들과 어울리게 되었다. 여름방학을 맞아 베이징에 온 베이베이는 이야기하는 내내 과장된 웃음을 보였다. 그녀의 밝은 목소리와 유쾌한 동작은 나의 호감을 사기에 충분했다. 우리는 다음날 모톈위(慕田峪)로 놀러 가기로 했다.

류밍하오는 한때 우리 아버지의 부하직원이었으나 독립해 자신의 회사를 차린 친구였다. 사업이라는 것이 사흘은 고기 잡고 이틀은 그물 말리는 식이었지만 그래도 명색이 사장이라 노키아 8810 핸드폰에 중고 혼다 어코드 자동차를 몰고 다녔고 이 때문에 겉으로는 돈 많은 사람처럼 보였다. 그는 베이베이가 돈 많은 여자라는 것을 한눈에 알아보고는 나에게 그녀와 사귀어보라고 적극 권했다. 나중에 그는 '보이즈 앤 걸즈'에서 함께 잡담을 나누던 베이베이의 사촌언니와 결혼하게 된다.

미국에서 성장한 베이베이와 며칠간 어울림으로써 나는 교양이 향상되는 듯한 느낌을 받았다. 나는 그녀를 데리고 산수를 구경하는 것 말고는 아무 수작도 걸지 않았다. 오히려 그녀와 다니면서 점잖고 예의바른 태도를 보였다. 그리하여 내가 그녀에게 준 인상은 열정적이고 진솔하며 정중함을 잃지 않는 훌륭한 베이징 청년의 모습이었다.

그때까지만 해도 나는 아직 생존경쟁을 하거나 스스로 벌어서 생활하는 사회인이 아니었다.

당시 나의 아버지는 베이징 진화(金華) 전자회사의 공장장이었다. 아버지는 선풍기를 주로 만드는 그 국영기업에서 삼십년 넘게 일해왔다. 견습공으로 시작하여 공장의 당정(黨政)까지 장악한 아버지는 공장의 설립단계에서부터 쇠퇴기에 이르는 모든 과정을 직접 경험한 인물이었다. 국영기업 공장장의 월급은 그다지 많지 않았지만 따로 챙기는 돈이 많았다. 아버지는 매일 저녁 술접대를 받았으며 집으로 선물을 보내오는 사람들이 끊이지 않았다. 또한 출장과 출국이 잦았고 그때마다 회의 지원금이나 출국 보조금을 받았다. 아버지는 또 피복비와 회식비, 명절 떡값, 서적 및 신문 구입비, 거마비, 고문비, 한 자녀 장려금, 피서비 및 난방비, 양로보험 지원금 등 각종 명목의 장려금과 복리비도 받았다.

내가 대학 졸업을 앞두고 있을 때였다. 어머니가 병으로 쓰러지면서 결국 세상을 떠난 데 이어 아버지가 다니던 공장이 파산하면서 헐값에 팔리고 말았다. 수많은 노동자들이 명예퇴직을 하거나 스스로 살 길을 찾아 떠났다. 아버지는 본사의 발령을 기다리고 있었지만 말이 대기발령이지 실제로는 퇴직한 상태나 다름없었다. 그 국영기업은 새로운 제품을 개발하려 했지만 그럴 만한 능력이 없었다. 무슨 일을 하든 집단연구와 직원들의 토론, 민주적인 정책결정 과정을 거쳐야 했다. 절차만 복잡했지 실제로 일을 주도하는 사람은 없었고, 결국 상급기관에서 다각적인 연구와 토론을 거쳐 공장을 재무상태가 넉넉하고 한창 잘나가는 궈닝회사에 매각하기로 결정했다. 궈닝회사는 공장 경영보다는 공장 부지에 더 큰 관심을 가지고 있었다. 그 공장 부지 외에는 도심지에 빌딩을 지을 수 있는 넓은 땅을 찾기가 어려웠던 것이다.

아버지는 문득 문전성시를 이루던 집이 썰렁하게 변해버린 사실을 깨달았다. 아버지는 이런 갑작스런 변화를 받아들일 수 없었다. 적막

감과 실패의 느낌으로 인해 아버지는 매일 운명과 대결이라도 하듯 술을 마셨고 아침부터 저녁까지 취해 있었다.

이런 아버지를 만나기 위해 찾아온 사람은 류밍하오뿐이었다. 류밍하오는 내 친구이기도 했지만 한때 아버지의 부하직원이기도 했다. 그는 우리집에 와서 아버지와 삼십분쯤 얘기를 나눈 뒤 천 위안을 내놓았다. 아버지는 돈에 무감각하다는 듯이 도로 가져가라고 했으나 그의 순수한 호의만큼은 진심으로 받아들였다. 그러자 류밍하오는 아버지에게 궈닝회사에 가서 일자리를 알아보는 것이 어떻겠냐고 했다.

"궈닝빌딩 신축위원회에서 아버님처럼 유능한 분을 채용하지 않을 리 있겠습니까? 월급이 아무리 적어도 예전보다는 많을 겁니다."

류밍하오는 대화가 진행될수록 진지해졌다. 처음에는 농담처럼 던진 말이었지만 나중에는 자기 자신도 진담으로 느끼는 듯했다.

아버지는 매우 냉담한 반응을 보였다.

"그 회사에서 나처럼 한물간 사람을 필요로 하겠어? 나는 나이가 쉰일세. 몇년 부려먹지도 못하면서 양로연금을 지불해야 하는 그런 나이란 말이야."

류밍하오가 웃으면서 말을 받았다.

"궈닝회사는 제가 잘 아는 개인기업이에요. 사장은 중궈칭(鍾國慶)이라는 사람이고 그 여동생은 대학에 진학하지 않은 채 오빠를 도와왔지요. 그 회사는 돈을 벌긴 했지만 인재가 별로 없어요. 이런 개인기업에 들어가시면 임금지급, 주택구매, 보험에 이르기까지 모든 것을 아버님이 직접 처리하실 수 있어요. 아무도 관여하지 않는다고 요!"

나는 아버지가 류밍하오의 말을 한쪽 귀로 듣고 한쪽 귀로 흘리리라고 생각했지 그 다음 단계로 나아가리라고는 전혀 예상하지 못했다. 주말이 되어 집에 가니 아버지가 편지봉투를 꺼내 내게 내밀었다. 나더러 궈닝회사에 전달하라는 것이었다.

봉투에 든 것은 구직신청서였다. 아버지가 직접 쓴 구직신청서는 글씨가 유치원 아이처럼 엉망이었다. 그러나 이처럼 진지하게 작성한 아버지의 편지를 나는 예전에 보지 못했다. '궈닝회사 담당자 귀중'이라는 봉투의 큰 글자도 아주 정성들여 쓴 것처럼 보였다.

아버지가 진지한 모습을 보이자 나는 웃지도 못하고 울지도 못하는 신세가 되었다.

"아버지, 류밍하오는 입에서 나오는 대로 지껄여댄 거예요. 그걸 진짜로 믿으시면 어떡해요?"

아버지가 말했다.

"넌 신경쓸 것 없다. 전달하라면 전달해."

"특별한 기술이 없는 공산당의 만금유(萬金油, 박하·장뇌·계피유 등을 원료로 만든 고약. 제대로 할 줄 아는 게 하나도 없는 사람을 가리킨다)를 누가 채용하겠어요?"

"너는 만금유가 뭔지 아니? 아무나 만금유가 되는 게 아니야. 풍부한 경험을 갖춰 모든 걸 다 아는 사람이 바로 만금유야. 게다가 난 오랫동안 닦아놓은 대인관계가 있지 않느냐. 그들이 상공(商工)은 물론

이고 재무, 세무, 경찰 분야에 걸친 나의 인맥을 필요로 하지 않을 리 있겠느냐?"

"이런 개인기업에서는 할아버지가 사장이면 직원들은 전부 손자들이라고요. 오랜 세월 명령만 내리시던 분이 남에게 고용되어 지시받는 상황을 어떻게 견뎌낼 수 있겠어요?"

"난 어디서든 잘 적응할 수 있다. 견습공 시절에는 사부한테 꿀밤을 맞아도 고맙다고 했어. 넌 그런 일을 견딜 수 있겠느냐?"

내가 웃으면서 말했다.

"그건 구사회에서 있었던 일이잖아요."

아버지는 불만이 가득한 어투로 말했다.

"나랑 시간 낭비할 생각 말거라. 어째서 이렇게 말이 많은 게냐?"

나는 정말로 가고 싶지 않았다.

"정말로 직장을 구할 생각이시면 병이 다 나은 다음 아버지가 직접 찾아가세요."

"그들에게 먼저 경력을 보여야 해. 그들이 나를 필요로 한다면 날 찾아올 게다."

나는 고통스런 표정으로 말했다.

"그럼 궈닝회사의 주소를 알아서 우편으로 보낼게요."

아버지는 눈을 크게 뜨고 말했다.

"안된다. 가급적 빨리 갖다주도록 해라."

방법이 없었다. 다음날 나는 류밍하오와 함께 궈닝회사로 찾아갔다. 궈닝회사는 베이징 황사(黃寺) 근처의 눈에 띄지 않는 건물 안에 있었다. 회사는 제법 현대식 분위기를 풍겼고 적지 않은 사람들이 드나들고 있었다.

궈닝회사 입구에서 프런트 업무를 담당하고 있던 비서 아가씨가 우리 앞을 가로막았다. 구직신청서를 내기 위해 왔다고 하자 비서 아가씨는 지금 사람을 뽑지 않는다고 했다. 류밍하오가 물었다.

"궈닝빌딩 신축위원회에서 사람을 뽑지 않나요? 신문에 났던데."

비서 아가씨는 그럼 궈닝빌딩 신축위원회로 갈 일이지 왜 이리로 왔느냐고 했다. 나는 구직신청서를 내러 왔으니 수고스럽지만 궈닝빌딩 신축위원회에 전달해줄 수 없겠느냐고 물었다. 비서 아가씨가 잘라 말했다.

"여기서는 전달해드릴 수가 없어요. 직접 가시면 되잖아요. 분실할 염려도 없고 말이에요."

궈닝빌딩 신축위원회를 찾아가고 싶은 마음이 없었던 나는 류밍하오에게 물었다.

"네가 이 회사 사장을 잘 안다며? 네가 직접 사장을 만나보는 게 어때?"

류밍하오가 약간 머뭇거리다가 말했다.

"궈닝회사는 우리 회사에 부채가 있어. 내가 찾아가면 돈 받으러 온 걸로 생각할 거야. 그러면 좀 곤란하잖아."

"돈을 빌렸으면 갚는 게 당연한 일인데 왜 네가 빚진 사람처럼 곤란한 거야?"

"궈닝회사 사장이 큰 사업을 진행하고 있으니 체면을 살려주는 게 예의야. 우리 궈닝빌딩 신축위원회로 가보자."

이때 복도 저쪽에서 멋지게 차려입은 여직원이 걸어왔다. 머리를 남자처럼 짧게 잘랐고 말투 역시 남자처럼 호탕했다.

"메이쟈 기획회사에서 오셨나요?"

프런트의 아가씨는 새끼 귀신이 염라대왕을 만난 것처럼 재빨리 자리에서 일어나더니 공손한 태도로 말했다.

"아, 부사장님, 메이쟈 기획회사 사람은 아직 안 왔습니다. 이 두 분은 구직신청서를 내러 온 겁니다."

이 여자의 위엄있는 모습에 나는 은근히 반감이 일었다. 그러나 류밍하오 같은 사내들은 멋진 차림의 여자를 보면 눈이 흐려지곤 한다. 아니나 다를까 그의 얼굴에는 상대의 비위를 맞추려고 애쓰는 듯한 간지러운 웃음이 피어올랐다. 류밍하오가 말했다.

"부사장님, 저는 하오윈 무역회사 사람입니다. 저희 하오윈은 궈닝그룹과 거래를 하고 있지요. 귀사 생수공장 건물의 도료는 바로 저희가 납품한 것입니다."

'부사장'이라 불리는 이 여자는 얼굴에 아무런 표정이 없었다. 그녀는 류밍하오를 힐끗 쳐다보더니 담담한 어투로 물었다.

"우리 회사에 무슨 일로 오신 건가요?"

류밍하오는 황급히 나를 가리키며 말했다.

"이 친구가 구직신청서를 내려고 해서 저는 따라온 것뿐입니다. 제가 궈닝회사를 잘 안다고 했거든요."

류밍하오의 대답이 끝나기도 전에 여자는 몸을 돌려버렸다. 몇걸음

을 옮긴 그녀가 갑자기 고개를 돌리더니 나를 위아래로 훑어보기 시작
했다. 그녀의 눈빛은 전혀 거리낌이 없었고 사람을 불편하게 했다. 내
가 왜 이런 수모를 당해야 하는가? 나는 류밍하오를 잡아끌고 엘리베
이터 쪽으로 갔다.

류밍하오가 말했다.

"저 여자가 바로 궈닝회사 중궈칭 사장의 여동생이야."

나는 버튼을 누른 다음 엘리베이터가 오기만을 기다렸다. 류밍하
오가 물었다.

"궈닝빌딩 신축위원회로 갈까?"

나는 대답하지 않고 묵묵히 있었다.

엘리베이터 문이 열리고 우리가 발을 들여놓으려 할 때 프런트의
아가씨가 황급히 달려왔다.

"저기요, 잠깐만요!"

그녀의 눈길이 나를 향했다.

"우리 부사장님께서 잠시 들어오시랍니다."

"무슨 일인데요?"

"일자리를 구한다고 하지 않으셨나요?"

나는 여비서를 따라 걸어갔다.

'젠장! 이게 뭐람. 다 아버지 때문이야!'

사장 여동생의 사무실은 그리 크지 않았고 실내장식은 엉성하기
그지없었다. 그나마 비싼 수입품처럼 보이는 책상과 책장, 전기스탠
드만 제법 그럴듯했다.

커다란 의자에 앉아 있던 그녀는 내가 들어오는 것을 보고도 전혀 미동을 하지 않았다. 그래서 난 자리를 권하기도 전에 그녀 맞은편에 있는 가죽소파에 털썩 엉덩이를 내려놓은 다음 그다지 정중하지 않은 눈빛으로 그녀를 바라보았다.

그녀가 나를 바라보았다. 서로 피하지 않는 두 사람의 눈빛이 허공에서 부딪쳤다. 그녀가 빙긋 웃으며 입을 열었다.

"성함이 어떻게 되시죠?"

"양루이(楊瑞)라고 합니다."

"아, 네."

그녀는 자신의 이름을 밝히지도 않고 아랫사람 대하듯 질문만 계속했다.

"우리 회사의 어떤 일자리를 구하려고 하나요?"

"일자리를 구하는 사람은 제가 아니라 제 아버지입니다. 이건 제 아버지의 구직신청서입니다."

그녀는 다소 놀라는 듯한 눈치였다. 그녀의 눈은 놀라움과 동시에 실망의 빛도 띠고 있었다.

"아버님이라고 했나요? 그런데 왜 아버님이 직접 오시지 않고 아드님이 오신 건가요?"

"아버지는 귀사에서 이런 사람이 필요하면 연락해달라고 하셨어요. 그때 면접을 보러 오시겠대요."

그녀는 봉투를 열어보지도 않고 물었다.

"댁은 어디에서 일하나요?"

"대학에 다니고 있습니다. 곧 졸업할 예정이지요."

"그러세요? 전공은 뭔가요?"

"혹시 이 회사에서 광산개발도 하나요? 석탄채굴을 하냐고요? 한다면 제가 석탄 캐는 일 정도는 도울 수 있을 겁니다."

여자는 웃지 않고 진지하게 말했다.

"신청서를 살펴보고 필요하면 부친께 연락을 드리지요."

나는 곧장 자리에서 일어나 고맙다는 인사를 던지고 문을 나서려 했다. 그때 여자가 말했다.

"양루이씨, 당신 말대로 광산을 구입해 석탄을 채굴하게 될지도 몰라요."

나중에 알게 된 사실이지만 그녀의 이름은 중닝(鍾寧)이었다. 며칠 후 아버지는 면접을 보러 오라는 궈닝회사의 전화통지를 받았다. 면접은 간단한 통과의례에 지나지 않았다. 곧 아버지는 궈닝빌딩 신축위원회 주임으로 채용되었다. 자신이 만든 공장을 해체하고 파괴하는 책임자가 된 것이다. 궈닝회사에서 아버지에게 지급하기로 한 월급은 3천 위안이었다. 아버지는 예상보다 높은 월급 액수에 신이 났고 이를 안 류밍하오는 아버지를 찾아와 허풍을 떨었다.

"양공장장님, 제게 고맙다고 하셔야죠. 이런 아이디어는 제 머리에서 나온 거잖아요. 모든 게 제 아이디어 덕분이라고요."

"나의 능력과 경력이면 어딜 가든 이 정도의 일은 할 수가 있지."

류밍하오가 아버지의 말을 받았다.

"제가 중사장을 찾아가 공장장님에 대해 좋게 말한 덕분이라고요.

안 믿기신다면 양루이한테 물어보세요."

"알았네. 내가 어떻게 보답하면 되겠나?"

류밍하오는 입이 찢어지게 웃으며 말했다.

"큰 은혜에는 크게 보답하는 게 당연하지요. 나중에 궈닝빌딩 신축 공사에서 자재를 주문할 때 제게 한마디만 해주시면 되는 거죠."

아버지는 자리도 잡지 않은 상태에서 공연히 문제를 일으켜선 안 된다고 답했다. 그러자 류밍하오는 빙긋 웃으며 아버지를 향해 공수 (拱手, 두 손을 맞잡고 하는 인사)를 하며 말했다.

"그 문제는 그때 가서 다시 얘기하도록 해요."

아버지는 자신의 취직이 아들 덕분이라는 사실을 전혀 알아채지 못했다. 설사 알았다 해도 입에 올리지 않았을 것이다. 그러나 류밍 하오는 이 사실을 알고 감탄을 연발했다.

"난 한가지 사실을 알게 됐어. 남자도 여자처럼 얼굴로 돈을 벌 수 있다는 것을 말이야."

이때 나는 이미 궈닝회사에 취직한 상태였다. 류밍하오가 말했다.

"남자는 재능을 중시하고 여자는 외모를 중시한다는 말이 지금은 어떻게 변한 줄 알아?"

"어떻게 변했는데?"

"남자는 외모를 중시하고 여자는 재산을 중시한다는군."

내가 웃으며 말했다.

"엿이나 먹어라! 내가 잘생겼으니까 질투가 나서 그러는 거지?"

나는 그 누구의 소개도 없이 중닝과 연애를 하기 시작했다. 중닝은 사람들을 대할 때 열정적이고 솔직한 태도를 보였다. 이는 그녀의 장점이었지만 단점은 성질이 거칠고 모든 일을 제멋대로 한다는 것이었다. 그녀가 한번 화를 냈다 하면 열살이나 더 많고 아버지나 다름없는 오빠 중궈칭도 감히 건드리지 못할 정도였다.

중닝은 모든 일을 즐겁게 하면서 피곤해하지 않았다. 좋게 말하면 비즈니스 마인드가 훌륭하다고 할 수 있었다. 그러나 남들이 자기 앞에서 쩔쩔매는 것을 즐기는 악취미도 가지고 있었다.

그녀의 열정적인 업무태도는 나를 자유롭게 했다. 중닝과 잠자리를 가진 뒤로 그녀의 몸에서 어렵사리 느낀 신선함은 곧바로 퇴색하고 말았다. 그녀는 하루종일 나를 옭아매지는 않았고 이는 내게 약간의 여유를 가져다주었다. 아버지는 날 만나기만 하면 이것저것 물어보며 간섭했다.

"중닝과 어떻게 지내냐? 그 여자한테 잘해줘야 한다. 회사 동료로서 최선을 다해야 해. 공은 공이고 사는 사니까 말이다. 원칙을 잘 지키면 그녀가 널 우습게 보는 일은 없을 게다. 알겠지? 옛날처럼 여자를 가볍게 만나고 쉽게 헤어지는 건 바람직하지 않아. 기왕에 중닝과 사귀기 시작했으니 최대한 잘하도록 노력하거라."

나는 중닝과 사귀면서 공과 사를 분명하게 구분했고 원칙을 잘 지켰다. 다른 여자와의 만남도 완전히 끊었다. 하지만 권력에 약한 모습을 보이며 전전긍긍해하는 아버지의 소시민적 모습은 싫었다. 아버지가 이전과는 달리 공사장에서 성실하게 일한다는 사실을 잘 알고 있었지만 그래도 그런 모습은 싫었다. 물론 나는 아버지가 본인을 위해 중씨 남매를 찾아간 적이 한번도 없다는 사실을 잘 알고 있다. 아버지는 국가 간부였던 자신의 자존심만은 지키려 했던 것이다. 중닝에게 잘해주라는 아버지의 가르침도 부자지간에만 주고받았지 다른 사람들 앞에서는 입밖에도 내지 않았다.

어쨌든 나는 궈닝그룹 구매조달부의 프로젝트 매니저가 되었다. 구매조달부는 그룹에 속한 모든 회사의 대량 물자구매를 맡아서 처리하는 부서였고 그래서 이 부서의 프로젝트 매니저라는 자리는 회사의 요직에 속했다. 이 업무에 대한 회사의 관리 역시 엄격하여 일단 뒷돈을 챙긴 사실이 밝혀지면 그 즉시 물러나야 했다. 그러나 부정을 막으려는 회사 정책으로 인해 대우는 꽤 좋았다. 나에게 노키아 핸드폰과 산타나 승용차가 제공되었고 월급도 8천 위안이나 됐다. 게다가 매일같이 거래처들의 접대를 받았기 때문에 돈 쓸 일도 없었다. 베이징에서 전복을 배불리 먹으려면 수백 위안, 심지어 수천 위안이 들지만 나는 이런 전복을 돈 한푼 안 내고 질리도록 먹었다.

막 구매조달부에 들어왔을 때 내게 주어진 업무는 그리 많지 않았다. 나는 일이 없을 때면 친구들을 불러내 술집에 가거나 볼링장에 가곤 했다. 류밍하오는 여자를 소개시켜줄 때마다 매번 그 여자들이 얼마나 예쁜지 과장하여 말하곤 했지만 실제로 만나보면 하나같이 실망스러운 얼굴이었다. 어느날 나는 류밍하오에게 비아냥거리며 말했다.

"류형, 예쁜 여자들 없어?"

류밍하오가 답했다.

"다른 건 몰라도 예쁜 여자들은 정말 많이 알지."

"영화에서 말이지? 장쯔이라는 배우 정말 순수하게 생겼더군!"

"그 장쯔이는 말이야……"

나는 그가 할 말을 대신 내뱉었다.

"내가 잘 알지!"

류밍하오가 웃으면서 말했다.

"장쯔이를 잘 아는 건 아니야. 하지만 정말 예쁜 여자를 한 명 알고 있어. 장쯔이처럼 생겼는데 장쯔이보다 더 순수하게 생긴 여자야. 거짓말 아냐."

나는 믿기지 않았지만 그에게 물었다.

"어디 있어? 누군데?"

"징스체육학교 태권도클럽에 있지!"

류밍하오는 얼마 전부터 태권도클럽에 다니기 시작했다. 살을 빼기 위해서였다. 류밍하오가 말을 이었다.

"양루이, 너 아직 태권도 안해봤지? 너라면 반년만 배워도 파랑띠 정도는 딸 수 있을 거야. 한번 해봐. 정말 재미있어."

난 가볍게 웃고 나서 물었다.

"네가 말한 그 여자 정말 그렇게 예뻐? 진짜 처녀는 아니겠지?"

류밍하오가 정색을 하며 말했다.

"아니, 틀림없는 처녀야. 아니면 내가 새걸로 바꿔줄게. 됐지?"

"예쁜 아가씨가 태권도를 한다? 그러다가 다치지나 않을까?"

"그녀는 태권도를 배우는 게 아니라 도장에서 잡일을 하고 있어."

"잡일을 한다고?"

처녀, 잡일, 장쯔이처럼 생긴 여자…… 이유는 알 수 없었다. 이 몇가지 요소가 합쳐지자 만나보지 않고는 견딜 수 없을 것 같은 기분이 들었다.

다음날 나는 류밍하오와 함께 징스태권도클럽을 찾아가 입회신청을 했다.

징스태권도클럽은 징스체육학교가 자체적으로 운영하는 회사였기에 체육학교의 시설을 그대로 이용했다. 도장은 내가 상상했던 것보다 몇배는 더 초라했다. 이틀 뒤 나는 그 초라한 도장에서 훗날 목숨을 걸고 사랑하게 되는 안신(安心)을 만날 수 있었다.

2

비행기가 로스앤젤레스 공항을 이륙할 때 이미 날은 어두워져 있었다. 도쿄를 잠깐 경유한 비행기는 상하이에 와서 아무 이유도 없이 장시간 지체했다. 몇시간 후 베이징 신공항 청사를 빠져나온 나는 택시를 타고 시내로 향했다.

이곳을 떠나 있은 지 몇달밖에 안되었지만 익숙한 거리를 보니, 그리고 차창 밖으로 스며들어오는 자동차 배기가스 냄새를 맡으니 가볍게 외치고 싶은 충동이 들었다.

"이봐, 베이징! 내가 돌아왔어!"

결국 나는 돌아왔다. 다시는 안 돌아오리라 생각했다. 사랑하는 안신이 떠났기 때문이다. 그녀가 그렇게 갑자기 사라졌을 때 나는 이곳을 떠나야 했다. 옛일을 잊어야 했고 눈물나게 하는 모든 흔적을 지워버려야 했다.

이제 나는 다시 돌아왔다. 안신이 없는 삶을 견뎌낼 수 없었던 것이다. 나는 960만 평방킬로미터의 구석구석을 뒤져서라도, 나의 일생을 다 소모해서라도 반드시 그녀를 찾고 말 것이다.

안신을 처음 만난 그날 오후가 생각난다.

햇빛이 징스태권도클럽의 높은 창문을 통해 쏟아져 들어와 너덜너덜해진 카펫이 더욱 선명하게 드러날 때였다. 낡은 카펫 한가운데서는 고급반 학생들이 열심히 옆차기 동작을 훈련하고 있었다. '얏' '얏' 하는 고함소리가 다소 살벌하게 들렸다. 이제 막 태권도를 배우는 우리 초급반 학생들은 도장 한구석에서 사범님의 이야기에 귀를 기울였다.

그날 사범님은 태권도의 정신에 대해 이야기했다.

"태(跆)는 발로 허벅지를 차는 것을 말하고 권(拳)은 손으로 때리거나 막는 것을 의미한다. 도(道)는 정신을 가리킨다. 정신이란 말이다. 알겠나? 태권도는 용감하게 앞으로 곧장 나아갈 것을 강조하며 우애와 예의를 중시한다. 상대방에 대한 존중과 인격의 완성을 추구한다는 말이다! 안으로는 정신과 성품, 밖으로는 기술과 신체를 수련함으로써 보통 사람들이 미칠 수 없는 의지와 품성, 참고 견디는 도덕정신을 배양하는 것이 태권도다. …… 이봐, 거기, 주목하지 않고 뭐하나! 수업할 때는 정신을 집중해야지."

그때 사범님이 지적한 사람은 바로 나와 류밍하오였다. 그전까지 나는 진지한 자세로 수업을 받고 있었다. 그런데 어느 순간 류밍하오가 나를 치면서 손가락으로 어딘가를 가리키는 게 아닌가. 류밍하오가 가리킨 곳에는 물통과 걸레를 든 소녀가 있었다. 햇빛이 도장의 높은 창문에서 폭포처럼 쏟아져 여자의 윤곽이 안개 같은 몽롱함 속에서 휘황찬란하게 빛났다. 얼굴의 세세한 부분은 알 수 없었지만 모호한 아름다움일수록 신비감을 더해주는 법, 그녀의 모습은 나의 마음을 뒤흔들어놓았다. 그녀를 본 나는 넋이 나가버렸다.

솔직히 말해서 내가 그녀를 보고 반한 까닭은 원시적인 충동에 의한 것이었다. 그녀를 처음 본 순간 나는 그녀가 처녀일 것이라고 확신했고, 이런 확신은 내게 광기에 가까운 환상을 갖게 했던 것이다.

사실 류밍하오가 나를 태권도 도장에 데려온 것은 자신의 사업 때문이었다. 당시 그가 운영하는 하오윈 회사는 궈닝회사에 에어컨을 납품하기 위해 전력투구하고 있었다. 나는 중닝의 여자친구인 동시에 궈닝그룹 구매조달부의 프로젝트 매니저였으니 자연스럽게 하오윈 회사의 '주요 고객'이었던 것이다.

류밍하오는 안신과 관련해 내가 도움을 청했을 때 별로 내키지 않는 듯이 말했다.

"좇아가고 싶으면 좇아가. 나까지 나설 필요가 뭐 있어. 그런 여자애는 너처럼 잘생기고 돈 많은 꽃미남을 보면 틀림없이 좋아할 거야. 그러니 굳이 나까지 끌어들일 필요는 없잖아. 나중에 내가 그 여자한테서 떨어지지 않으면 어쩌려고 그래?"

난 여자를 꾀어내는 일만큼은 자신있었지만 이번만큼은 어떻게 해야 좋을지 도무지 감이 잡히지 않았다.

"그 여자애는 정말 순진한 것 같아. 닥치는 대로 남자를 사귀는 그런 여자애는 아닌 것 같아."

류밍하오는 삐딱하게 나를 보다가 빙긋 웃으면서 내 어깨를 툭툭 쳤다.

"어이구, 보아하니 정말 마음을 빼앗겼군. 이렇게 하자. 내가 그 여자에 대해 자세히 알아볼게. 어디서 왔고 이름은 어떻게 되는지, 아니, 그 여자가 어디에 사는지, 집에 다른 식구들은 없는지부터 알아봐야겠군. 그렇지 않아?"

그후 며칠 동안 나는 류밍하오로부터 소식이 오기만을 기다렸다. 징스태권도클럽에서 그녀가 모습을 드러낼 때마다 수많은 훈련생들의 눈길은 그녀에게로 향했다. 나도 기회를 놓치지 않고 그녀의 얼굴을 보았다. 그녀는 보드라운 피부에 작은 코를 지니고 있었고 눈썹이 선명하고 청아해 보였다. 이 정도의 얼굴이면 남자들이 속으로 애태울 수밖에 없으리라 여겨졌다.

류밍하오는 불과 며칠 만에 몇가지 사실을 알아왔다. 이 여자의 이름은 안신이고 윈난(雲南)에서 왔으며 징스태권도클럽에서 숙식을 해결하면서 청소뿐만 아니라 아침저녁 문 여닫는 일도 한다고 했다.

아는 사람도 없는 베이징에 와서 도장의 허드렛일을 하고 있다는 것이 안신에 대해 내가 아는 사실의 전부였지만 나는 자신감을 가지고 기회를 노리기 시작했다.

태권도 도장의 규정과 태권도 '정신'에 따라 우리는 훈련이 끝난 뒤 사범님과 함께 도복과 가죽 보호대를 정리하고 도장을 청소해야 했다. 이 일은 두 명씩 순번을 정해서 했다. 우리처럼 태권도에 입문

한 지 얼마 되지 않고 수양이 부족한 신입생들에게는 아주 귀찮은 일이었다. 그러나 이 귀찮은 일을 하면서 나는 안신에게 말을 걸 기회를 얻을 수 있었다. 나는 비품을 정리한 다음 일일이 그녀에게 전달하는 일을 했다. 그녀에게 비품을 건넬 때마다 나는 일부러 동작을 느리게 함으로써 진지하고 책임감 있게 보이려고 했고 친근한 척하면서 무슨 일이든 알아서 먼저 하려고 했다. 하지만 이런 노력에도 불구하고 그녀와 눈길을 주고받는 것은 여의치 않았다.

결국 나는 구실을 찾아야 했다.

"이봐, 이거 여기 두면 돼? 맞아?"

뜻밖에도 그녀는 진지한 표정으로 말했다.

"맞아요. 거기 두면 돼요."

"그럼 이건?"

"그것도 거기 놓으면 돼요. 이젠 제가 할게요."

"아니야, 내가 할게."

비품 정리가 끝났지만 나는 일거리를 찾는 동작을 하며 그녀를 따라 창고까지 갔다. 그러자 그녀는 고개를 들어 나처럼 성실하게 일한 청년이 이제껏 없었다는 듯 나를 유심히 바라보았다.

그녀가 물었다.

"학생이에요?"

"아니, 직장에 다녀."

나는 기회를 놓치지 않고 재빨리 화제를 이어나갔다.

"그쪽은? 베이징 사람 아니지?"

그녀가 되물었다.

"티가 많이 나나요?"

그녀의 말에서 외지인 티는 그리 심하지 않았다. 하지만 예쁘게 생긴 베이징 소녀라면 어떻게 이런 곳에서 잡일을 하고 있겠는가? 그러나 이런 논거는 무례한 말이 되기 때문에 입밖으로 뱉을 수는 없었다. 나는 재빨리 화제를 돌렸다.

"이름이 안신이지?"

그녀는 다소 놀라는 눈치였다. 약간 경계하는 듯한 모습을 보이기도 했다.

"어떻게 알았어요?"

"아, 남들이 그렇게 부르는 걸 들었어."

"누구요? 주변에 저를 아는 사람이 있나요?"

"장씨 아저씨가 그렇게 부르는 걸 들었어."

장씨 아저씨는 징스체육학교에서 수위로 일하는 임시직원으로 이곳에서 안신과 가장 친한 사람이었다.

"장씨 아저씨한테서 들었다고요?"

안신은 의혹을 떨치지 못한 채 생각에 잠기는 듯했다.

"체육학교 안에서 살면 매일 식사는 어디서 해?"

"제가 직접 해 먹어요. 석유난로가 있거든요."

"저녁에 내가 밥을 한번 사주고 싶은데 어때? 베이징 오리구이 먹어봤어?"

안신이 가볍게 웃음을 지었다.

"미안해요. 저녁에 일이 좀 있어서요."

그럼 언제 시간이 나느냐고 묻고 싶었지만 입을 열지는 않았다. 집 요하게 물고 늘어지면 강요하는 듯한 느낌을 줄 수도 있기 때문이다. 그녀가 불쾌해지면 오히려 목표한 바를 이루지 못할 수도 있었다.

대어를 잡기 위해선 낚싯줄을 길게 늘어뜨려야 한다는 생각에 나는 곧 그녀와의 한담을 마무리하고 작별인사를 했다. 도장 밖으로 나오자 류밍하오가 나를 기다리고 있었다.

"어떻게 됐어? 아마 그 아가씨가 널 거들떠보지도 않았겠지?"

내가 얼굴을 들이대며 반박했다.

"누가 그래?"

류밍하오는 어색한 웃음을 지었다.

"내 추측이 그렇다는 거야."

"질투하지 마. 그녀와 아주 오랫동안 애길 나눴다고."

류밍하오는 반신반의했다.

"식사하자는 얘기는 했어?"

"그렇게 급할 이유가 뭐 있어? 넌 일을 너무 서두르는 게 탈이야."

"그래, 넌 아주 용의주도하지. 무슨 일이든 섬세하고 느긋하게 처리한단 말이야."

그 다음주에 나는 두 번에 걸쳐 안신에게 저녁식사를 같이 하자고 청했다. 두 번 모두 그럴듯한 구실을 댔지만 안신은 두 번 모두 지난 번과 같이 저녁에 일이 있다며 거절했다. 안신의 어투와 표정으로 보아 거짓으로 둘러대는 것은 아니었다.

나중에 나는 안신의 거절이 정말로 저녁에 일이 있어서라는 것을 알게 되었다. 퇴근 후 그녀는 둥청구(東城區)에 있는 야간학교에 가야 했다. 그녀는 그곳에서 초급회계 강좌를 수강했다. 물론 이런 사실도 류밍하오를 통해 알아낸 것이었다.

둥청구 문화궁으로 가서 알아보니 재무회계반 수업은 개강한 지 이미 두달이 지났지만 돈만 내면 얼마든지 편입해 들어갈 수 있었다. 나는 당장 수강신청을 했다. 첫날 나는 교실로 들어가자마자 뒷줄에 앉아 있는 안신을 발견할 수 있었다. 그녀는 고개를 숙인 채 필기에 열중하고 있었다. 다행히 옆자리가 비어 있었다. 나를 위해 특별히 비워둔 자리 같았다. 내가 옆자리에 앉자 그녀는 고개를 들어 아무 생각 없이 나를 쳐다보다가 멍한 표정이 되었다.

"양루이씨 아니에요?"

나도 짐짓 놀라는 표정을 지어 보였다.

"아니, 안신이잖아?"

만남은 무척이나 자연스러워 보였다. 안신은 나의 의도를 전혀 눈치채지 못한 것 같았다. 첫날 수업이 끝난 뒤 나는 차로 체육학교까지 바래다주겠다고 제안했다. 그녀는 번거롭게 그럴 필요가 없다고 했지만 나는 괜찮다, 반드시 바래다줘야겠다, 어차피 같은 방향이다고 했다. 그러자 그녀는 더이상 사양하지 않고 내 차에 탔다. 나는 그녀를 숙소까지 데려다주면서 몇마디 한담만 주고받을 뿐 입을 가볍게 놀려대진 않았다. 그날 이후 그녀는 내가 차로 데려다주는 것을 허락했고, 나중에는 수업 들으러 갈 때 함께 가고 싶다는 나의 제안을 받아들이기에 이르렀다. 나는 수업을 들으러 가는 길에 차를 세우고 배가 고프니 뭐 좀 먹고 가자고 했다.

밥 먹는 얘기가 나오자 안신은 또다시 단호한 태도를 보였다.

"난 먹었어요. 가서 드시고 오세요. 여기서 기다리고 있을게요."

"오늘 훈련을 마치자마자 함께 나왔는데 뭘 먹었다고 그래?"

"점심때 사둔 떡을 하나 먹었어요."

"안신은 뭐 때문에 이렇게 고생을 사서 하는 거야?"

"난 이런 생활이 좋아요."

나는 고급식당 앞에 차를 세운 다음 그녀를 끌고 안으로 들어갔다. 그녀가 이처럼 근사한 곳에서 밥을 먹어본 적이 없을 거라고 생각하니 은근히 흥분되기 시작했다. 나는 두 사람이 먹기에 충분한 음식을 주문했다. 그녀의 고향이 바다에 인접해 있지 않은 윈난 지방이라 해산물을 별로 먹지 못했을 것이라고 생각한 나는 생굴, 조개, 꽃게 등을 주문했다. 거듭되는 나의 권유에 그녀는 젓가락을 들긴 했지만 많이 먹지는 않았다.

첫번째 식사를 함께 한 뒤로 내가 길을 가다가 다시 '간단히 뭐 좀 먹고 가자'고 했을 때 그녀는 더 완고해져 있었다. 그녀는 이미 먹었기 때문에 생각이 없다고 잘라 말했다. 내가 말했다.

"그럼 옆에서 내가 먹는 걸 구경이라도 해."

하지만 그녀는 이런 부탁도 거절했다.

"내가 옆에 있으면 이것저것 많이 주문할 게 뻔하고, 다 먹지 못하면 낭비잖아요."

"그냥 옆에 있다가 음식이 맛있어 보이면 몇입 먹으면 되잖아. 그러면 음식을 낭비하는 일도 없을 거야. 이런 돈은 얼마든지 쓸 수 있다고."

"마음은 알겠지만 사양할래요."

나는 더이상 그녀를 설득할 수 없었고 뭔가 먹기 위해 차를 세우지도 않았다. 그날 둥청구 문화궁에 도착할 때까지 우리는 아무 말도 하지 않았다.

나는 태권도 훈련이 끝나면 자발적으로 비품을 정리하거나 청소를 했다. 그러나 안신은 내게 깍듯이 예의를 갖추면서 일정한 거리를 유지하려고 했다. 시간이 흘러가면서 나는 맥이 빠졌고 때로는 짜증이 나기도 했다. 처음에는 가난 속에서도 근본을 잃지 않는 그녀의 태도가 마음에 들었지만 계속 호의가 거절당하자 그녀가 허세를 부리는 것인지도 모르겠다는 생각이 들었다. 그녀는 이런 허세를 통해 자신이 친해지기 어렵고 남자의 말에 쉽사리 넘어가지 않는 여자임을 암시하려 하는지도 모른다.

나는 점차 그녀에게 관심을 두지 않게 되었다. 태권도 훈련을 마친 뒤의 잡일에도 전처럼 적극적으로 나서지 않았고 문화궁에서의 회계 수업에도 이틀은 고기 잡고 사흘은 그물 말리는 식으로 소홀해졌다.

류밍하오가 말했다.

"그 여자는 엄한 부모님 밑에서 자라 남자들과 악수만 해도 큰일 나는 줄 아는 시골뜨기가 분명해. 그 여자를 어떻게 해보려면 엄청난 공력을 들여야 할 거야. 사회를 대신해 기본교육을 다시 시켜야 하는 거지. 그리고 그 여자를 꾀는데 성공할 때쯤에는 싫증이 나게 될 거야. 너처럼 잘생기고 조건이 좋은 남자가 덤벼들면 보통 여자는 일찌감치 투항할 텐데 아무런 반응도 없는 걸 보면 뭔가 이유가 있는 게 분명해."

류밍하오의 애길 들은 뒤 나는 그 무미건조한 회계수업 같은 건 듣지 않기로 했다. 나는 애당초 무슨 회계 따위를 배울 생각이 없었던 것이다.

회계수업은 중단했지만 태권도에 대해서는 점점 흥미가 생기기 시작했다. 나는 고등학교와 대학교 때 배구부 선수였기 때문에 운동신경이 제법 민첩했다. 나는 태권도 훈련생들 가운데서 신체적 조건이 가장 훌륭한 편이었고 배우는 속도도 제일 빨랐다. 나는 두달도 안되어 태권도의 앞차기, 몸통바로지르기, 아래막기, 돌려차기 등의 기술을 터득할 수 있었다. 태권도에서 가장 중요한 몸통반대지르기 동작도 그럴듯하게 할 수 있었다. 그러나 옆차기 동작은 서툴러서 제풀에 넘어지기 일쑤였고 권법도 더 배워야 했다.

나는 도장의 한쪽 구석에서 조용히 일하는 안신을 보아도 모른 척했다. 여전히 그녀를 좋아하긴 했지만 내색을 하지 않았다.

태권도를 배운 지 두달쯤 됐을 무렵이었다. 도장에서 각 반별로 시합을 벌인다고 했다. 사범님이 사용하는 훈련방법의 하나였지만 학생들은 부담감을 느꼈다. 그 때문에 모두들 도장에 일찍 나와 훈련에 몰두했다. 류밍하오는 시합을 한다고 하자 감히 나설 엄두를 내지 못했고 바빠서 훈련에 자주 불참했다.

훈련시간은 평일엔 오후 네시부터 여섯시까지였고 토요일과 일요일엔 오후 두시부터 여섯시까지였다. 시합을 앞둔 마지막 일요일날 나는 점심시간에 중닝과 함께 고객접대를 해야 했고 그 바람에 지각을 피할 수 없었다. 나는 세시쯤 도장에 도착했다. 그런데 대문이 굳게 닫힌 채 적지 않은 학생들이 들어가지 못하고 있었다. 늦게 온 학생들은 어떻게 된 일인지 묻고 있었고 일찍 온 학생들은 하나같이 욕을 해대고 있었다. 나 역시 아는 동료에게 어떻게 된 일이냐고 물었다.

"젠장, 문을 여는 사람이 아직 안 왔다는군."

내가 말을 받았다.

"큰일 났군! 한 시간이나 지났는데 말이야. 모두들 돈을 환불해달라고 클럽으로 몰려갈지도 모르겠네."

그러고 있는데 사범님이 모습을 나타내자 모두들 입을 다물고 말았다. 태권도 정신에 따르면 남을 욕하는 것은 결코 옳지 못한 일이었다.

사범님은 무뚝뚝한 표정으로 시계를 들여다보더니 학생들에게 각자 보법을 연습하라고 했다. 하지만 아무도 움직이지 않았다. 누군가 나서서 신발도 갈아신지 못했는데 어떻게 훈련을 하느냐고 했다. 사범님이 난처한 표정으로 말했다.

"그럼 훈련할 사람들은 훈련하고 나머지는 쉬도록 해."

이번에도 역시 움직이는 사람이 없었다. 먼저 훈련을 하면 바보가 될 것 같은 분위기였다. 갑자기 사범님을 포함하여 모든 사람들의 머리가 한 방향으로 향했다. 안신이 숨을 헐떡이며 도장을 향해 달려오고 있었던 것이다. 그제야 나는 날마다 도장 문을 여는 사람이 안신이라는 사실을 깨달았다.

사범님은 안신을 보자 일부러 시계를 들여다보았다. 그녀는 숨도 제대로 고르지 못하면서 간신히 입을 열었다.

"죄송해요. 제가…… 좀 늦었어요. 정말 죄송해요."

모두들 아무 말도 하지 않고 그녀를 바라보기만 했다. 그녀는 황망하게 옷 주머니와 배낭 속을 뒤졌다. 그런데 열쇠가 나오지 않았다. 그녀는 뭔가를 생각하더니 황급히 자신이 묵고 있는 간이숙소로 달려갔다. 사범님이 그녀의 등 뒤에 대고 매몰차게 소리쳤다.

"빨리 가져와!"

누군가 중얼거렸다.

"이쯤 되면 잘라버려야 하는 것 아닌가요."

나는 현장의 살벌한 분위기에 안신을 걱정하지 않을 수 없었다. 문득 어떤 생각이 머리에 떠올라 나는 안신의 숙소가 있는 건물로 뛰어갔다. 안신은 이미 열쇠를 찾아 나오고 있었다. 나는 얼른 열쇠를 건네받아 안신과 함께 도장 입구로 돌아왔다. 그리고 열쇠로 문을 열며 큰 소리로 사범님에게 말했다.

"죄송합니다, 사범님. 안신이 열쇠를 저한테 주면서 문 여는 일을 부탁했는데 제가 그만 깜빡 잊고 말았습니다. 정말 죄송합니다."

사범님은 말이 없다가 한참 후에야 입을 열었다.

"자네 기억력이 왜 그 모양이야. 됐으니까 어서 들어가."

나와 사이가 나쁘지 않은 동료 하나가 뒤에서 툭 치며 말했다.

"야, 멍청이! 이따가 밥이나 사. 그게 그렇게도 생각나지 않았단 말이야?"

물론 안신은 멍한 표정으로 서 있었다.

다음날 저녁 나는 문화궁의 회계수업에 다시 나갔다. 안신을 보고 싶기도 했거니와 안신이 전날 있었던 일에 대해 어떤 반응을 보일지 궁금했던 것이다.

안신은 나를 보자 다소 의외라는 표정을 지었다. 내게 뭔가 말을 할 듯하다가 내내 입을 열지 않았다. 나는 전날의 일을 전혀 언급하지 않고 수업에만 전념하면서 열심히 강의내용을 필기했다. 나는 수업을 꽤 많이 빼먹었기 때문에 선생님이 설명하는 현금주의회계(cash basis accounting)나 발생주의회계(accrual basis accounting) 등의 용어를 알아들을 수가 없었다.

수업이 끝난 후 내가 안신에게 말했다.

"바래다줄게."

안신은 잠시 망설이더니 고개를 끄덕이며 말했다.

"좋아요."

우리는 함께 건물 밖으로 나왔다. 차에 타자마자 안신이 말했다.

"왜 나에게 이렇게 잘해주는 건가요?"

"별 이유 없어. 안신이 괜찮은 사람 같아서 그럴 뿐이야."

시동을 걸지 않은 상태에서 우리는 잠시 침묵했다. 비가 오기 시작하더니 차 유리창에 빗물이 떨어졌다.

"어떻게 감사해야 좋을지 모르겠어요."

"그럼 밥이나 한끼 사. 난 먹는 걸 아주 좋아하거든."

"양루이씨가 좋아하는 음식을 사드릴 형편이 안돼요."

"내가 지금 뭘 먹고 싶은지 알아? 난 지금 죽이 먹고 싶어. 함채(咸菜, 소금에 절인 야채)와 함께 말이야."

안신은 내 말이 진심인지 알고 싶다는 듯 나를 유심히 쳐다보았다.

"좋아요. 언제 시간이 되면 사드릴게요."

"지금이 좋겠어. 아직 저녁식사를 못했거든."

"오늘요? 오늘은 안되겠어요. 돈을 안 가지고 왔거든요."

나는 지금 당장 식사를 하지 않으면 안될 것만 같았다.

"걱정 마. 내가 빌려줄게."

"남에게 돈을 빌리고 싶진 않아요."

"차라리 남의 마음을 빌리고 싶다는 말이군."

안신은 나의 이런 말을 이기지 못했다.

우리는 차를 타고 디안문(地安門)으로 갔다. 그곳에는 24시간 문을 여는 자링각(嘉陵閣)이라는 식당이 있었다. 고급식당은 아니나 쓰촨(四川) 요리를 잘하는 곳이었다. 사람이 많지 않아 분위기도 제법 괜찮았다. 나는 자리를 잡은 다음 안신에게 음식을 주문하라고 했다. 안신은 자신은 이미 저녁을 먹었으니 내가 먹고 싶은 것을 고르라고 했다. 나는 정색을 하며 어떻게 그런 식으로 식사대접을 하느냐, 계속 그러면 정말로 기분이 상할 수도 있다고 했다. 안신은 베이징 유머를 알아듣지 못했는지 메뉴판을 집어들며 말했다.

"뭘 먹고 싶어요?"

솔직히 나는 그녀가 이렇게 당황해하는 모습을 얼마나 보고 싶어 했는지 모른다. 나는 빙긋이 웃으면서 메뉴판을 집어들었다.

"내가 주문할게. 하지만 한가지 조건이 있어. 이 조건이 받아들여지지 않으면 안 먹을래."

"무슨 조건인데요?"

"반드시 나랑 같이 먹어야 돼."

나는 안신이 불안해할까봐 일부러 비싼 음식은 주문하지 않았다. 하지만 술은 꼭 있어야 했다.

나는 백주(白酒, 고량주)를 시키고 안신을 위해 맥주도 시켰다. 잔을 들었을 때 안신이 말했다.

"제 목숨을 구해준 은혜에 감사드려요."

난 웃으면서 그녀의 말을 받았다.

"너무 과장하지 마. 밥을 사라고 한 것은 안신과 얘기를 하고 싶어서야. 목숨을 구해줬다는 말은 당치도 않아."

안신은 아주 진지한 표정으로 말했다.

"목숨을 구해준 은혜가 아니라고요? 저는 클럽에서 잘리면 밥그릇을 잃게 된단 말이에요."

나는 그녀의 얼굴을 바라보았다. 이렇게 아름다운 여자가 밥그릇을 어떻게 잃을 수 있단 말인가? 내가 말했다.

"안신이 베이징에 온 지 얼마 안돼서 그렇지 시간이 지나면 좋은 기회가 많이 생길 거야. 적어도 일년 이내에 클럽의 잡역부 같은 일은 하지 않게 될걸. 베이징에는 언제나 얼굴 예쁜 여자들이 부족하거든. 안신은 앞으로 나보다 돈도 더 많이 벌게 될 거야."

잔에 든 술을 바라보면서 그녀가 말했다.

"내가 베이징에 온 것은 전문지식을 배우기 위해서예요. 돈은 먹고 살 정도만 있으면 돼요. 난 그냥 평안하게 살고 싶을 뿐이에요."

그녀는 아주 깊은 내력을 가지고 있는 것 같았다. 그녀의 얼굴이 갑자기 원숙해 보였다.

"안신에 대해 알고 싶은 것이 있어. 안신은 어디에서 왔고 가족은 어떻게 되는지, 가족은 어떻게 살고 있고 왜 혼자 베이징에 오게 되었는지 알고 싶어. 베이징에는 돈을 벌러 온 거야?"

그랬다. 당시 나는 이 모든 것들이 알고 싶었다.

3

나는 미국에서 베이징으로 돌아왔다.

내가 미국에서 베이베이와 파혼하고 베이징으로 돌아온 것은 안신을 찾기 위해서였다. 안신이 베이징에 있을 리 없다는 사실을 잘 알면서도 베이징으로 올 수밖에 없었다.

공항에서 택시를 타고 시내로 들어왔을 때는 날이 어두워 있었다. 택시는 삼환로(제3순환도로)를 타고 남쪽으로 아주 빠르게 달렸다. 삼환로는 이전의 모습보다 훨씬 넓어 보였고 차량의 흐름도 순조로웠다. 나는 퇀제호(團結湖) 소구(小區)를 유심히 살펴보았다. 창훙교(長虹橋) 서쪽에 있는 아버지 집이 보일 것만 같았다. 코끝이 시큰해져왔다. 아버지는 나 때문에 두해 동안 힘들게 살고 있었다. 언제부턴가 우리 부자는 왕래가 거의 끊기게 되었다. 베이베이를 따라 미국으로 갈 때도 난 아버지에게 인사를 하지 않았다. 벌써 일년이란 세월이 흘렀다. 이제는 아버지를 찾아 뵈어야겠다는 생각이 들었다.

하지만 나는 아버지 집으로 가지 않고 베이징을 가로질러 삼환로 남쪽의 팡좡(方莊)으로 향했다. 류밍하오의 아파트로 가려는 것이다.

류밍하오와 갓 결혼한 리쟈는 이미 국제전화를 통해 나의 파혼 선언을 알고 있었다. 그녀는 나를 보자마자 얼굴에 핏대를 세우며 질책에 가까운 질문을 던져댔다. 그제야 나는 자신이 그물로 뛰어든 고기 신세가 되고 말았다는 사실을 깨달았다. 리쟈가 베이베이의 사촌언니라는 사실을 잊고 있었던 것이다. 난 욕을 먹기 위해 찾아온 것이나 다름없었다. 하지만 도로 나가기에는 너무 늦은 시각이었다.

리쟈의 호된 질책이 끝난 뒤 류밍하오가 나를 서재로 데리고 갔다.

"안신하고는 다시 사이가 좋아진 거야?"

나는 고개를 가로저으며 대답했다.

"아직 그녀를 찾지도 못했어."

"고향으로 돌아가지 않았을까?"

"그럴 거야. 내일 기차를 타고 윈난의 칭몐(淸綿)으로 그녀를 찾으러 갈 생각이야."

칭몐. 나는 그 지명을 자링각 식당에서 처음으로 들었었다.

그날 안신은 나에게 칭몐이란 곳에 대해 자세히 얘기해주었다. 안신이 묘사한 바에 따르면 칭몐은 짙은 초록의 산들이 끝없이 펼쳐져 있으며 강은 바닥이 보일 정도로 맑은 그런 곳이었다. 그곳은 오염의 흔적이라곤 전혀 찾아볼 수 없는 깨끗한 땅이며 자동차 배기가스조차 맡을 수 없는 곳이라고 했다. 칭몐으로 들어서려면 아주 긴 다리를 지나야 했고 수심은 얕지만 물살이 거센 칭몐강이 그 다리 밑으로 흐르고 있다고 했다. 여러해 전에 안신은 그 다리를 건너 바오산(保山) 성내의 가장 좋은 고등학교에 입학하게 된다.

칭몐에서 안신의 집은 비교적 유복한 편에 속했다. 그녀의 부친은 한약재 회사를 운영하면서 주위 사람들에게 진료를 해주기도 했다. 한의사인 동시에 한약재 회사를 운영하는 부친은 그곳에서 상당히 존경받는 인물이었다. 그녀의 모친은 원래 산시(山西) 인민공사에 있다가 온 지식청년이었으나 칭몐에 뿌리를 내린 뒤로는 대중문화관에서 일을 하게 되었다고 한다. 지역 문인이 된 셈이었다. 안신의 어머니는 시도 썼다고 한다. 안신은 부친보다는 모친을 더 존경하고 좋아했다.

나는 한가지 의문이 들었다. 왜 그녀가 체면도 서고 의미도 있는 학과와 직업을 선택하지 않았을까 하는 의문이었다. 얼마든지 자신의 꿈을 실현할 수 있었을 텐데 왜 그녀는 태권도 도장에서 허드렛일이나 하고 있는 것인가. 이는 그날 저녁 자링각에서 내가 술기운에 의지하여 안신에게 던진 질문이기도 했다.

그녀는 대답을 하지 않았다. 그녀의 얼굴은 술기운으로 발갛게 상기되어 있었고 눈에는 지난날들에 대한 회한 때문인지 아니면 술기운 때문인지 눈물이 맺혀 있었다. 그녀가 말했다.

"난 베이징이 좋아요. 사람이 많은 대도시에선 아무도 날 몰라보기 때문에 마음놓고 편안하게 생활할 수 있거든요."

그녀의 말투와 표정은 천진한 듯하면서도 뭔가 내력을 담고 있었다.

그날 우리는 각자의 지난날에 대해 얘기했다. 나는 견습공으로 시작하여 공장장까지 올라간 아버지와 착했지만 오래 살지 못한 어머니에 관해서 얘기했다. 기분 좋게 술을 마시다 보니 뜻하지 않게 치부를 드러내는 말도 하게 되었다. 난 우리 아버지가 권력과 돈을 밝히는 사람으로서 오랫동안 당 간부로 일했지만 여전히 소시민이라고 했다. 그리고 난 고등학교 때부터 수많은 여자친구들과 사귀어왔다는 사실도 고백했다. 물론 중닝과의 관계를 밝힐 정도로 완전히 취하진 않았었다.

안신도 자기 고향의 풍토와 인정, 자신의 부친에 관해 얘기했다. 어렸을 때 좋아했던 음식과 놀이에 관해서도 얘기했다. 그녀는 모친이 쓴 시 몇편을 암송하기도 했다. 그녀가 암송한 시들은 고향에 대한 그녀의 그리움을 토로하는 것처럼 들렸다.

그녀는 모친의 시를 암송하다가 끝내 눈물을 보이고 말았다.

그러나 이내 감정을 추스른 그녀는 재빨리 눈가에 매달려 있는 눈물방울을 손으로 닦아 없앴다.

우리는 식당에서 꽤 오랜 시간 함께 이야기했다. 마지막에 안신은 계산을 하기 위해 종업원을 불렀다. 그녀는 정말로 돈을 내려 했다. 내가 계산서를 빼앗으며 말했다.

"내가 낼게."

안신이 말했다.

"오늘은 내가 사기로 했잖아요. 감사의 뜻으로 내가 살게요."

"그렇게 딱딱하게 굴지 마. 나중에 안신이 돈을 벌면 내가 매일 좆

아다니며 밥 사달라고 할 테니까."

그러나 안신은 내 손에 있는 계산서를 가로챈 뒤 종업원에게 건넸다. 그러고는 나를 쳐다보며 말했다.

"이미 신세를 많이 졌어요. 또 신세지고 싶지는 않아요."

나는 더이상 고집을 부리지 않았다. 다행히 그날 밥값은 60위안 정도밖에 되지 않았다. 하지만 그때만 해도 나는 60위안이 안신에게 얼마나 큰 돈인지 알지 못했다.

자링각 밖으로 나왔을 때는 늦은 밤이었다. 징스체육학교 앞에 도착하여 차를 세웠으나 이미 철문은 굳게 잠겨 있었다. 안신은 차에서 내려 굳게 잠긴 대문 앞에서 막막한 표정으로 서 있었다. 나는 그녀가 안으로 들어갈 수 없다는 사실을 알고 짜릿한 흥분을 느꼈다. 내가 말했다.

"안신, 내 집으로 가. 내 집에 빈방이 있으니까 재워줄게."

안신이 고개를 저으며 말했다.

"그럴 필요 없어요."

나는 발길을 돌리고 싶지 않았다.

"어차피 못 들어가잖아?"

그녀는 나를 외면한 채 대답했다.

"나에게 방법이 있으니까 이제 그만 돌아가요. 여기까지 데려다줘서 고마웠어요."

나는 두달 남짓 그녀 앞에서 부드럽고 점잖은 모습만 보여온 터였다. 하지만 내가 그녀를 좋아한다면 일찌감치 거친 모습을 보여야 했다. 야성적인 행동을 과감히 취해야 했던 것이다. 류밍하오의 말에 따르면 모든 여자들은 강포한 행동을 당하고 싶어하는 욕망이 있다고 한다. 수많은 여자들은 남자가 거칠게 돌진해 오기만을 기다린다는 것이었다. 나는 안신을 덥석 끌어안고 귓불에 입을 맞췄다.

안신은 화들짝 놀라며 나를 밀쳐냈다. 그리고 담벼락 쪽으로 물러났다.

"양루이, 지금 뭐하는 거예요?"

그러나 몸이 뜨거워진 나는 안신을 담벼락에다 밀어붙이고 키스를 했다. 안신이 비명을 지르며 말했다.

"양루이, 취했군요. 이러지 말아요. 어서 가요!"

그녀는 나를 밀쳐낸 다음 바로 앞의 큰길가로 뛰어갔다. 나는 재빨리 손을 뻗어 그녀의 옷자락을 잡았다. 좌악 하며 그녀의 옷이 찢어졌다. 나는 옷이 찢어지는 소리에 퍼뜩 정신을 차리고 내가 큰 실수를 했다는 사실을 깨달았다. 옷을 찢어놓았으니 그녀가 나에게 화를 낼 게 뻔했다. 내가 쫓아간 것은 그녀에게 사과를 하고 싶어서였다. 그러나 나의 행동은 오히려 오해를 낳고 말았다. 그녀는 있는 힘을 다해 나를 밀쳐내더니 가로등이 환히 비추는 큰길가로 황망히 걸어갔다. 계속 뒤를 쫓아간 나는 손을 뻗어 그녀를 붙잡으려고 했다. 그녀를 붙잡고 미안하다는 말을 하고 싶었다. 뜻밖에도 그녀가 갑자기 몸을 돌렸다. 그녀의 한쪽 발이 아주 높고 빠르게 날아올라 공중에서 번개처럼 반바퀴를 돈 다음 퍽 하고 내 머리를 가격했다. 나는 비명 소리와 함께 몸 전체가 한쪽으로 기울면서 길바닥에 고꾸라지고 말았다.

술이 확 깬 나는 놀란 얼굴로 안신을 바라보았다. 그녀가 좀전에 보인 동작은 태권도 고수들만이 시원하게 해낼 수 있는 완벽에 가까운 '뒤로돌려차기'였던 것이다.

안신의 발이 가볍게 앞뒤로 움직이는 모습이 눈에 들어왔다. 정확한 보법이었다. 그녀의 이런 모습은 내가 알고 있던 순진한 소녀의 이미지와는 아주 딴판이었다. 그 순간 내가 할 수 있는 일이라고는 놀라고 감탄하는 것밖에 없었다.

안신도 놀란 표정이었다. 나를 쓰러뜨린 발차기는 그녀 자신도 모르게 반사적으로 나온 것 같았다. 그녀는 내가 쓰러진 것을 보고 어쩔 줄 몰라했다. 그 순간 나의 입과 코에서 축축한 뭔가가 흘러나왔다. 붉은 피였다. 당황한 안신이 가까이 다가와 무릎을 꿇은 채 손수건으로 피를 닦아주었다. 그러면서 미안하다고 했다.

안신이 나를 일으켜 세웠으나 오른발을 삔 것 같았다. 안신은 나를 부축하며 억지로 걷게 했다. 내가 제대로 걷지 못하자 그녀는 미간을 찌푸리며 말했다.

"진짜 다친 거예요?"

내가 그녀를 보며 물었다.

"태권도를 할 줄 알아?"

그녀는 내 물음에 대답하지 않고 말했다.

"병원으로 가요."

나는 그녀의 몸에 기댄 채 차가 있는 곳으로 갔다. 차는 바로 눈앞에 세워져 있어 몇걸음 만에 도달할 수 있었다. 내가 말했다.

"오른발을 삐어서 운전할 수 없을 것 같아. 왼발을 삐었더라면 그나마 좀 나았을 텐데."

"열쇠 주세요."

나는 의혹에 찬 눈으로 열쇠를 꺼내며 물었다.

"운전할 줄 알아?"

안신은 대답 없이 나를 차에 태운 뒤 운전석에 앉았다. 시동을 걸고 핸드브레이크를 푸는 일련의 동작이 꽤 능숙해 보였다. 차가 부웅 하는 소리와 함께 움직이기 시작했다. 차가 도로로 접어들 때 그녀가 말했다.

"그런데 난 면허증이 없어요. 경찰 검문에 걸리면 양루이씨에게 피해가 갈 거예요."

그녀의 호방한 어투가 반가웠다.

"안신이 날 이렇게 만들어놓았는데 또 불이익을 당해야 한다니 도대체 날 어느 정도로 망가뜨릴 생각이야? 응?"

그녀가 말했다.

"내가 사과했잖아요? 사실 먼저 건드린 건 양루이씨죠."

안신은 차를 몰고 가까운 베이징의원으로 갔다. 베이징의원 야간진료소에서 상처입은 코와 입 그리고 오른발을 치료받았다. 병원 밖으로 다시 나왔을 때는 자정쯤이었다.

내가 안신에게 물었다.

"방금 병원비를 얼마나 냈어?"

"팔십 위안 조금 넘어요. 왜요?"

"그 돈은 내가 줄게."

나는 백 위안짜리 지폐를 꺼내 그녀에게 건넸다. 그러나 그녀는 돈을 받지 않았다.

"이건 내가 내야 돼요."

"내가 먼저 손을 댔으니까 이건 내가 내는 게 맞아. 난 안신의 옷값도 변상해야 한다고."

내가 돈을 그녀의 호주머니 안에 쑤셔넣으려 하자 그녀는 몸을 피했다.

"안 받을래요."

나는 돈을 그녀의 호주머니 안에 간신히 밀어넣으면서 말했다.

"내가 사과하는 셈 쳐."

나를 태운 뒤 운전석에 앉은 그녀는 잠시 생각에 잠겼다가 물었다.

"집이 어디에요?"

이렇게 고요하고 밤 깊은 시각에 좋아하는 여자를 집으로 데리고 갈 수 있다니 정말로 예상하지 못한 일이다. 설령 치밀하게 계획했다는 혐의를 받더라도 상관없는 일이다.

안신은 나를 집안까지 부축해 데리고 들어와서는 침대에 뉘어주었다. 그녀가 물었다.

"물 마실래요?"

"괜찮아."

"그럼 난 이만 가볼게요."

“아니, 마실게.”

나는 그녀에게 컵은 어디에 있고 물은 어디에 있는지 알려주었다.
물을 따라주고 나서 그녀가 말했다.

“난 이만 가볼게요.”

“이렇게 늦었는데 어딜 가려고?”

“그렇다고 여기서 잘 수는 없잖아요.”

“여기서 못 자는 이유가 뭔데? 내가 안신에게 무례한 짓이라도 할
까봐 겁나?”

“조금요.”

“이렇게 부상을 입은 마당에 어떻게 음흉한 행동을 할 수 있겠어?
게다가 난 음흉한 마음도 없다고.”

그녀가 웃으면서 말을 받았다.

“그런 말을 하는 걸 보니 음흉한 마음이 있는 게 분명하네요, 뭐.”

나는 뻔뻔스러운 태도로 그녀의 말을 받았다.

“마음속으로 생각하는 것은 그 누구도 간섭할 수 없는 법이야. 나
에겐 음흉한 생각을 할 권리조차 없단 말이야?”

“뭐라고요?”

나는 재빨리 화제를 바꿨다.

“안신은 침대에서 자. 난 거실 소파에서 잘 테니까. 그러면 되지?”

그녀가 잠시 후에 말했다.

“차라리 양루이씨가 침대에서 자요. 난 남의 침대에선 잠을 못 이
루거든요.”

나는 더이상 고집을 부리지 않고 절룩거리는 다리로 안신을 위해 깨끗한 요와 이불 그리고 담요를 챙겨주었다. 이 여자가 마침내 나의 집에서 잠을 자게 되다니 정말 천우신조가 아닐 수 없다. 다행스럽게도 중닝과 그녀의 오빠는 러시아 출장을 떠나 보름 후에야 돌아올 예정이었다. 따라서 중닝이 갑자기 찾아오지나 않을까 걱정할 필요는 없었다.

늦은 아침이었다. 가볍게 문 두드리는 소리가 났다. 안신이라는 걸 알고 있는 터라 들어오라고 했다. 안신이 방안으로 들어와 미안한 표정을 지으며 말했다.

"늦게 일어나 미안해요. 원래는 아침을 차려줄 생각이었는데 지금 나가야겠어요. 오늘 지각할 것 같아서요."

"괜찮아. 나는 원래 아침을 안 먹거든. 내 차를 몰고 가."

"그래도 돼요? 오늘 차 안 써요?"

"안신이 날 이렇게 만들어놨는데 어떻게 차를 몰 수 있겠어? 이번에는 끝까지 착한 사람이 되고 싶으니까 내 차를 몰고 가도록 해. 경찰한테 걸리지 말고."

나는 차 열쇠를 쥐고 밖으로 나가는 그녀를 향해 한마디 했다.

"저녁에 차를 가져다주는 것 잊지 마."

저녁에 안신이 차를 돌려주기 위해서 왔다. 그녀는 내가 아직 침대 위에 누워 있는 것을 보고는 오늘 무엇을 했는지, 저녁은 먹었는지 물었다. 나는 점심도 먹지 못했고 온몸이 아파 밥을 할 수 없었다고 했다. 안신은 그럼 자기가 밥을 해주겠다며 집에 어떤 재료들이 있는

지 물었다. 나는 부엌으로 가서 냉장고를 열고 이것저것 가리키며 몇 가지 음식재료를 일러주었다. 그런 다음 세수를 하고 거실에 앉아 TV를 보기 시작했다. 얼마 후 안신은 밥과 함께 그럴듯한 요리 두 가지에 국까지 끓여 상을 내왔다.

배가 고팠던 나는 식사를 하면서 맛있다는 말을 연발했다. 나는 안신에게 장차 남편 될 사람은 운이 좋은 사람일 거라고 했다. 그러자 안신이 자신은 시집가지 않을 거라고, 자신은 여우 귀신이기 때문에 자기와 함께 있는 남자는 안 좋은 일을 당하게 된다고 했다.

그녀는 어제 저녁의 일을 상기시켰다. 그녀의 발차기는 정말 대단했다. 감탄과 동시에 두려움을 갖게 하기에 충분한 발차기였다.

"아 참, 아직 내 물음에 대답하지 않았어. 어떻게 태권도를 하게 됐지?"

안신은 잠시 후에야 입을 열었다.

"하루종일 사람들이 '얏, 얏' 소리 지르며 이렇게 차고 저렇게 막는 모습을 구경한 것이 전부예요. 실제로 따라해본 건 어제가 처음이에요."

"누구를 속이려고 들어? 태권도는 간단한 것 같지만 실제로는 무척 어려워. 어제 안신의 돌려차기는 두달 동안 맹연습을 한 나도 터득하지 못한 기술이야. 이삼년 정도 훈련하지 않으면 절대로 할 수 없는 거라고. 혹시 사범님이 안신을 따로 지도해준 것 아냐?"

안신은 TV를 보면서 빙긋이 웃었다.

"나에게 그럴 시간이 있으면 얼마나 좋을까요."

식사 후 설거지를 마친 그녀가 말했다.

"아직 버스가 있겠죠? 오늘은 일찍 돌아갈게요."

"가지 마. 내가 자력으로 생활할 수 없다는 것 잘 알잖아. 나를 이 지경으로 만들어놨으니 책임을 져야 할 게 아니야."

"내가 어떻게 책임을 진단 말이에요?"

"며칠만 더 밥을 해줘. 부상당한 몸이라 영양이 부족하면 안된단 말이야."

그녀가 아무 말도 하지 않기에 내가 한마디 더 덧붙였다.

"그 대신 며칠 동안 내 차로 출퇴근해도 돼."

일종의 교환과 보상인 셈이었다. 그녀가 머뭇거리며 말했다.

"혼자서 식사도 할 수 없단 말이에요?"

나는 단호하게 대답했다.

"도저히 못해."

"내가 이 집에 머물면 이웃사람들이 온갖 이상한 말들을 할 거예요. 나는 괜찮지만 양루이씨는 큰 피해를 볼 거예요."

"지금이 어떤 시대인데 이웃집의 일에 신경쓰고 그러겠어. 아파트에 사는 잇점이 바로 이거야. 모두들 문을 닫아걸고 남의 일에는 관심도 갖지 않아. 이 집에서 사년 넘게 살았지만 아는 이웃이 한명도 없다니까."

그녀는 망설이고 있었다. 내가 웃으면서 말했다.

"내가 두려워? 절대로 건드리지 않겠다고 약속할게. 됐지?"

그녀는 고개를 가로저으며 말했다.

"내가 두려워하는 건 그런 게 아니에요."

내가 재빨리 되물었다.

"정말로 두렵지 않은 거야, 아니면 두렵지 않은 척하는 거야?"

그녀 역시 웃으면서 말했다.

"양루이씨가 또 덤빈다면 반년은 더 누워 있게 해줄 거예요."

"안신이 수발을 들어준다면 얼마든지 누워 있을 수 있어."

그녀는 입을 다물었다. 대화를 계속했다가는 사랑싸움을 하는 듯한 오해를 불러일으킬 수 있었기 때문이다. 하지만 그녀는 더이상 가겠다고 하지 않았다.

그녀는 이후 열흘 동안 내 집에 머물며 나를 위해 방을 정리하고 저녁을 지어주었다. 아침에는 내가 먹을 아침식사와 점심식사를 마련해놓고 나갔다. 처음에 안신은 나와 함께 식사하지 않으려고 했다. 그녀는 매번 이미 먹었다고 했다. 내가 고집을 부리고 화난 척을 하자 그제야 그녀는 아침과 저녁 식사를 나와 함께 했다. 집에서 함께 식사하는 기분은 매우 특별했고 신혼부부 같다는 느낌이 들었다. 우리는 매일 저녁식사를 함께 한 다음 TV를 보며 한담을 나눴다. 잠자리가 다른 것 말고는 모든 것이 신혼부부의 생활과 다르지 않았다.

안신과 함께한 그 며칠은 나의 성장과정에서 중요한 이정표가 되었고, 성숙한 어른으로 한걸음 나아가는 중요한 계기가 되었다. 물론 이 모든 것을 당시에는 의식하지 못했고 당장 생활태도와 사고방식에 변화가 생긴 것도 아니었다.

아름답고 비현실적인 것들이 으레 그렇듯 그 며칠은 너무나 일찍 끝나고 말았다. 그날 저녁 우리는 함께 식사를 한 뒤 TV를 보고 있었다. 잠자리에 들려고 할 때 안신이 불쑥 말했다.

"양루이, 내일부터 난 못 와요. 앞으로는 알아서 자신을 잘 돌보도록 해요."

그러면서 그녀는 자동차 열쇠를 다탁 위에 내려놓았다. 나는 그녀를 만류하지 못했다. 중닝이 러시아 출장을 마치고 곧 돌아온다는 것을 알고 있었기 때문이다.

나는 담담한 어투로 말했다.

"안신, 그동안 보살펴줘서 고마워. 며칠 동안 정말 즐거웠어. 난 이런 생활을 한번도 해본 적이 없거든."

그녀는 나를 물끄러미 쳐다보다가 입을 열었다.

"부부 같다는 생각을 했군요?"

그랬다. 그녀의 말이 틀리지 않았다. 그러나 나는 사실대로 말하고 싶지 않았다.

"안신은 그런 느낌이 들었나보군?"

그녀가 눈길을 돌리며 고개를 떨어뜨렸다,

"나는 예전에 이런 생활을 해본 적이 있어요."

나는 무슨 말인지 이해가 되지 않았다. 가슴이 덜컥 내려앉았다.

"전에 남자친구가 있었단 말이야?"

안신이 고개를 들어 나를 바라보았다. 이별을 고하는 눈길임이 분명했다. 그녀가 말했다.

"나에 관해 더이상 묻지 말아요. 듣고 나면 실망할 거예요."

　나는 안신의 이야기를 듣고 싶었다. 어쩌면 그녀의 눈길이 내게 더없이 너그럽고 관대한 마음을 가지게 했는지도 모른다. 안신에게 도대체 어떤 결점과 내력이 있는지 나는 알고 싶었다. 한때 남자친구가 있었다 해도, 오래전부터 이미 처녀가 아니었다 해도 나는 지금과 다름없이 그녀를 좋아할 수 있을 것 같았다. 그녀처럼 아름다운 여자를 남자들이 가만 놔뒀을 리 없고 길든 짧든 몇차례 연애가 있었을 것이라는 사실을 난 일찌감치 깨달았어야 했다. 하지만 과거가 어떠하든, 과거에 어떤 일이 일어났든 간에 그녀는 나에게 영원히 순결하고 아름다운 여자일 것이다. 한 여인의 순결은 그녀의 개성과 영혼에 의해 결정되는 것이지 개인사에 의해 결정되는 것은 아니리라.

4

그날 밤 우리는 이야기로 밤을 지새웠다. 잔 속의 차는 식어버렸지만 거실의 등불은 여전히 따스했다. 우리는 카펫 위에 앉아 소파에 몸을 기댄 채 마주보고 있었다. 심장 박동소리가 들릴 정도로 가까이 있었지만 안신의 목소리는 허공에서 한없이 멀게만 느껴졌다.

어쩌면 나는 안신을 너무나도 깊이 사랑했기 때문에 안신이 한때 사랑했던 그 낯선 남자에 대해서도 있는 그대로 받아들일 수 있었는지 모른다.

그 남자의 이름은 장톄쥔(張鐵軍)이었고 나이는 나보다 많았다. 2년 6개월 전 안신을 만날 당시 그의 나이는 스물여덟이었다. 그는 유명한 윈난대학 신문방송학과를 졸업한 뒤 윈난 광핑(廣屛)의 시위원회 선전부에서 보도감독 업무를 맡고 있었다. 광핑은 그가 태어난 고향이었다. 부친은 광핑사범대학 학장이었고 모친은 광핑시 부녀연합회 비서장이었다. 부녀연합회는 정부기구나 마찬가지여서 모친은 정계 인물과 다를 바 없었다. 그의 부친이 학장으로 재직했던 광펑사범대학은 성(省)정부와 광펑시가 공동으로 운영하는 학교로 광펑에 셋밖에 없는 국가승인대학 가운데 하나였다. 이렇듯 장톄쥔의 집안은 광펑에서 꽤 대단한 축에 속했다.

장톄쥔 본인도 보통 사람은 아니었다. 그가 속한 시위원회 선전부는 권력기관에 편입되어 있기 때문에 감독권과 발언권을 갖고 언제 어디서든지, 어떤 부서 누구에게나 뉴스에 대한 간섭을 할 수 있었다. 광펑에서 장톄쥔은 무슨 일이든 못할 것이 없었다. 이처럼 좋은 배경과 권력이 있고 학력에다 능력까지 갖춘 그 청년은 칭몐에서 온 안신을 사랑하게 된다.

안신은 고등학교 시절 바오산 대표로 성 전체 태권도 선수권대회에 참가해 품새 부문 금메달을 땄고 이런 특기 덕분에 한 학년 먼저 고등학교를 졸업할 수 있었다. 열여덟살에 전국통합 대학입시를 통과한 그녀는 우수학생으로 광펑사범대학에 들어갔다.

그녀가 장톄쥔을 알게 된 것은 광펑사범대학 학장이던 장톄쥔의 부친이 중병으로 입원해 있을 때였다. 학장 선생님이 입원하자 학생회에서는 간호요원을 조직했고 간호요원으로 뽑힌 안신은 병원에서 학장의 귀공자를 알게 된 것이다. 장톄쥔의 모친이 가장 만족스러워한 간호학생이 바로 안신이었다. 어쩌면 장톄쥔의 모친은 부지런하고 수수한 데다 얼굴까지 예쁜 이 여학생을 처음부터 마음에 들어했는지도 모른다. 학장의 병세가 위중해지자 모친은 학생회에 안신이 간호를 전담할 수 있게 해달라고 부탁했다. 그리하여 안신은 스무날 동안 병원에서 먹고 자면서 학장 선생님을 간호했고 결국 장톈췬 모자와 함께 학장 선생님의 임종을 지키기에 이른다. 장례를 치른 지 얼마 후 장톈췬과 안신은 정식으로 연인관계가 되었다.

장톈췬은 어떻게 생겼을까? 잘생겼을까? 당시 나의 가장 큰 관심사는 그의 외모였다. 사람들은 어느 순간 저급해지고 유치해지는 자기 자신을 통제하지 못할 때가 있다. 연적과 자기 자신을 이것저것 비교해 자신의 장점으로 상대방의 단점을 공격하고 싶어한다. 안신은 장톈췬에 대해 솔직하게 말했다.

"잘생기진 않았어요. 그냥 평범한 편이죠."

나는 좀더 자세히 알고 싶었다.

"키는 커?"

질문을 던지면서 일부러 무심한 척했다.

"양루이씨보다 머리 반 정도 작아요. 게다가 엄청 뚱뚱하고요."

나는 안신의 대답에 마음이 다소 편안해지면서 장톈췬을 키 작은 뚱보로 단정했다. 나중에 안신의 방에서 장톈췬의 사진을 볼 기회가 있었다. 그는 내 악의적인 생각보다 훨씬 훌륭하고 단정해보였다. 간부다운 표정을 하고 구식 스타일의 양복을 입은 그는 아주 충직하고 온순한 인상이었다.

안신에게 그를 정말 사랑했는지 물어보았다. 난 그때 그녀가 진실을 말해주길 바라면서도 그녀가 진실을 말할까봐 두려웠다. 나의 질문에 안신은 한동안 대답을 하지 못했다.

세속적인 시각에서 보자면 장톄췬의 집안은 안신처럼 먼 시골 출신 여자에게는 대단히 이상적인 귀착지로 보였을 것이다. 대도시의 주류사회로 진입할 수 있다면 그것만으로도 단번에 목표에 도달했다고 볼 수 있는 것이다. 사랑은 얼마든지 천천히 키워나갈 수 있다. 서로 첫눈에 반하는 식의 사랑은 대부분 일시적이고, 일시적인 사랑은 대체로 허무함을 피할 수 없는 법이다.

하늘빛이 서서히 밝아오고 엷은 안개 같은 아침햇살이 비칠 때 나는 안신의 손에 가볍게 입을 맞췄다. 그녀는 피하거나 다른 반응을 보이지 않았다.

내가 다시 물었다.

"정말로 그를 사랑했어?"

안신은 계속 말이 없었다.

서로 자신의 과거를 털어놓은 때문인지 그날 이후 나와 안신은 허물없이 지내는 사이가 되었다. 나는 차로 안신을 야간학교에 데려다주기 위해 중단했던 회계 공부를 다시 시작했다. 우리는 점차 무슨 이야기든 가리지 않게 되었고 화제도 갈수록 많아졌다. 나는 그녀에게 고등학교 때부터 끊이지 않았던 나의 로맨스를 들려주었다. 사귄 여학생들의 얼굴도 기억나지 않았지만 난 그들을 하나같이 고전적인 미인이나 세련된 미녀로 묘사했다. 오로지 중닝에 관해서만은 언급하지 않았다. 나와 중닝의 관계를 솔직하게 털어놓는 문제에 대해서는 결정을 내리지 못했던 것이다.

안신의 얘기는 대부분 장톄췬에 관한 것이었다. 나는 그가 어떤 사람인지 알고 싶었다. 능력은 뛰어난지, 성격은 좋은지, 여자에게 충실한지 알고 싶었고 그의 어머니가 안신에게 상냥하고 친절했는지, 함께 지내기 좋은 어른이었는지도 알고 싶었다.

장톄쥔은 능력이 있어서 상사로부터 상당한 신임을 받았다고 한다. 사회에서 제법 인정받는 사람이었던 것이다. 그는 또 내성적인 성격이어서 좀처럼 감정을 얼굴에 드러내지 않았다고 한다. 안신은 남자라면 마땅히 그래야 한다고 했다. 남자라면 성숙해야 하고 감정을 자제할 줄 알아야 한다는 것이다. 그녀가 말하는 장톄쥔은 장점과 남성적 매력으로 가득 차 있었다. 그럼 단점은 없는 걸까? 내가 알고 싶은 것은 그의 단점이었다.

"단점요? 왜 없겠어요? 단점 없는 사람이 없잖아요."

안신이 단점을 말했다.

"좀 속이 좁아요. 편협하고 아량이 없는 편이지요. 물론 제가 잘못한 면도 있으니 그를 탓할 수는 없지만요."

내가 물었다.

"그럼 안신이 가장 싫어하는 남자는 아량 없고 속 좁은 사람이야?"

"꼭 그런 건 아니에요. 상황에 따라 다르지요."

내가 다시 물었다.

"그럼 가장 싫어하는 남자는 어떤 사람이야?"

그녀는 잠시 생각한 뒤 대답했다.

"거짓말하는 남자요. 거짓말하는 남자가 가장 싫어요."

순간 나는 얼굴이 약간 붉어졌다. 안신이 나와 중닝의 관계를 진작부터 알고 있는 건 아닌가 하는 생각이 들었던 것이다. 내가 말했다.

"언제 베이징에 오면 한번 만나게 해줘."

"누구를요?"

"그 장톄쥔이란 친구 말이야. 안신을 만나러 베이징에 오지 않아? 안신이 이렇게 힘들게 지내는 걸 몰라?"

안신은 잠시 후에야 말했다.

"헤어졌어요. 내가 차인 거죠."

뜻밖의 사실이었다.

"정말이야? 안신이 찬 게 아니고?"

고개를 가로젓는 안신의 눈가에 눈물이 고였다. 그녀가 말했다.

"그 얘기는 하고 싶지 않아요. 우리 다른 얘기 해요."

안신의 표정에서 그녀가 베이징에 온 이유는 아마 실연 때문일지도 모르겠다는 생각이 들었다.

우리는 더이상 장톄쥔에 관한 얘기를 꺼내지 않았다. 안신처럼 연약한 여자에게 실연의 상처는 얼마나 아팠을까. 이 여자를 사랑하려면 이미 아문 상처까지 포함하여 아직도 피가 흐르고 있는 상처, 아니 그녀의 모든 것을 보듬어줘야 할 것이다.

그러나 다음날 만난 안신은 마치 상처가 다 아물었다는 듯 다시 장톄쥔 얘기를 하기 시작했다. 그녀는 장톄쥔에 대한 그리움을 숨기지 않았다. 나는 그녀의 말과 눈빛에서 충분히 그것을 알 수 있었다.

장톄쥔은 그녀에게 항상 잘해줬고 장톄쥔의 모친도 그녀를 친딸처럼 대해줬다고 한다. 장톄쥔의 모친은 그녀가 광핑에 남을 수 있도록

백방으로 알아보았고 지인에게 부탁을 하기도 했다. 안신이 광핑에
계속 머물지는 못했지만 장톄쥔의 모친이 최선을 다한 것만은 분명
한 사실이었다. 졸업 후 안신은 아무도 원치 않는 변방 도시 난더(南德)로 가게 되었다. 그녀는 난더의 한 신설 중학교에 체육선생으로 발령받았던 것이다.

그해 교육위원회에서는 사범대학 졸업생들을 정해진 기간 안에 변방과 가난한 지역으로 배치하고, 지시에 따르지 않는 학생들에 대해서는 학력을 취소하라는 통지문을 내려보냈다. 이런 상황에서 안신은 짐을 꾸려 난더의 신설 중학교로 가야 했다.

난더는 윈난성 주변뿐만 아니라 베이징에도 이름이 널리 알려진
도시였다. 난더가 알려지게 된 계기는 바로 마약 때문이었다. 난더는
유명한 특산물이나 명소가 없었지만 세계 최대의 양귀비 생산지인
골든트라이앵글과 가까웠다.

난더는 일년 내내 푸른 난멍산(南勐山)에 둘러싸여 있는 도시였다.
도시를 에돌아 흐르는 난멍허(南勐河)가 난멍산 계곡에서 누강(怒江)
쪽으로 흘러갔다. 난더는 양귀비꽃처럼 천연의 아름다움을 지니고
있었으나 그 아름다운 풍경 이면에는 사악한 범죄가 감춰져 있었다.
난더는 지리적 위치로 인해 마약거래 및 운반의 중요한 거점이 되었
던 것이다.

나는 웃으면서 안신에게 짓궂은 질문을 던졌다.

"물가의 누대에 올라가 몇 모금 빨아본 적 있지?"

그녀는 진지하게 말했다.

"웃을 일이 아니에요. 우리 학교 학생 중에도 마약에 손댄 애들이 적지 않았어요. 거짓말이 아니에요."

안신은 운이 없게도 그런 지역으로 배정된 것이다.

난더는 광핑에서 4백여 킬로미터나 떨어진 곳이었다. 장톄췬은 안신을 만나러 기차로 난더까지 오곤 했다. 이따금 안신이 휴가를 얻어 광핑으로 갈 때도 있었다. 안신의 직속상관은 판(潘)씨 성을 가진 교무주임이었다. 그는 쉰살의 체육교사로서 그녀를 잘 보살펴주었다고 한다.

안신과 장톄췬은 철길 위를 오가는 고달픈 연인이었지만 그런 만큼 아름답고 감동적인 면도 있었을 것이다. 그러나 애정이란 언제나 기다림과 근심에서 벗어날 수 없고 이별과 재회를 피하지 못한다. 나는 궁금증을 견딜 수 없었다. 대체 두 사람은 어떤 이유로 헤어지게 된 것일까? 성격 차이였을까? 아니면 의견충돌 때문이었을까? 그것도 아니면 극적인 제3자의 등장으로 애정에 위기가 찾아온 것이었을까?

교제가 깊어갈수록 안신과 나의 관계는 외부에 드러나기 시작했다. 적어도 태권도 도장의 사범님과 학생들은 우리의 연애를 대강 짐작하고 있었다. 그리고 하필이면 안신과 처음 관계를 맺던 날 경비실의 장씨와 부닥뜨리고 말았다.

그날 나는 회계수업을 마친 후 안신을 체육학교 숙소까지 차로 데려다주었다. 그리 늦지 않은 시각이라 그녀의 방에 들어가 얘기를 나누게 되었다. 그녀의 숙소는 벽돌로 지은 임시건물 안에 있었고 침대

하나를 겨우 놓을 수 있는 비좁은 공간이었다. 우리는 침대에 앉아 벽에 몸을 기댄 채 얘기했다. 우리의 이야기는 과거에 대한 회상보다는 미래에 대한 전망이 더 많은 비중을 차지했다. 분위기에 취한 우리는 서로 가장 원하는 것이 무엇인지 말하기로 했다.

"내가 먼저 말할게. 지금 내게 가장 필요한 것은 내가 사랑할 사람이야."

안신이 나의 말을 받았다.

"나랑 정반대네요. 내가 지금 가장 원하는 것은 나를 사랑해줄 사람이거든요."

우리는 서로 약속이나 한 듯 침묵 속으로 빠져들었다. 바로 그 순간 나는 안신을 껴안았다. 그녀를 껴안은 채 그녀의 귀에다 속삭였다.

"내가 바로 당신을 사랑해줄 사람이야."

그녀는 내가 자신을 껴안도록 내버려두었다. 곧이어 그녀도 나를 껴안기에 이르렀다. 그녀는 말없이 눈물을 흘리기 시작했고 그 눈물은 나를 감동시키기에 충분했다.

그날 밤 우리는 마침내 하나가 될 수 있었다. 오랜 갈증은 나를 미치게 만들었다. 그러나 안신은 지나칠 정도로 표현을 자제하며 절정에 이른 쾌감도 거의 드러내지 않았다. 결국 나는 그녀와의 첫 섹스를 마음껏 즐기지 못했고 끝난 뒤에 아쉬움을 느꼈다.

어쩌면 오래 쌓인 격정 때문에 나의 절정이 빨리 와버렸고, 안신이 미처 리듬을 타기도 전에 내가 먼저 끝내버렸는지도 모른다. 하지만 빨리 끝낸 것이 오히려 다행이었다. 가쁜 숨이 진정되기도 전에 누군가 요란하게 문을 두드렸던 것이다.

나보다 더 놀란 안신이 떨리는 목소리로 물었다.

"누구세요?"

문밖에서 장씨의 거친 목소리가 들려왔다.

"안신, 전화 받아!"

안신은 허둥지둥 일어나 재빨리 옷을 입었다. 나도 말없이 옷을 주워 입었다. 안신이 전화를 받으러 달려나갔다. 나는 천천히 신발을 신은 다음 방에서 나왔다. 체육학교 정문 안내실에서 안신이 전화를 받고 있었다.

그녀 뒤에 있던 장씨 아저씨는 반감을 품은 눈으로 나를 쳐다보았다. '이렇게 늦은 시간에 저 자식이 여기서 뭘 하고 있는 거야'라고 말하는 듯했다. 나는 그의 눈길에도 아랑곳하지 않고 안신에게 작별인사를 했다.

"안신, 나 갈게."

안신은 눈으로만 짧게 답했다.

다음날 나는 평소와 다름없이 태권도 도장에 갔다. 훈련이 끝난 뒤 사범님이 불렀다.

"양루이, 잠깐 남게."

"무슨 일이십니까?"

"클럽의 마(馬)사장이 자네랑 얘기를 하고 싶어하네."

대충 짐작이 갔다. 어제 야간근무를 선 장씨가 이러쿵저러쿵 입을 놀린 것이 분명했다.

그런데 클럽 사무실에 들어서자 예상 밖의 상황이 펼쳐졌다. 마사 장이 얼른 자리에서 일어나 맞아주었을 뿐만 아니라 얼굴 가득 웃음을 띠고 있었던 것이다.

"자, 어서 오게! 자네가 양루이로군. 앉게나. 대학을 막 졸업했다고 들었네만?"

나는 소파에 앉아 어색한 표정으로 물었다.

"마사장님, 무슨 일로 저를 부르셨습니까?"

"듣자 하니 꽤 열심히 훈련에 임한다고 하더군. 자네는 손과 다리가 길어서 태권도 하기에 더없이 좋은 체격이야. 지난번에는 대회에 참가하지 않았지? 정말 안타까운 일일세. 사범 얘기로는 참가했으면 틀림없이 메달을 땄을 거라더군."

"그때는 발을 삐어서 참가하지 못했습니다. 한데 마사장님, 무슨 일로 저를 부르셨습니까?"

그제야 마사장은 본론으로 들어갔다.

"누가 그러던데 자네 여자친구가……"

내가 재빨리 말을 받았다.

"마사장님, 제게 여자친구가 있다니요? 누가 그런 허튼소리를 했는지……"

마사장이 눈을 가늘게 뜨고 말했다.

"자네, 여자친구가 있지 않나? 사람들 얘기로는 자네 여자친구가……"

나는 그의 말을 끊었다.

"사람들이 헛소문을 퍼뜨린 것이 분명합니다. 체육학교 안에 하릴 없이 이러쿵저러쿵 말을 퍼뜨리고 다니는 사람이 있는 것 같습니다."

마사장은 눈을 깜빡거리다가 미간을 찌푸리며 말했다.

"아니, 나는 한두 사람한테 들은 것이 아닐세. 자네 여자친구가 무슨 그룹의…… 아, 맞아! 궈닝그룹 사람이라고 그러더군."

나는 순간 어리둥절했다.

"아, 궈닝그룹 말씀이시군요."

"그래, 맞아."

마사장은 미안하다는 듯이 웃으며 말했다.

"그 궈닝그룹 말일세. 상당히 실력있는 그룹으로 알고 있네. 그래서 말인데 혹시 우리 클럽과 합작할 의사가 있는지 좀 알아봐주겠나? 지금은 스포츠도 뜨는 사업 가운데 하나라네. 중국에서 스포츠 사업은 아직 충분히 발전하지 못한 상태라 전망이 밝아. 안목이 있는 기업가라면 스포츠로 시선을 돌릴 거라고 믿네! 스포츠도 잘만 하면 큰돈을 벌 수 있네. NBA의 시카고 불스나 축구의 맨체스터 유나이티드처럼 말일세."

'아, 이 일 때문이었구나.' 안도의 한숨을 내쉰 후 나는 마사장님의 뜻을 궈닝그룹에 반드시 전달하겠다고 했다. 마사장은 내가 순순히 일을 떠맡아주자 감격해하며 내 손을 잡고 '스포츠 사업의 발전과 국민의 건강증진을 위한 위대하고 숭고한 사업'이라는 둥 장황하게 너스레를 떨었다. 내가 돌아갈 때 마사장은 체육학교 정문까지 배웅해주었다.

　나는 마사장을 위해 귀닝그룹 남매와의 만남을 곧바로 주선해주었
다. 회동은 순펑호텔의 식당에서 이루어졌다. 마사장은 그 자리에 지
역 체육위원회 주임과 부주임 등 정부 관리들도 오게 했다. 회동의
분위기와 결과는 내가 예상한 것보다 훨씬 좋았다. 얘기가 진행될수
록 분위기는 더욱 훈훈해졌고 쌍방은 의기 투합하여 곧장 의견 일치
를 볼 태세였다.

　몇차례의 만남 후 나는 더이상 그 일에 관여하지 않았지만 협력은
신속하게 이루어져 징스체육학교가 땅을 제공하고 귀닝그룹이 자금
을 출자하여 귀닝태권도클럽 유한회사를 새로 설립하기로 했다. 새
회사는 9백만 위안을 투자하여 웅장한 규모로 귀닝태권도장을 건립
하기로 결정했다.

　이 일은 내가 이제껏 참여한 일 가운데 가장 큰 사업이었다. 그 때
문인지 나는 아주 특별한 느낌을 받게 되었다. 나는 비즈니스에 대한
강렬한 욕구를 갖게 되었고 심리적으로도 크게 고무되었다. 하릴없
이 여자들이나 좇아다니며 세월을 축내는 것은 청춘을 낭비하는 짓
으로 여겨졌다.

　나는 중닝을 찾아가 새로운 일자리를 부탁했다. 그러자 중닝은 나
의 이런 부탁을 매우 기쁘게 받아들였다. 사실 그녀는 이전부터 내가
사업에서 큰 성공을 거두는 남자가 되기를 바랐던 것이다. 그녀는 나
의 사업욕구를 전폭적으로 지지하면서 오빠에게 나를 적극 추천해주
었다. 나는 곧 귀닝태권도장 공사프로젝트의 부총감독이 되어 총감
독을 보좌하면서 기초건설 분야의 업무를 배우게 되었다.

　나는 새로운 임무가 아주 만족스러웠다. 나는 새로운 자아의 발견과 과거에 대한 반성을 한 뒤로 일에 몰두할 때마다 기분이 고양되곤 했다. 그러면서 자연스럽게 안신과는 멀어지게 되었다. 어쩌면 여인의 몸을 가진 뒤 흥미를 잃게 되는 것은 남자의 고질병인지도 모른다. 나는 안신을 만나지 못해도 더이상 참기 힘들거나 초조감을 느끼지 않게 되었다.

　나는 다시 회계수업을 중단했고 일이 바쁘다는 핑계로 안신을 데려다주지도 않았다. 심지어 태권도 도장에 나가지도 않게 되었다. 새 사무실에서 건축공사와 관련된 일을 하며 나는 매일 바쁘게 지냈다. 부총감독인 나는 수많은 부하가 내 지시에 일사불란하게 움직이는 것을 보면서 극도의 흥분상태를 경험하였고 그리하여 다른 것들에 대해선 아무런 흥미도 느낄 수 없었다. 규칙적으로 회사에 출근하니 중닝과는 더 가까워지게 되었다.

　나의 개과천선에 가장 기뻐한 사람은 바로 류밍하오였다. 내가 부총감독으로 부임하자마자 류밍하오는 밥을 사주면서 뭔가를 얻어내려고 했다. 류밍하오가 사주는 밥은 절대로 공짜가 아니었지만 그는 자신의 의도를 처음부터 드러내지는 않았다. 내가 류밍하오에게 물어보았다.

　"에어컨 때문이지? 귀닝 생수공장에서 너희 에어컨은 필요없다고 해서 애먹고 있지?"

　류밍하오가 내 말을 받았다.

　"우리 에어컨이 얼마나 좋은데 그래. 미국산 본체에다……"

내가 말을 잘랐다.

"에어컨은 회사 구매조달부에서 입찰을 통해 구입해. 나는 구매조달부가 아니라 공사감독부 소속이라 기초공사에만 관여하고 있어. 왜 진작에 건축회사를 세우지 않았니?"

난 장난스럽게 말했는데 류밍하오는 내가 내민 장대를 타고 올라왔다.

"건축회사라고? 있지! 룽화 건축인테리어회사라고 들어봤어? 국가 2등급 회사니까 당연히 들어봤겠지. 그게 바로 우리 회사야."

"너희 회사라고? 고등학교 때부터 널 알고 지냈는데 왜 나는 네가 사회주의 건설에 참여하고 있다는 말을 들어보지 못했을까?"

류밍하오가 웃으면서 말했다.

"사실은 내가 잘 아는 형님 회사야. 나도 십 퍼센트의 지분을 갖고 있지. 그 회사가 나에게 지분 참여를 권한 이유는 사실 나의 폭넓은 인맥 때문이야. 요새는 할 만한 일도 없고 뭘 하든 손해야. 네가 이번에 우리 형님을 좀 도와줘."

확실히 류밍하오는 나보다 한수 위였다. 이전에 그가 날 도와주었으니 이제는 내가 그를 도와줄 차례였다. 나는 주선자로 나서서 나의 직속상관이자 공사 총감독인 벤샤오쥔(邊曉君)을 아시아호텔 3층에 있는 진쟝푸(錦江府) 식당으로 초대했다.

룽화 건축인테리어회사 사장은 식사를 하는 내내 자기 회사를 우리에게 홍보했다. 모두들 사뭇 진지한 모습으로 들었다. 직속상관인 벤샤오쥔은 다른 약속이 있다며 식사가 끝나기도 전에 먼저 자리에서 일어났다. 남은 우리 세 사람은 배부르게 먹고 얼큰하게 취하도록 술을 마셨다. 모두들 자리에서 일어나려고 할 때였다. 룽화 건축회사 사장이 갑자기 두둑한 봉투를 내게 건네며 말했다.

"정말 감사합니다!"

나는 이런 상황을 한번도 경험해보지 못한 터라 어쩔 줄 몰라하다가 류밍하오를 쳐다보며 말했다.

"이게 뭐야, 류밍하오. 이럴 필요까지 없어. 우리가 어떤 사인데 그래? 게다가 일이 어떻게 될지도 모르잖아."

건축회사 사장이 진지한 표정으로 말했다.

"사업이 성사되지 않는다 해도 의리는 남는 법이지요. 우리는 이제 친구나 다름없지 않습니까."

류밍하오가 맞장구를 쳤다.

"그냥 받아둬. 이 정도는 인사치레라고도 할 수 없어. 그저 업계의 관행일 뿐이야."

얼굴이 달아올랐다. 스물세살 인생에서 처음으로 겪는 일이었다. 이런 일은 진작에 들어 알고 있었지만 실제로 겪어보니 몹시 난감했다. 받을 수도 없고 안 받을 수도 없는 상황이었다. 난 이 일을 어찌하면 좋을까 잠시 생각해보다가 말했다.

"류밍하오, 우리는 아직 나이도 어린데 이런 일은 바람직하지 않은 것 같아. 안 받는 걸로 하자."

류밍하오가 말했다.

"건축회사 지출항목에 다 책정되어 있는 돈이야. 어차피 회사 장부에는 지출로 잡혀 있다고. 그 돈을 우리가 가져갈 수는 없어."

류밍하오는 이렇게 말하면서 내 가방 안에 봉투를 밀어넣었다. 나도 더이상 사양하지 못했다.

"그럼 이 봉투는 총감독한테 갖다주도록 하지."

룽화 건축회사 사장이 말했다.

"이건 선생님 몫이고 총감독님 몫은 따로 있습니다."

나는 룽화 사장의 말에 아랑곳하지 않고 다음날 아침 2만 위안이나 되는 중개수수료를 관청에 신고하듯 상사인 벤샤오쥔의 책상 위에 올려놓았다. 벤샤오쥔은 오랫동안 건설업무를 해온 터라 이런 일에는 익숙해 있었다. 그는 봉투를 뜯지도 않고 담담하게 말했다.

"중개수수료 아닌가? 넣어두게."

중닝이 사촌언니의 결혼식에 참석하기 위해 난징(南京)으로 떠날 예정이었다. 그녀를 공항까지 바래다주면서 중개수수료에 관해 털어놓았다. 중닝이 차분한 어투로 말했다.

"아, 그 일은 나도 알고 있어. 총감독이 받으라면 그냥 받아둬."

"이제 막 부임한 처지에 대놓고 중개수수료를 챙기면 아랫사람들의 기강이 해이해지지 않을까?"

중닝이 내 뺨에 입을 맞추고 나서 말했다.

"역시 내가 사람 하나는 제대로 봤다니까. 나는 자기처럼 패기 넘치는 남자가 좋아. 회사에서 승인한 돈은 얼마든지 받아도 돼."

중닝을 배웅하고 집으로 돌아온 나는 목욕 후 목욕수건을 어깨에 걸친 채 석간신문을 보다가 문득 음성 메시지를 확인해야겠다는 생각이 들었다. 이번에도 안신의 메시지였다. 그녀는 며칠 동안 여러 차례 내게 전화를 했다. 나는 집에 돌아오는 시간이 매일 늦다 보니 번번이 회신을 하지 못했다.

안신의 음성 메시지는 원망하는 기색이 역력했다.

"양루이, 또 집에 없는 거예요? 요 며칠 계속 집에 안 들어왔나봐요? 시간 나면 전화해줄래요?"

그녀는 내가 집에 있으면서 일부러 전화를 받지 않는다고 여기는 것 같았다. '또 집에 없는 거예요?'라니. 당연히 집에 없지! 나는 잠시 망설이다가 징스체육학교로 전화를 걸었다. 역시 장씨가 전화를 받았다. 그는 첫마디부터 언짢은 목소리였다.

"안신은 나가고 없소!"

그러고는 나에게 질문을 던졌다.

"그런데 누구요?"

나는 귀찮게 해드려서 죄송하다고 한 뒤 얼른 전화를 끊어버렸다. 생각해보니 안신은 이 시간에 둥청구 문화궁에서 수업을 받고 있을 것 같았다.

나는 둥청구 문화궁으로 차를 몰면서도 약간 망설여졌다. 나는 분명 안신을 좋아하고 있지만 이런 감정이 젊은 날의 열정에 불과할지도 모른다는 생각이 들었던 것이다. 이런 열정은 일시적인 정욕일지도 모른다. 열정적인 사랑은 영원할 수 없다. 사업과 미래를 생각하면 분명 안신보다는 중닝이 내게 더 어울렸다. 연애 초기에는 성적인 욕망이 가장 중시되고 모든 것을 압도하지만 나중에는 점차 그 중요성을 잃게 되지 않는가.

문화궁에 도착했으나 수업이 끝나기 전이었다. 나는 들어가지 않고 그냥 차 안에서 기다리기로 했다. 한참 후에야 사람들이 밖으로 나오기 시작했다. 그러나 안신의 모습은 보이지 않았다. 그녀를 찾으러 교실로 갔다. 불이 꺼진 교실은 어두웠고 텅 빈 복도에는 사람 그림자 하나 보이지 않았다. 나는 그녀의 숙소에 가보기로 마음먹었다.

도로에는 차가 많지 않았다. 문화궁에서 징스체육학교까지는 담배 두 대 피울 시간이면 충분했다. 체육학교 입구는 도로 보수공사로 인해 차가 들어갈 수 없었다. 하는 수 없이 차를 길가에 세워놓고 걸어서 안으로 들어갔다. 체육학교의 철문은 이미 굳게 닫혀 있었다. 나는 잠시 머뭇거리다가 문을 두드렸다. 문을 열어준 장씨 아저씨가 언짢은 듯 거친 말투로 말했다.

"아직 안 돌아왔소!"

"어디 갔는지 아세요?"

"나는 모르지. 한데 무슨 일로 안신을 찾아온 거요?"

나는 속으로 '무슨 일로 왔는지 당신이 무슨 상관이야'라며 쏘아붙이고 싶었지만 애써 참았다.

"요즘엔 보통 몇시쯤 숙소에 들어오나요?"

장씨가 사납게 말했다.

"대체 무슨 일로 그러는 거요? 꼭 만나야 된다면 내일 다시 오슈. 얼마 전부터 들어오지 않는 날이 많다우."

나는 그가 말한 얼마 전이란 안신이 우리집에서 나를 보살펴주던 때라는 것을 모르지 않았다. 나는 더이상 묻지 않고 체육학교에서 나왔다. 울퉁불퉁한 길을 지나 차를 세워둔 곳으로 발걸음을 옮기는데 문득 안신의 모습이 눈에 들어왔다.

그녀는 길 건너편의 교통경찰 초소 옆에 있었다. 그녀는 그 초소의 그림자 안에서 한 남자와 속삭이고 있었다. 아니, 정확히 말하면 그 남자를 바라보며 울고 있었다. 도로를 사이에 두고 있긴 했지만 그녀가 손으로 눈물을 훔치고 있다는 사실을 그녀의 그림자를 보고 어렵지 않게 알 수 있었다. 그녀 앞에 있는 남자가 젊은 사람이 아니란 것도, 남자의 표정이 몹시 어둡고 유감을 드러내고 있다는 것도 어렵지 않게 알 수 있었다.

5

안신을 맨 처음 보았을 때 그녀는 미래에 대한 순박한 꿈으로 가득한 순수하고 순진한 소녀처럼 보였다. 지금은 그런 생각이 얼마나 비현실적이고 허황한 것인지 나는 분명히 알고 있다. 하지만 징스체육학교 입구의 어두운 길모퉁이에서 남자와 함께 있는 안신을 목격하던 순간, 나는 현실 속의 안신이 나의 상상보다 훨씬 복잡한 내력을 가지고 있음을 직감했다. 과거에 장톄쥔이라는 남자와 깊은 관계를 맺었을 뿐만 아니라 어느새 새로운 남자가 그녀 주위에 나타난 것이다. 사실 그녀는 과거가 복잡할 뿐만 아니라 진정한 모습을 가늠할 수 없는 신비스러운 여자였다. 정말 우스운 것은 내가 그녀를 내 곁에 잡아둘 수 있으리라고 믿었다는 점이다.

'내가 정말 바보였어!'

나는 서둘러 차를 몰아 집으로 돌아왔다. 안신에 대해 가졌던 열정은 이미 사라졌고 심지어 그런 여자는 내게 어울리지 않는다는 판단을 내린 뒤였지만 우연한 목격으로 나는 큰 실망과 분노를 느끼게 되었다. 속았다는 느낌과 상실감이 몰려왔다. 안신은 그 남자와의 밀회를 마치고 내게 전화를 걸어 그동안 왜 자신을 모른 척했느냐고 원망할지도 모른다. 그러고 보면 그녀에게 전화하지 않고 모른 척했던 건 잘한 일이었다.

희미한 가로등 불빛에 비친 그 남자의 모습은 나이가 적어도 사오십은 되어 보였다. 안신이 의지하고 있는 걸 보면 그는 분명 갑부일 것이다. 안신은 왜 그의 면전에서 눈물을 보였던 것일까? 갑부가 그녀를 차버리려 했던 것일까?

난 불을 끈 뒤로도 한참이나 잠을 이루지 못했다.

다음날 아침 나는 약간 망설이다 결국 안신에게 전화를 걸었다. 안신의 마음을 알고 싶었기 때문이다. 어쩌면 그녀가 내게 적극적으로 다가오지 못한 까닭은 그 갑부가 있었기 때문인지도 모른다.

안신은 내가 말을 꺼내기도 전에 다급히 물어왔다.

"양루이, 그동안 집에 없었나요? 아무 일 없는 거죠?"

나는 덤덤하게 대답했다.

"응, 일 때문에 좀 바빴어."

"여러번 전화를 걸었지만 안 받고, 메시지를 남겨도 회신이 없어서……"

"무슨 일 있어?"

"시간 날 때 한번 와줄래요?"

"무슨 일인데? 전화로 할 수 없는 얘기야?"

안신은 내 태도가 사뭇 냉담하다는 것을 알고 멈칫하다가 차분하게 말했다.

"언제가 편해요? 내가 찾아갈게요. 시간을 많이 빼앗지는 않을 거예요."

안신의 어투는 어느새 사무적으로 변해 있었다. 나는 저녁에 문화궁 야간학교 정문에서 만나자고 했다.

그날 퇴근하기 전에 류밍하오의 전화를 받았다. 중닝이 외지에 나가 있다는 사실을 아는 그는 나에게 저녁에 바나나 나이트클럽으로 오라고 했다. 무용과 여학생들과 함께 있을 예정이니 내가 오면 마음에 드는 아가씨를 소개해주겠다고 했다. 나는 안신과의 약속 때문에 그의 제안을 거절했다.

"요즘 일 때문에 너무 힘들어. 퇴근한 뒤 그냥 조용히 쉬고 싶어. 무용과 학생들은 네가 생산한 것이니 네가 알아서 소비하도록 해. 몸조심하고."

회계수업이 끝나는 시간에 맞춰 문화궁으로 가니 안신은 벌써 길가에 나와서 나를 기다리고 있었다. 그녀는 한마디 말도 없이 차에 올라탔다.

도로를 반 블록쯤 지날 때까지 둘 다 아무 말도 하지 않았다. 결국 내가 먼저 입을 열었다.

"오늘은 수업이 일찍 끝났나봐?"

안신이 짧게 그렇다고 대답했다.

다시 할 말이 없어졌다. 몹시 낯선 사람들 같았다. 나는 말없이 계속 차를 몰다가 침묵을 참을 수 없어 딱딱한 어투로 물었다.

"무슨 일로 만나자고 한 거야?"

안신은 고개를 숙인 채 말이 없었다. 나는 불쾌해지기 시작했다.

"나 오늘 저녁에 회의가 있어. 무슨 일인지 어서 말해!"

안신은 나의 신경질적인 태도가 의외라는 듯 나를 쳐다보았다. 나는 일부러 앞만 응시한 채 그녀의 눈길을 피했다. 그녀가 말했다.

"별일 아니에요. 바쁘면 가서 일 봐요. 난 여기서 내릴게요."

그녀는 화가 난 표정이었다. 아마 실망이 컸을 것이다. 나는 그녀를 만날 때마다 한없는 열정과 정성, 인내를 보여주었고 냉담한 모습을 보인 적이 한번도 없었다.

나는 말투를 조금 누그러뜨렸다.

"화난 건 아니지?"

"아니에요."

"전화도 하고 찾아가기도 했는데 안신이 계속 집에 없었어. 못 믿겠으면 장씨 아저씨한테 물어봐. 어젯밤에도 찾아갔으니까."

내 말을 진실로 받아들였는지 안신의 말투가 좀 부드러워졌다.

"바쁜 것 알아요. 양루이씨를 귀찮게 하고 싶지 않았는데……"

"대체 무슨 일인데 그래. 어서 말해봐. 도와줄 수 있으면 도와주고 도와줄 수 없으면 도와줄 수 없다고 말할게."

안신은 다소 긴장이 되는 듯 호흡을 가다듬으며 말했다.

"돈 좀 빌려줄 수 있어요? 급하게 쓸 일이 있어서요."

마음이 무거워졌다. 난 그녀에게 남자가 있었다는 것을 알고 있다. 그리고 어제는 다른 남자가 있다는 사실도 알게 되었다. 그런 마당에 오늘 만나서 꺼낸 첫마디가 돈 빌려달라는 말이라니. 나는 짐짓 태연한 척하며 물었다.

"얼마나 필요한데?"

"삼천 위안요. 빌려줄 수 있어요?"

"집에 다녀올 생각이야? 아니면 학비를 내려고? 삼천 위안이면 돼?"

안신이 내 시선을 피하면서 말했다.

"삼천 위안이면 충분해요. 정말 면목이 없어요."

어제 그 남자를 만난 것도, 그 남자 앞에서 눈물을 흘린 것도 어쩌면 돈 때문인지도 모른다.

"언제 필요한데?"

나의 말투는 사무적으로 변해 있었다.

"좀 빨리 해줄 수 있겠어요? 급해서 그래요."

나는 아무 말도 하지 않고 집으로 차를 돌렸다. 집에는 2만 위안의 중개수수료가 아직 그대로 있었다.

침실 옷장에 있던 돈을 꺼내 가지고 나왔다. 안신은 거실에 서서 기다리고 있었다. 내가 돈을 내밀자 안신은 믿기지 않는다는 표정으로 물었다.

"삼천 위안이에요?"

"오천 위안이야."

그녀는 잠시 망설였지만 사양하진 않았다. 그녀가 고개를 숙이며 말했다.

"고마워요, 양루이."

오천 위안을 그녀에게 건네는 순간 나는 마음속으로 두 사람 사이의 처음이자 마지막 거래일 것이라고 생각했다.

안신은 마치 죄라도 지은 듯이 고개를 숙이고 묵묵히 돈을 가방에 넣었다. 그리고 작은 소리로 말했다.

"양루이, 자세한 얘기는 나중에 할게요."

"그 장톄쥔이란 친구와 관련된 거야?"

안신은 잠시 멍한 표정을 짓다가 대답했다.

"아니에요."

"그럼 다른 남자 얘긴가?"

나의 눈길이 칼날처럼 무자비하게 안신의 얼굴로 향했다. 안신은 의아한 표정으로 나를 쳐다보았다.

"내가 이러는 것 마음에 안 들죠? 그렇죠?"

"너 스스로 생각해봐. 대체 이게 뭐야."

안신의 입술이 조금 떨렸다. 그녀는 말을 억누르고 있다가 한참 후에야 입을 열었다.

"양루이, 나는 당신이 내 애길 듣고 싶어하는 줄 알았어요. 당신은 다른 남자들과 다를 거라고 생각했어요."

나는 참지 못하고 속내를 털어놓았다.

"안신, 나는 진실로 널 좋아했어. 내가 널 좋아했던 것은 네가 다른 여자들과 달라 보였기 때문이야. 나라는 사람은 금전관계가 있는 여자랑은 연애 안해. 그 여자가 정말로 날 좋아하는 건지 아니면 돈 때문에 잘해주는 건지 분간할 수가 없거든. 모름지기 감정이라는 것은 순수해야지 돈냄새를 풍기면 안되는 거라고."

안신은 넋이 나간 사람처럼 내 말을 듣고 있었다. 그녀는 입을 열고 싶어했지만 나의 말이 그녀를 매섭게 찔러 한마디도 하지 못하고 말았다. 눈물이 고인 그녀의 눈을 보면서 나는 쾌감과 동시에 측은함을 느꼈다. 그녀가 조금 불쌍하게 느껴졌다. 나는 웃음을 띠며 부드럽게 말했다.

"좋아, 시간 날 때 한번 만나. 지난번에 갔던 자링각에서 보는 게 어때? 안신이 무슨 얘길 하든 귀기울여 들을게."

그녀도 웃음을 지어 보였다. 그리고 마음이 진정된 듯 차분한 어투로 말했다.

"돈은 꼭 갚을게요."

그녀는 나를 한번도 돌아보지 않고 밖으로 나갔다. 그리고 발소리조차 들리지 않게 빠르고 소리없이 사라져버렸다. 거실에 혼자 남은 나는 우리의 이별이 정말 참혹하다고 생각했다. 그녀는 추호의 망설임도 없이 아쉬워하는 뒷모습조차 남기지 않고 떠나버렸다. 가슴이 텅 비워진 것 같았다.

혼자 멍하니 있고 싶지 않았다. 차를 몰고 바나나 나이트클럽으로 가서 류밍하오를 찾았다. 떠들썩한 분위기와 낯선 사람들이라는 '엑스터시'가 필요했다. 술을 마셔야만 했다. 류밍하오는 친구들과 어울려 이미 거나하게 취해 있었다. 그의 곁에는 한눈에 보아도 무용이 전공임을 알 수 있는 여자들이 여럿 앉아 있었다. 하나같이 늘씬한 몸매에 착 달라붙는 의상이었다. 나는 벌컥벌컥 술을 마신 뒤 죽을힘을 다해 춤을 추었다.

술이 거나하게 취한 류밍하오가 목청을 높여 물었다.

"오늘 따라 왜 그래? 정신 나간 사람 같잖아. 중닝이랑 싸웠니? 차이지 않게 조심하라고. 너처럼 잘생긴 남자는 도처에 널렸어. 저길 좀 봐!"

그는 손가락으로 주위를 가리켰다.

"하나같이 미남미녀들이지? 이렇게 널린 게 꽃미남인데 혼자만 잘났다고 생각하면 안돼!"

나는 그의 말에 아랑곳하지 않고 술만 마셔댔다. 류밍하오가 내 귓가에 대고 물었다.

"혹시 안신이랑 사이가 틀어졌어?"

"누구?"

"태권도클럽의 안신 말이야. 무슨 일 있었니?"

나는 머리를 흔들며 개의치 않는다는 듯 말했다.

"별거 아니야."

"그래, 예쁜 여자들이 도처에 널려 있는데 심각할 필요 없지 뭐."

그랬다. 별것 아니었다. 심각할 필요도 없었다.

나이트클럽에서 술을 마신 뒤 며칠 동안 머리가 깨질 듯이 아팠고 얼떨떨해 정신을 차릴 수가 없었다. 그러나 생각의 줄 한가닥은 항상 안신에게 가 있었다. 한번만이라도 좋으니 그녀를 다시 보고 싶었다. 욕을 한바탕 퍼부어 그녀를 울리는 한이 있더라도 만나보고 싶었다. 어쩔 줄 몰라하는 그녀의 모습을 보게 된다 해도 상관없는 일이다.

중닝이 신혼의 사촌언니 부부와 함께 난징에서 돌아오자마자 그들과 함께 내몽고 여행을 떠나려고 했다. 저쟝(浙江) 사람들은 소심하고 꽉 막힌 생활을 하기 때문에 내몽고 초원 같은 거칠고 광활한 지역을 동경하는 편이었다. 사촌언니의 결혼식을 보아서인지 중닝은 빨리 결혼하자고 했다.

"양루이, 우리 빨리 결혼하자. 다들 그러는데 남자는 가정이 있어야 책임감이 생긴대."

처음에는 중닝의 말을 크게 신경쓰지 않았다. 나는 성급하게 내 인생을 결정지을 생각도 없었고 결혼생활에 대한 마음의 준비도 되어 있지 않았던 것이다. 중닝이 부잣집 딸이기는 하지만 그녀와 평생을 함께할 것인지는 아직 결정하지 못하고 있었다. 나는 중닝의 입을 막으며 말했다.

"왜 그렇게 제멋대로야."

중닝이 말을 받았다.

"어머! 남들은 남자가 청혼해도 여자가 튕기곤 하는데 우리는 어떻게 반대일까?"

"우리는 아직 어리잖아. 너무 일찍 결혼하면 회사 사람들의 비웃음을 사지 않겠어?"

"남자는 결혼을 해야 어른이 된대. 결혼을 해야 자기도 철없이 굴지 않을 거 아냐. 회사 사람들이 자기를 내 동생 같다고 하는 말 못 들었어?"

"그 사람들은 나를 질투해서 그러는 거야!"

나는 회사 사람들이 나를 어리다고 말하는 게 가장 싫었다. 기둥서방 일을 하지 않고서야 어떻게 프로젝트 책임자가 되고 부총감독이 되었겠느냐란 비아냥이 어리다는 말에 담겨 있었다. 중닝이 웃으면서 말했다.

"우리가 결혼해야 그 사람들도 더이상 질투를 안할 게 아니야. 결혼해야 남들도 쑤군대지 않는다고."

나는 말문이 막히자 시원스럽게 속내를 말해버렸다.

"벌써부터 결혼생활에 얽매이고 싶지 않아. 두해 동안만 자유롭게 지내기로 하자."

"무슨 자유가 필요해. 아직도 밖에서 여자를 만나고 다니는 거야?"

나는 흠칫 놀랐지만 웃음으로 넘겼다.

"아니, 그럴 리가 있나."

중닝은 눈을 가늘게 뜨고 사나운 얼굴로 말했다.

"양루이, 내가 아무것도 모를 거라고 생각하지 마. 류밍하오가 다 말해줬단 말이야."

"그 친구가 헛소리를 한 거겠지."

중닝은 내가 긴장하자 냉소를 머금었다.

"좋아. 그럼 한가지 물어볼게. 베이베이라는 여자애 알지? 모른다고는 하지 않겠지?"

나는 속으로 안도의 한숨을 내쉬었지만 몹시 화가 난 척했다.

"류밍하오 그 친구는 왜 계집애들처럼 입을 함부로 놀리고 다니는 거야. 그애는 류밍하오 여자친구의 사촌동생이야. 술집에 가서 술 한 번 같이 마신 게 전부야. 참, 한번 같이 놀러 간 적도 있구나. 하지만 딱 한번이었어!"

내 말에 중닝은 한결 부드러워진 목소리로 말했다.

"양루이, 날 사랑하긴 하는 거야? 자기는 한번도 그런 감정을 표현 한 적이 없는 것 같아."

"여자애들은 하나같이 다 똑같아. 닭살 돋는 사랑의 맹세나 좋아하 고 말이야. 생각해봐. 할아버지들이 하루종일 '사랑해'라는 말을 입에 달고 다니면 얼마나 바보 같겠어. 정말 내가 그런 계집애 같은 남자가 되기를 바라는 거야?"

중닝은 눈을 깜박이기만 할 뿐 대답하지 못했다. 그녀는 그런 느끼 한 남자를 좋아하지 않았다. 결국 그녀가 한발 물러서며 말했다.

"양루이, 내가 자기를 어떻게 대하고 자기 아버지를 어떻게 대하는 지 잘 알잖아. 나한테 미안해할 일은 절대 하지 마!"

나는 아무 말도 하지 않았다. 그녀가 나와 우리 아버지의 은인임을 자처하는 태도가 영 마음에 들지 않았던 것이다.

'우리 가족한테 잘해주는 건 알지만 날마다 그런 소리를 듣는 것은 지겨워. 나도 자존심이 있단 말이야.'

그날 오후 아버지가 전화를 걸어 한번 다녀가라고 했다. 오랫동안 아버지를 만나지 못했던 터라 퇴근하자마자 곧장 아버지 집으로 갔다. 집에 들어가자 음식 냄새가 가득했다. 어린 가정부가 요리를 해 놓았던 것이다. 식탁 위에 훌륭한 냉채가 차려져 있었을 뿐만 아니라 주방에 생선과 고기 등 갖가지 음식이 준비되어 있었다. 나는 환하게 웃으면서 아버지에게 말했다.

"정말 가정부 두길 잘하셨어요. 맛있는 음식을 마음껏 드실 수 있으니 말이에요."

아버지가 진지한 표정으로 물었다.

"요즘 중닝이랑 사이가 안 좋니?"

"중닝이 뭐라고 하던가요?"

"네가 요즘 아주 냉담해졌다고 하더구나. 대체 왜 그러는 거냐?"

"제가 냉담해졌다고요?"

나는 잠시 입을 다물었다가 말했다.

"요즘 안 그래도 일 때문에 골치 아파 죽겠는데 어떻게 허구한 날 중닝만 바라볼 수 있겠어요?"

아버지가 나를 타일렀다.

"중닝이 회사 부사장이라곤 하지만 그래도 여자가 아니냐. 이제 겨우 스물세살밖에 되지 않았으니 네가 잘 돌봐줘야지. 네 나이도 많은 것은 아니지만 그래도 남자니까 여자를 돌봐줘야지. 나는 네 엄마랑 그렇게 오래 살았어도……"

"제 일에 너무 간섭하지 마세요. 전 이제 다 컸단 말이에요!"

아버지가 언성을 높였다.

"네가 얼마나 컸는지 모르겠다만 어려서부터 넌 사고만 치고 다녔고 뒤처리는 늘 내가 했어!"

나는 아버지와 다투기 싫어 거실로 자리를 피하며 말했다.

"알았어요, 알았다고요."

"곧 있으면 중닝이 올 게다. 중닝을 함부로 대했다가는 나한테 혼날 줄 알아라."

"중닝이 온다고요? 아버지가 부르신 거예요?"

"그래, 내가 불렀다. 내가 못 부를 이유가 뭐냐? 너희 둘에게 화해할 기회를 주려는 게다."

"중닝은 오늘 저녁 내몽고 초원으로 떠난다고 했는데 안 가기로 했나봐요?"

"갈 거다. 저녁 먹고 나서 중닝을 공항까지 데려다주도록 해라. 저녁 아홉시 비행기라고 하더라."

"왜 저한테 그런 일을 시키세요? 앞으로는 제 일에 참견하지 마세요."

아버지가 눈을 부릅뜨며 성을 냈다.

"내가 돈 들이고 시간 들여 너희 두 사람에게 화해할 기회를 주려고 하는데 너는 어째 고마워할 줄도 모르냐?"

아버지와 한창 언쟁을 벌이고 있는데 중닝이 도착해 문을 두드렸다. 아버지와 나는 즉시 언쟁을 멈췄다.

문을 열어주는 아버지의 표정이 자연스럽지 않아 보였다. 중닝이 분위기를 알아챘는지 나를 바라보며 말했다.

"양루이, 또 아버님을 화나시게 한 거야?"

나는 아니라고 대답하고는 입을 다물어버렸다. 아버지가 중닝을 보며 다정하게 말했다.

"네가 어리석은 이놈을 잘 가르쳐줬으면 좋겠다. 심성이 고운 놈이니 잘 대해주면 저도 잘할 게다. 이놈은 남 듣기 좋은 말을 통 할 줄 몰라. 내가 젊었을 때는 얘 엄마에게 달콤한 말을 곧잘 했는데 저 녀석은 그런 구석을 하나도 안 닮았지 뭐냐."

중닝은 아버지의 말에 맞장구를 치면서 나에게 들으라는 듯이 말했다.

"양루이씨가 무뚝뚝하긴 하지만 전 그런 것에 신경 안 써요. 남자가 성깔도 있고 그래야죠. 제가 가장 싫어하는 남자는 여자를 밝히는 남자예요. 그릇에 든 밥을 먹으면서도 솥에 눈길을 던지듯이 예쁜 여자만 보면 침을 흘리는 그런 남자는 정말 싫어요."

아버지가 정색을 하며 그녀의 말을 받았다.

"양루이는 절대 그렇지 않단다. 따라다니는 여자애가 적지 않았지만 양루이가 처신을 잘했지."

중닝이 나를 보며 빙긋이 웃으며 말했다.

"아버님 말씀대로 처신을 잘하는지는 두고 봐야죠."

식사를 하면서 화제는 아버지가 맡은 궈닝호텔의 공사 진척상황과 내가 맡은 궈닝태권도장의 진행상황 등 주로 업무에 모아졌다. 아버지와 나는 업무를 보고하고 나서 저절로 지시를 기다리는 사람처럼 공손한 태도를 취했다. 모임은 이도 저도 아닌 애매한 자리가 되고 말았다.

식사 후에 나는 중닝을 공항까지 바래다주었다. 나는 공항까지 가는 동안 안전에 주의하고 감기 조심하라는 따위의 자상한 말만 했다. 중닝은 그제야 기분이 좀 풀리는지 환한 웃음을 보이며 말했다.

"이제 보니 자기도 사리분별을 할 줄 알고 귀여운 구석이 있네. 앞으로는 좀 어른스럽게 행동해. 남의 마음도 헤아리고 말이야."

나는 전방을 응시하며 말했다.

"사람 걱정 시키지 말고 일찍 돌아와. 남의 신혼여행까지 따라가는 이유를 모르겠군."

중닝이 웃으며 말했다.

"어머, 오늘은 해가 서쪽에서 떴나봐. 자기한테 이런 말도 다 듣고 말이야."

중닝은 공항으로 가는 길 내내 기분이 좋았는지 평소보다 말을 많이 했다. 나는 공항에서 그녀가 사촌언니 부부와 만나는 것을 지켜보았다. 탑승구 쪽으로 걸어가던 중닝이 고개를 돌려 나를 쳐다보았을 때 나는 그녀에게 손을 흔들어주며 잘 다녀오라는 말도 해주었다.

공항을 빠져나온 뒤 나는 집으로 돌아가지 않고 곧장 둥청구 문화궁의 야간학교로 향했다.

약 십분쯤 뒤에 안신의 모습을 볼 수 있었다. 내가 자동차 헤드라이트로 그녀를 비추자 그녀는 나를 알아보고 잠시 머뭇거리다가 차에 올라탔다. 그녀는 표정이 부자연스러웠고 심지어 조금 긴장하고 있었다.

"미안해요. 빌린 돈은 며칠 더 있어야 갚을 수 있을 것 같아요. 꼭 갚을 테니 걱정하지 말아요."

나는 말문이 막혀버렸다. 그녀는 내가 빚 독촉을 하러 온 줄 알았던 것이다. 나에 대해 이토록 깊은 오해가 생길 줄이야!

"나는 안신이 보고 싶어서 온 거야. 돈 얘기는 하지 마."

안신이 고개를 숙였다.

"안신은 내가 보고 싶지 않았어?"

가로등 불빛에 비친 그녀의 얼굴은 무척 창백해 보였다. 그러나 창백한 얼굴은 너무나도 아름다웠고 그 아름다움에는 슬픔과 평온함이 담겨 있었다. 때로는 격정과 분방함보다 슬픔과 평온함이 더 사람의 혼을 빼앗는 법이다.

나는 목소리를 낮추고 다시 물었다.

"내가 보고 싶었지?"

안신은 고개를 가로저으며 말했다.

"아뇨."

한동안 나는 그녀를 바라보기만 했다.

"그래도 나는 안신이 보고 싶었어."

그녀는 또다시 고개를 가로저었다.

"양루이는 절대 날 이해하지 못할 거예요. 당신이 아는 내 모습은 전부 진실이 아니에요. 나는 당신이 바라는 그런 순진한 여자가 아니에요. 아주 복잡한 사람이에요. 나쁜 일도 많이 저질렀어요. 나에겐 골치 아픈 일들도 많아요. 나는 정말 당신이 바라는 여자가 아니에요."

내가 사는 집으로 차를 몰았다. 가는 동안 서로 아무 말도 하지 않았다. 집 건물에 도착했지만 우리는 차에 앉아만 있었다.

안신이 먼저 입을 열었다.

"양루이, 너무 늦었어요. 난 숙소로 돌아가야 해요. 내일 태권도 초급반이 개설되기 때문에 일찍 나가 도장을 정리해야 돼요."

나는 오른손으로 그녀의 왼손을 잡았다. 그런 다음 그녀의 왼손을 세게 감싸쥐었다. 손에서 열이 났다. 안신의 가느다란 손가락이 내 손바닥에서 힘겹게 움직였다. 그 움직임은 매우 미묘한 의사소통이었다. 우리의 마음은 서로를 끌어당기고 있었다. 우리는 서로를 필요로 했다. 우리 사이에는 항상 격정과 감동이 넘쳐야 했다. 내가 조심스럽게 물었다.

"안신, 지난번에 돈 빌리며 약속했었지? 무슨 일인지 내게 말해주겠다고 말이야. 이제 말해줄 수 있겠어?"

안신의 얼굴은 아무런 표정도 없을 만큼 평온해 보였다.

"알고 싶어요?"

난 그녀의 목소리에서 용서와 다정함을 느낄 수 있었다.

"알고 싶어. 안신에 대해 모든 것을 알고 싶어."

6

류밍하오가 자신의 승용차로 나를 기차역까지 데려다주었다. 윈난성 칭몐으로 가는 열차는 베이징 서부역에서 저녁 열한시 오분에 출발할 예정이었다.

저녁식사는 류밍하오의 집에서 했다. 베이베이의 사촌언니이자 류밍하오의 아내인 리쟈는 영화를 보러 나가 있는 상태였다. 우리는 우량예(五粮液) 술을 마시며 마음껏 떠들어댔다. 류밍하오는 주로 베이징 유명인사들의 소식을 입에 올렸고 나는 미국에 사는 중국인들에 대해 얘기했다. 거나하게 취했을 무렵 류밍하오가 침실에 가서 두꺼운 봉투를 가져오더니 아무 말 없이 내 앞에 내려놓았다. 봉투 안에 든 것은 은행에서 막 찾아온 듯한 지폐 2만 위안이었다.

류밍하오의 모습은 돈을 주는 사람이 아니라 받는 사람 같았다.

"아우야, 이 형님이 이번 결혼으로 인해 가산을 탕진하다시피 한

건 너도 잘 알지? 소지주에서 순식간에 빈농으로 전락하고 말았단다. 네 형수는 베이베이처럼 부자 아빠도 없으면서 잘난 척하길 좋아하는 여자야. 우리 회사가 중궈칭의 회사만큼 대단한 줄 알고 있다니까. 결혼식 식사에만 삼만 위안이 들었단다. 물론 전에 내가 허풍을 떤 게 잘못이지만 말이야. 하여튼 이 돈은 정말 내가 어렵게 마련한 거란다."

나는 돈을 도로 돌려주면서 말했다.

"지난번에 준 돈도 그렇고 이 돈도 그래. 정말 난 이 돈을 받을 수가 없어."

류밍하오가 돈을 내 쪽으로 옮기면서 말했다.

"이건 지난번과 달라. 넌 지금 안신을 찾으러 갈 생각인데 베이베이랑 헤어진 마당에 무슨 돈이 있겠어? 직장에 다니는 것도 아니고 말이야. 윈난까지 가려면 돈이 있어야 하잖아."

"돈은 좀 있어. 끼니를 걱정할 때가 되면 널 찾을게."

"끼니 걱정할 정도는 아니겠지만 이건 내 성의야. 네 생각만 하면 난 미안해서……"

내가 웃으며 말했다.

"난 다 잊었는데 넌 아직도 지난 일을 마음에 담아두고 있는 거야? 됐어. 이젠 미래를 생각하자고. 미래는 언제나 아름답잖아."

우리는 잔을 부딪치며 남은 술을 모두 마셔버렸다.

거리로 나가자 바람이 거세게 불었다. 바람이 살을 에는 듯한 추위를 몰고 왔다. 류밍하오가 자신의 차 앞에서 먹은 것을 토했다.

“괜찮겠어? 내가 운전할까?”

류밍하오는 고개를 가로저으며 괜찮다고 했다. 그러고는 비틀비틀 다가와 나를 껴안더니 취기 가득한 얼굴로 말했다.

“사랑하는 아우야, 걱정하지 마! 무슨 일이 있어도 기차는 태워줄 테니까!”

운전하는 류밍하오의 모습에서 술 취한 기색이라곤 전혀 없었다. 그가 말했다.

“난 네가 한 여자를 이렇게 사랑하게 될 줄은 꿈에도 몰랐어. 정말 감탄했어, 양루이!”

“너도 한 여자를 사랑하고 있는 것 아니야? 그러니까 결혼할 수 있었겠지.”

“에이, 나는 너랑 다르지. 내가 너보다 나이가 많잖아. 더이상 우리 어머니 성화를 견디지 못하겠더라고.”

“옛날에는 잘 몰랐어. 한 사람을 일편단심으로 사랑할 수 있다는 걸 말이야. 내가 한 사람을 일편단심으로 사랑하고, 누군가가 오로지 나만을 좋아한다는 것은 정말 새로운 맛이야.”

“도대체 무슨 맛인데 그래?”

나는 한참을 생각하다 키득거리며 웃었다.

“아마 가짜 우량예 맛일 거야. 농담이야. 그 맛을 어떻게 설명할 수 있겠어.”

류밍하오가 말했다.

“안신이 너를 일편단심 해바라기하고 있는 게 확실해? 그녀는 과거에 남자가 많았잖아? 너는 그녀에 대해 얼마나 알고 있는 거야? 정말 그녀의 모든 것을 알고 있긴 한 거야?"

전에는 그런 것이 문제가 되었다.

'안신, 나는 너에 대해 얼마나 알고 있는 걸까? 너의 과거, 너의 이력, 네가 사귀었던 남자에 대해 나는 얼마나 알고 있는 걸까?'

내가 아는 것이라고는 안신에게 장톄췐 외에 또다른 한 남자, 내가 문화궁으로 찾아간 그날 밤 그녀가 말해주었던 마오졔(毛杰)라는 남자가 있었다는 사실뿐이다.

중닝이 사촌언니와 함께 내몽고로 떠난 직후였다. 그날 나는 공항에서 그들을 배웅한 다음 안신을 찾아갔다. 나는 안신을 집으로 데려왔고 그녀는 몸을 소파에 기댄 채 무릎을 모으고 앉아 마오졔에 대해 이야기하기 시작했다.

장톄췐에게 마오졔는 제3자였다. 물론 안신은 이런 용어로 마오졔와의 관계를 표현하지는 않았다. 그러나 마오졔가 안신의 애인이었음은 분명한 사실이었다.

안신의 말에 따르면 마오졔는 키가 크고 잘생긴 남자였다. 어쩌면 잘생겼기 때문에 그가 빛나 보였는지도 모른다.

안신은 난더에 있을 때 마오졔를 만났다고 했다. 어느날 안신은 학교일 때문에 평소보다 늦게 집으로 향하다가 배가 고파 한 음식점에 들어갔다. 음식점 안에는 술에 취한 사내 몇명이 있었고 이들은 여자 혼자 들어오는 것을 보고 농지거리를 하기 시작했다. 키가 작고 건장한 사내 하나가 그녀에게 가수 누구가 아니냐고 물었다. 안신은 사람을 잘못 봤다며 자신은 가수가 아니라고 대답했다. 그러자 곧 다른 사내들이 합세하여 왜 잘난 척하느냐, 가수가 맞는데 왜 아니라고 하느냐며 소란을 피워댔다. 안신은 이들의 소란에 전혀 신경쓰지 않고 고개를 숙인 채 조용히 국수만 먹고 있었다. 작고 건장한 사내가 다가오더니 히죽거리며 말했다.

"이봐, 아가씨, 노래 한번 해봐. 이 오빠가 돈 줄게."

그는 역한 술냄새를 풍기며 꼴사나운 얼굴을 안신에게 바짝 들이밀었다. 사내는 안신이 눈길조차 주지 않자 안신의 얼굴을 쳐다보며 피부가 정말 하얗다는 둥 희롱을 하기 시작했다. 당시 음식점 종업원들은 멀찌감치 떨어져 있었다. 식사를 하던 손님들도 감히 나서지 못하고 있을 때였다. 한 이십대 청년이 자리에서 일어나 말했다.

"이봐요, 공연히 사람 괴롭히지 말아요. 나약한 아가씨를 괴롭히는 게 뭐 그리 장한 일이라고 그래요!"

주정꾼들은 모두 어리둥절했지만 이내 상황을 파악할 수 있었다. 상대방은 혼자였고 영웅이 되어 미인을 구하겠다고 나선 청년이었다. 키 작고 건장한 사내가 느닷없이 반쯤 남은 맥주병을 청년에게 집어던졌다. 청년은 미처 피하지 못해 살갗이 벗겨졌다. 술병은 벽에 부딪혀 펑 하는 소리와 함께 깨졌다. 원래 안신은 술꾼들과 실랑이하기가 싫어 서둘러 국수를 먹은 뒤 나갈 생각이었지만 용감히 나선 손님이 자기로 인해 피를 흘리고 있었기 때문에 그냥 지나칠 수 없게 되었다.

용감하게 나선 그 청년이 바로 마오졔였다. 마오졔와 주정꾼들은 급기야 엉겨붙어 싸우기 시작했다. 보통의 여자라면 이럴 때 기회를 봐서 도망치는 것이 상례이다. 하지만 안신은 도망치지 않았다. 잠시 후 주정꾼들은 안신이 태권도 고수라는 사실을 알게 된다.

난 안신의 간단한 설명만 듣고도 실감나게 그 장면을 그릴 수 있을 것 같았다. 나는 안신의 '뒤로돌려차기' 맛을 본 적이 있기 때문에 그녀의 말이 결코 허언이 아님을 잘 알고 있다.

술에 취해 단 한번의 공격도 막기 힘들었던 주정꾼들은 공격이 두 번 세번 이어지자 바닥에 쓰러져 나뒹굴게 되었다. 제각기 발버둥치면서 어떻게든 반격해보려고 애썼지만 번번이 막히고 말았다.

음식점 주인과 종업원들 그리고 마오졔는 멍하니 바라보고만 있었다. 어쩌면 마오졔는 그 순간에 안신을 사랑하게 되었는지도 모른다. 이는 너무나도 당연한 귀결이리라. 단지 '영웅이 미인을 구하는' 줄거리가 '미인이 영웅을 구하는' 내용으로 바뀌었을 뿐이다.

그 뒤에 이어질 이야기는 마오졔를 병원으로 데려다주는 것이겠지만 마오졔는 나와는 달리 병원이 아닌 집으로 갔다. 집이 바로 근처에 있었기 때문이다.

안신은 마오졔를 따라가 그의 머리에 난 상처를 치료해주었다. 마오졔의 얼굴에 가득한 피를 보자 처음엔 안타까운 마음이 들었지만 핏자국을 닦아내니 다행히 상처가 깊지 않았고 상태도 심각하지 않았다.

마오졔의 집은 단독주택이었다. 난더에서 여러 채의 건물이 한 울타리 안에 있는 저택은 부유함의 상징이었다. 하지만 안신이 보기에 그곳은 졸부의 집에 불과했다. 돈은 많은지 몰라도 문화가 없는 것 같았다. 마오졔의 말에 따르면 그의 부모님은 사업을 하고 있었다. 형도 역시 타지에서 사업을 하고 있다고 했다. 그 자신은 고등학교를 졸업한 뒤 직장을 구하지 못해 집에서 빈둥거리며 지낸다고 했다. 물론 부모님을 도와드릴 때도 있지만 그 외에는 할 일이 없다고 했다. 처음 만난 사이인데도 마오졔는 안신에게 자신의 사진첩을 꺼내 보여주었다. 사진 속의 옷이나 가구를 보면 어린 시절에는 집이 가난했음을 알 수 있었다. 마오졔의 가정형편이 눈에 띄게 좋아진 것은 고등학교 졸업 이후, 그러니까 최근 몇년 사이의 일이었다. 그는 최근에 와서야 얼굴도 좋아지고 멋있어졌다. 그러고 보니 그의 사진은 최근 몇년 사이에 주로 찍은 것이었다. 안신은 앨범을 넘기면서 정식으로 직장을 찾거나 뭐라도 배워야 하지 않겠느냐고 말했다. 마오졔는 고개를 끄덕이며 자신도 그렇게 생각한다고 답했다.

마오졔의 부모님은 이미 잠든 상태였고 그의 형은 집에 없었다. 넓은 집에는 두 사람만 눈뜬 채 속삭이고 있었다. 그래서인지 그날 밤은 더없이 따스하고 고요하게 느껴졌다. 그녀는 당연히 마오졔에게 호감을 가지고 있었다. 한 여자의 삶에 예고없이 나타난 잘생긴 청년, 그 청년이 자신을 위해 용감하게 나선다는 이런 이야기는 진부해 보이지만, 그래도 모든 여자들이 꿈꾸고 있는 환상을 이끌어내기에 충분했다. 안신은 마오졔의 사진첩을 구경한 뒤 마음을 가라앉히는 데 좋다는 우유를 마셨다. 그리고 돌아가려고 할 때 숙소까지 바래다주겠다는 마오졔의 호의를 굳이 거절하지 않았다.

마오졔의 집과 안신의 숙소는 동서로 떨어져 있어 삼십여분을 걸어야 했다. 두 사람은 인적 없는 난더의 거리를 유쾌하게 걸으며 애기를 나눴다. 마오졔는 내성적인 성격이라 말하는 것을 별로 좋아하지 않았지만 줄곧 안신의 말에 귀를 기울였고 이는 안신을 즐겁게 했다. 어쩌면 그녀가 마오졔를 만나 즐거웠던 이유는 외로웠기 때문일 것이다. 그녀는 그곳에 친구도 없고 가족도 없었다. 난더에서 그녀는 가난하고 외롭게 지냈던 것이다.

젊은 사람들의 이야기는 언제나 낭만적인 법이다. 두 사람은 상대방이 바라는 인생의 지향점에 관해 물었고 자신이 도달하고 싶은 목표에 대해 이야기했다. 어느새 두 사람은 서로에게 영향을 미치고 싶다는 마음이 들게 되었다. 서로는 이미 상대에게 매우 중요한 친구가 되어 있는 것 같았다. 그녀는 마오졔를 처음 만났지만 두 사람 사이에 미묘한 느낌이 스며드는 것을 막거나 제한하지 않았다.

안신이 먼저 자신의 계획을 말하기 시작했다. 그녀가 털어놓은 계획은 밑바닥에서 몇년 동안 경험을 쌓은 다음 대학원에 들어가 학업을 계속하는 것이었다. 그리고 따뜻한 가정을 꾸려 아이도 한명 낳을 것인데 여자 아이라면 좋겠다고 했다. 또 태권도를 열심히 훈련하고 싶다고 했다. 젊을 때 성(省) 대회에서 우승하거나 전국대회 상위 10위 안에 들면 먼 훗날 스스로 큰 위안을 얻을 수 있을 뿐 아니라 후손들에게도 커다란 자랑거리가 될 수 있을 것이라고 했다. 안신은 하고 싶은 일이 많았다. 여자로서 이런 목표를 실현할 수 있다면 대단한 일이 아닐 수 없겠지만 그만큼 부담도 막중할 것이다.

한편 미래에 대한 마오졔의 생각은 지극히 단순했다. 그가 원하는 것은 부자가 되는 것이었다. 그는 자신이 앞으로 큰돈을 벌 것이라고 했다. 안신은 그런 그를 깨우쳐주고 싶었다.

"물론 돈도 중요하겠지만 돈이 마오졔씨의 모든 것을 대신할 수 있을까요? 일에 대한 욕심이나 성취감 같은 것은 없나요? 아름다운 사랑은요?"

마오졔는 진지한 태도로 말했다.

"물론 필요하죠. 일과 성취감, 사랑 모두 필요해요. 하지만 이런 것들을 얻기 위해서는 돈이 필요해요. 돈만 있으면 모든 것을 자유롭게 얻을 수 있거든요."

마오졔는 생계를 위해 매일 이리저리 뛰어다니는 삶을 살고 싶지 않다고 했다.

안신은 마오졔의 말이 올바르지 않다고 생각했다. 일과 성취감은 돈을 벌기 위해 없어서는 안될 필수조건이었다. 그녀는 마오졔가 벼락부자의 환상을 갖고 있다고 생각했다. 사실 사회 곳곳에 이런 환상이 만연해 있었고 작은 도시 난더도 마찬가지였다. 이곳은 골든트라이앵글에 인접해 있어 중국 내륙과 해외로 일만 톤이 넘는 마약이 흘러나가는 통로였다. 사실 돈벌이로는 마약만한 것이 없었다. 특별한 능력도 필요없고 배짱만 있으면 쉽게 큰돈을 벌 수 있었던 것이다. 그렇다면 그런 일을 하겠다는 말인가?

안신이 극단적인 논리를 펴자 마오졔는 이상한 웃음을 머금으며 속삭이듯 말했다.

"내가 뭘 했으면 좋겠어요? 안신씨가 하라는 대로 할게요! 안신씨를 위해서라면 난 어떤 것도 두렵지 않으니까!"

마오제의 목소리와 표정은 이미 우정의 범위를 넘어 사뭇 애매한 느낌을 주었다. 그녀는 일부러 둔감한 척 웃으며 말했다.

"날 위해서라니요? 일은 자신과 부모님을 위해서 하는 게 아닌가요?"

마오제는 한동안 아무 말도 하지 않았다.

안신은 그의 앞선 말과 뒤이은 침묵이 일종의 구애임을 잘 알고 있었다. 조심스러워진 그녀는 의식적으로 대화를 중단했다. 두 사람은 밤길을 걷는 자신들의 발걸음 소리만 들을 수 있었다. 그 소리는 마음속으로 계속 대화를 나누고 있는 것같이 들렸다. 평온한 달빛 아래 한 쌍의 젊은 남녀가 걸어가는 소리는 마치 두 사람의 심정처럼 모호하면서도 변화무쌍했을 것이다.

마침내 그들은 안신의 숙소에 도착했다. 직장에서 배정해준 안신의 숙소는 난멍허 강가에 위치한 높고 낮은 조각루(吊脚樓)들 사이에 있었다. 물가에 지어진 윈난성 좡족(壯族)의 전통가옥인 조각루는 물에 잠기지 않게 긴 나뭇기둥으로 건물을 떠받친 집이다. 그녀가 묵고 있는 조각루는 전통적인 대나무가 아닌 벽돌과 기와를 사용하여 만든 집이었다. 외관상 '해방감'을 주면서도 회색과 흰색으로 칠을 하여 현대적인 느낌을 주는 건물이었다. 안신의 숙소는 네 평이 채 되지 않았지만 창문을 열면 대나무 뗏목이 유유히 흐르는 맑은 난멍허에서 한가하게 오가는 풍경을 볼 수 있었을 뿐만 아니라 저녁노을처럼 붉은 목화밭도 볼 수 있었다. 멀리서는 간간이 북소리가 들려왔다. 안신은 그 소리가 더양족(德昻族)의 수고(水鼓) 소리인지 아니면 다이족(傣族)의 상각고(象脚鼓) 소리인지 구분할 수 없었다고 했다. 간간이 북소리가 들려올 때면 수면 위로 안개가 스멀스멀 피어올라 주위를 온통 허옇게 덮어버리곤 했다.

이미 새벽 네시가 넘어 있었다. 그래도 마오졔를 잠시 집안에 들여 물이라도 대접하는 것이 예의였다. 마오졔는 안신이 따라준 물을 마시지도 않고 방안을 둘러보았다. 혼자 사는 여자가 꾸며놓은 방안의 따스한 분위기에 남자는 마음이 설레었다. 여성 특유의 아기자기한 소품들을 보자 마오졔는 마음이 흔들렸다. 결국 방안에 들어온 지 불과 몇분 만에 그는 안신을 껴안기에 이른다. 그러고는 안신의 귓가에 대고 속삭였다.

"나랑 잘해보자. 널 세상에서 가장 행복한 사람으로 만들어줄게!"

안신은 그날 밤에 있었던 일을 들려주면서 자신이 돌이킬 수 없는 실수를 저질렀다고 말했다. 그녀는 자신이 무언가를 너무나 필요로 했던 것 같다고 회고했다. 대체 무엇이 필요했던 것일까? 안신은 낯선 도시에서 홀로 일터에 나갔다가 다시 집에 돌아오는 일을 날마다 반복했다. 한달에 한번 장톄쥔이 난더로 올 때 외에는 홀로 고독과 싸워야 했다. 꽃처럼 젊고 아름다운 여자에게 필요한 것은 너무도 많았다. 나는 당시 상황을 충분히 이해할 수 있었고 그녀와 마오졔 사이에 일어난 일에 대해서 아무런 반감도 들지 않았다.

마오졔는 거의 매일 저녁 안신을 찾아왔다. 안신은 마오졔와 도합

세 번의 관계를 가졌다고 했다. 그러나 안신은 갈수록 심리적 갈등과 자책감에 괴로워했다. 그녀는 마오졔와의 만남을 계속하고 싶지 않았다. 특히 모친이 손수 만들어준 음식을 싸들고 장톄쥔이 찾아올 때면 더더욱 죄책감에 시달렸다. 그녀는 장톄쥔이 마오졔처럼 잘생기지도 않았고 마오졔와 같은 열정도 없지만 듬직한 성격에 일편단심이며 의식이 있고 문화적 소양 면에서 자신과 잘 어울리는 사람이라고 판단했다. 이성적인 판단에 따라 안신은 하루빨리 마오졔와 헤어지기로 마음먹었다. 헤어져야 한다면 되도록 빨리 관계를 끝내는 것이 바람직했다.

그녀가 말을 어떻게 꺼내야 좋을지 몰라 고심하고 있는데 마오졔가 찾아와 관계를 원했다.

"우리 이제 이러지 않는 게 좋겠어. 이러는 건 서로에게 안 좋은 것 같아."

침대에서 안신을 껴안고 그녀의 손으로 그녀의 몸을 더듬던 마오졔가 이 말에 손을 멈추었다. 안신이 말을 다시 이으려 하는 순간 그가 큰 소리로 말했다.

"좋아, 우리 결혼해. 결혼하면 되잖아?"

안신은 자신에 대한 그의 사랑이 진심이라는 것을 잘 알고 있었다. 그래서 그가 상처 입는 것을 원치 않았다. 그가 자신에게 안 어울린다는 말을 차마 내뱉을 수 없었다. 그녀는 마오졔에게 상처 입히는 어떤 말도 할 수가 없었다. 그저 솔직하게 털어놓는 수밖에 없었다.

"마오졔, 나에게는 남자친구가 있어. 그와 나는 이미 약혼한 사이야."

그녀가 얘기를 꺼내자마자 마오졔의 얼굴이 딱딱하게 굳어졌다. 그는 아연실색하여 한참 동안 멍하니 있다가 안신이 얘기를 계속하려는 순간 갑자기 고함을 질렀다.

"그만 해!"

그는 침대에서 내려와 문을 쾅 닫고 나가버렸다.

그녀는 마오졔에게 전화나 편지를 할 생각도 해봤지만 무슨 말을 해야 좋을지 떠오르지 않았다. 그럴 용기도 나지 않았다. 그녀는 화가 난 마오졔가 더이상 자신을 거들떠보지 않을 것이고 찾아올 일도 없으리라고 생각했다. 그가 평생 자신을 미워한다고 해도 어쩔 수 없는 일이라고 생각했다.

안신은 자책과 불안의 나날을 보냈다. 심적 고통 때문에 며칠 동안 식사도 제대로 하지 못했다. 그러나 마오졔와 헤어진 것을 후회하지는 않았다. 이런 선택이 불가피하다는 것을 잘 알고 있었기 때문이다.

두 주쯤 지나자 안신은 점차 마음의 안정을 되찾게 되었다. 마오졔와 관련된 모든 일을 이미 지나간 일로 치부해버렸다. 그런데 그때 마오졔가 그녀 앞에 다시 나타났다. 아주 늦은 시각에 방문을 두드린 마오졔는 안으로 들어오자마자 안신을 품에 꼭 껴안으며 말했다.

"안신, 나랑 같이 떠나자. 나 돈 있어. 널 먹여살릴 수 있다고! 일을 그만두고 나와 함께 이곳을 떠나."

안신은 그가 자신을 껴안도록 내버려두었다. 마오졔에게 아직 하지 못한 사과의 뜻이기도 했다.

"마오졔, 나는 일을 그만둘 수 없어. 나는 너랑 달라. 내게는 일이 가장 중요해."

안신을 안고 있던 그의 팔이 풀어졌다. 그는 안신의 말이 심사숙고해 내린 결론이자 진심이며 절대로 바뀌지 않으리라는 사실을 충분히 알 수 있었다. 얼굴이 새파래진 그는 숨을 거칠게 내쉬며 말했다.

"나는 네가 나를 좋아하는 줄 알았어."

안신은 용서를 구하고 싶었다. 그와 충분한 대화를 나눌 필요가 있다고 생각했다. 그가 이해해주길 바랐다. 그녀는 의자를 가져와 마오졔에게 앉으라고 권했으나 그는 거칠게 그녀의 손을 뿌리쳤다. 그는 온몸을 부르르 떨었다.

"나는 그래도…… 그래도 네가 나를 좋아하는 줄 알았어!"

그는 안신에게 해명과 사과의 기회조차 주지 않고 뛰쳐나갔다. 마오졔가 가버리자 안신은 어쩔 줄 몰라하다가 결국 울음을 터뜨리고 말았다. 그동안 마오졔는 그녀의 작은 공간에 따스함과 즐거움을 갖다준 존재였던 것이다.

이상이 안신의 삶에 등장했던 또다른 남자 이야기다. 나는 이야기의 결말에 대해 알 수 없는 섭섭함을 느꼈다. 심지어 나는 운 없는 마오졔에 대해 일말의 동정심까지 느꼈다. 왠지 모르게 그가 나와 닮았다는 생각이 들었던 것이다.

마오졔가 떠나는 대목에서 안신의 얘기는 끝났다. 그녀는 오랫동안 말이 없었고 기분이 축 가라앉아 있었다. 나는 분위기를 바꾸고 싶었다.

"커피 마실까? 내가 끓여올게."

"내가 할게요."

말하자마자 안신은 자리에서 일어나 주방으로 갔다. 어두운 거실에서 빨리 벗어나고 싶어하는 것 같았다. 이곳에서 며칠간 음식을 만들었던 안신은 나보다 훨씬 주방에 익숙한 듯했다.

안신을 따라 나도 주방으로 들어갔다. 안신은 물을 올려놓은 뒤 내가 씻으려던 잔을 뺏으며 말했다.

"내가 할게요. 누가 온 것 같아요."

나는 잔을 내려놓고 현관으로 갔다. 열시가 넘었는데 올 사람이 누가 있을까? 문을 열고 보니 복도는 어두웠다.

"누구세요?"

내 말과 동시에 문밖에 서 있던 사람이 안으로 들어왔다.

"나야!"

나는 상대방을 확인하자마자 귀신을 본 것처럼 머릿속이 하얘졌다. 어느새 식은땀이 흐르기 시작했다.

"……중닝?"

틀리지 않았다. 분명히 중닝이었다. 중닝은 미소를 지으며 현관으로 들어서자마자 내 귀를 잡아당겼다.

"한참 동안 초인종을 눌렀는데 이제야 들은 거야? 내가 올 줄 몰랐지? 자기가 생각 못할 줄 알았지롱!"

나는 뻣뻣하게 서서 그녀를 막았다.

"내몽고에 간 게 아니었어? 비행기를 놓친 거야?"

나는 두 시간 전에 분명히 그녀를 공항에 데려다주었고, 그녀가 탑승구 쪽으로 가는 것도 확인했었다. 진짜 중닝이라면 이 시각에 하늘을 날고 있거나 후허하오터(呼和浩特) 교외의 공항에 있어야 했다. 중닝이 진지한 표정으로 말했다.

"나더러 빨리 돌아오라며? 자기 말대로 빨리 돌아왔잖아!"

그녀는 여전히 어리둥절해하는 나를 보고 피식 웃으며 말했다.

"나 비행기 안 탔어. 환불이 안된다고 해서 환불도 않고 그냥 왔어. 왜 그래? 자기랑 같이 있고 싶어서 왔는데, 자기는 기뻐하지 않는 것 같아!"

중닝은 내 표정을 살핀 뒤 손가방을 소파 위에 내려놓았다. 그리고 양팔로 내 목을 두르며 매달렸다.

"날 안고 들어가!"

중닝이 내 목에 매달리는 순간 나는 엉겁결에 중닝의 두 다리를 받치고 그녀를 안아 올렸다. 이어서 피할 수 없는 일이 벌어지고 말았다. 안신이 커피잔을 들고 주방에서 걸어나온 것이다. 두 여인은 크지도 않은 거실에서 운명적으로 마주치게 되었다. 아주 가까운 거리에서 서로의 눈길이 부딪쳤다. 나는 쥐구멍에라도 들어가고 싶은 심정이 되었다.

중닝은 절대 용서 못하겠다는 듯이 안신을 쳐다보았다. 이어서 몹시 도전적으로 말했다.

"아니, 누구시더라?"

커피잔을 든 안신은 주방 입구에서 엉거주춤 서 있었다. 그녀는 당연히 중닝과 내가 어떤 관계인지 알아차렸을 것이다.(중닝이 내게 안겨 있는데 그렇고 그런 관계가 아니고 무엇이겠는가!) 중닝도 안신의 정체를 알아차렸을 것이다.(한밤중에 여자가 여기에 와 있다는 건 무엇을 뜻하겠는가!)

중닝이 내 귀에다 대고 큰 소리로 물었다.

"저 여자는 누구야?"

나는 매서운 눈빛의 중닝 앞에서 당황해하며 쩔쩔맸다. 나는 천천히 그녀를 내려놓았다. 이런 국면을 해결해야겠다는 생각이 들었지만, 다른 한편으로는 될 대로 돼라며 내팽개치고 싶은 생각도 들었다. 그러다 나는 엉겁결에 둘러댔다.

"내 동창이야. 베이징에 온 김에 나를 만나러 찾아온 거야."

위급한 상황에서 나온 지혜로운 대답인지 아니면 멍청하기 그지없
는 대답인지 알 수 없는 말이었다. 흥분을 가라앉히고 정상적인 모습
을 보인 쪽은 안신이었다. 그녀는 손에 들고 있던 커피잔을 내려놓으
면서 차분한 어투로 말했다.

"어머, 손님이 오셨군요. 그럼 전 이만 가볼게요."

중닝이 그녀를 불러세웠다.

"당신, 가지 말고 기다려요! 이 사람과 동창 맞아요?"

나는 안신을 대하는 중닝의 태도에 은근히 화가 났다. 당장 중닝을
혼내주고 싶었지만 화를 억누르며 소리쳤다.

"중닝!"

중닝은 휙 하고 고개를 돌려 분노에 찬 눈빛으로 나를 쳐다보았다.

"뭐가 문제야? 물어보는 것도 못해?"

나는 중닝을 쏘아보며 말했다.

"내 손님이잖아. 좀 정중하게 대할 수 없겠어!"

안신은 가방을 메고 침착하게 현관문으로 간 뒤 고개를 돌려 작별인
사를 하고 밖으로 나가버렸다. 작별인사는 매우 차갑게 들렸다. 나를
원망하고 있음이 틀림없었다.

안신이 떠나자 긴장이 풀리기 시작했다. 나와 중닝밖에 없는 상황
이라 얼마든지 거짓말을 할 수가 있었다. 나는 거리낌없이 온갖 이야
기를 다 지어냈다.

"그 친구는 정말 내 동창이야. 대학 졸업하고 고향으로 내려가는 바람에 한동안 서로 만나지 못했는데 베이징에 온 김에 나를 찾아온 것뿐이야. 오늘 너의 행동이 나중에 내 동창들 귀에 들어가면 얼마나 웃음거리가 되겠니?"

중닝은 화내는 나를 쳐다보다가 방안을 이리저리 둘러보며 뭔가를 찾기 시작했다. 바람을 피운 증거라도 찾는 듯한 모습이었다. 다행히 의심을 살 만한 것은 없었다. 중닝이 입을 열었다.

"남자들이 체면을 중시한다는 건 나도 잘 알아. 체면이 중요하다면 부끄러운 짓을 하지 말아야지. 양루이, 난 자기의 모든 것을 참아줄 수 있어. 하지만 한가지 명심할 것이 있어. 자기가 한 일을 아무도 모를 거라고 생각하지 마. 불은 종이로 쌀 수 없는 법이고 바람이 새지 않는 벽이란 없는 법이야. 남에게 알리고 싶지 않은 일을 하지 말든가, 철저히 조심해서 나한테 꼬리를 잡히지 말든가 하라고. 일단 꼬리가 잡히는 날엔 후회해도 소용없을 거야!"

나는 침묵으로 대응할 수밖에 없었다.

중닝은 내 집에서 자기로 했다. 불을 끄자 그녀는 애무를 요구했지만 생각이 없던 나는 매우 소극적으로만 응했다. 그녀는 아무리 애를 써도 나의 욕망이 살아나지 않자 화가 난 듯 나를 밀쳐내며 말했다.

"왜 이래? 나랑 지금 힘겨루기를 하자는 거야? 입장 바꿔 한번 생각해봐. 비행기도 안 타고 자기를 만나러 왔는데 자기는 한밤중에 다른 여자랑 뭘 하고 있었어? 자기 때문에 내가 화를 내는 게 당연하지 않아? 그런데 적반하장으로 오히려 자기가 화를 내고 있잖아. 예전에

120

내가 출장가고 없을 때 자기 혼자 베이징에서 무슨 짓을 했는지 누가 알아?"

사실 나는 화가 난 것이 아니었다. 안신에 대한 생각으로 다른 것을 돌아볼 수 없었을 뿐이다.

다음날 아침 나는 중닝과 함께 출근한 뒤 귀닝태권도장 건설회의에 그녀와 함께 참석했다. 건축사의 설계안을 듣는 그 자리에는 중궈칭도 와 있었다. 회의가 끝나자 중궈칭은 설계사들을 점심식사에 초대했다. 중닝이 함께 가자고 했지만 나는 빠지겠다고 했다. 중닝은 내가 어젯밤 일로 힘들어하는 줄 알고 평소와 다르게 붙잡지 않았다.

나는 점심식사를 할 겨를도 없이 곧장 차를 몰아 태권도 도장으로 갔다. 예상대로 그녀는 그곳에 있었다. 대걸레를 빨고 있던 그녀는 내가 온 것을 알고도 고개를 돌리지 않았다. 내가 말했다.

"화났어?"

"아뇨."

"사랑해."

안신은 대걸레를 들고 일어나며 말했다.

"당신에겐 사랑해줄 사람이 많군요."

나는 그녀 앞을 가로막고 소리쳤다.

"그게 아니야! 내 말 좀 들어봐!"

내 목소리는 무서울 정도로 컸다. 그러자 안신이 걸음을 멈추고 나를 바라보았다. 하지만 나는 어디서부터 해명해야 좋을지 갈피를 잡을 수 없었다. 나는 그녀의 얼굴을 똑바로 볼 수가 없어 눈을 내리깔며 말했다.

"사랑해."

그러나 안신은 고개를 가로저으며 말했다.

"양루이, 그거 알아요? 나는 그저 조용히 살고 싶을 뿐이에요. 그러니 날 그냥 내버려두었으면 좋겠어요!"

그녀의 목소리에는 날이 서 있었다. 그녀가 문을 밀치고 뛰어나갔다. 그녀를 붙잡으려고 했지만 그때 마침 누군가가 그녀에게 물건 나르는 일을 도와달라고 했고 그녀는 그 사람을 따라 가버렸다.

며칠 후 내 앞으로 한 장의 우체국 수표가 배달되어 왔다. 송금액은 오천 위안이었다. 발신자의 주소는 윈난의 난더였고 발신자 성명란에는 안신의 이름이 적혀 있었다. 나는 이것으로 나와 안신의 관계가 완전히 끝났음을 알았다.

나는 진정한 사랑을 얻는 데 실패하고 말았다. 나는 철저하게 짓밟혀졌다는 느낌이 들었다. 나는 일에만 전념하며 안신을 생각하지 않으려고 했다. 일이 나의 모든 생각을 차지할 수 있도록 혼신의 힘을 다했다.

궈닝빌딩의 상량식 기자회견장에서 나는 오랜만에 아버지를 만날 수 있었다. 아버지가 기자회견의 사회를 맡아 진행했던 것이다. 기자회견 후에 아버지가 통장 하나를 내 손에 쥐여주며 말했다.

"이 돈으로 중닝에게 다이아반지 하나 사주도록 해라. 애비가 네 결혼선물을 미리 주는 거야."

통장에는 일만 위안이 들어 있었다. 아버지 월급이 예전보다 많긴 했지만 결코 적은 돈이 아니었다.

"아버지, 이렇게 신경쓰실 것 없어요. 결혼은 아직 일러요."

내가 통장을 돌려주려고 하자 아버지가 호통을 쳤다.

"넌 어찌 이리도 세상물정을 모르느냐? 다이아반지는 연애할 때나 선물하는 거야. 알겠어? 다이아몬드는 사랑의 순결함과 영원함을 상징하는 보석이야. 이런 건 지금 선물하는 게 좋아. 결혼하고 나면 그런 낭만을 누릴 수 없게 된단다. 결혼 후엔 생활만 남거든."

아버지는 광고 대사까지 읊어댔다. 민간기업에서 일을 하게 된 후로 아버지는 사상과 성격, 언어 사용에서 큰 변화가 있었다.

다음날 나는 구이요우(貴友) 백화점에 가서 다이아몬드 반지 하나를 골랐다. 반지 가격은 길한 숫자로서 구천구백구십구 위안이었다. 푸른 벨벳 케이스에 리본 장식이 곁들여지니 사람을 충분히 매혹시킬 것 같았다. 문득 안신의 얼굴이 스쳐 지나갔다. 이것을 그녀에게 선물한다면 어떤 반응을 보여줄까.

며칠 후 중닝이 나를 자기 집으로 초대했다. 중닝은 중궈칭과 함께 샹강가든이라는 전원식 주택에 살고 있었다. 식사를 하기 전 나는 중궈칭이 보는 앞에서 벨벳 상자를 꺼내 중닝에게 주었다.

"선물이야."

중닝은 새삼스럽게 무슨 선물이냐고 했지만 케이스 안에 뜻밖에도 반지가 있는 것을 확인한 뒤에는 일부러 기쁜 감정을 숨기며 나에게 물었다.

"어머, 이걸 주는 의미가 뭐야?"

"별뜻 없어. 그냥 선물일 뿐이야."

중닝은 빙긋 웃더니 내게 바싹 다가왔다.

"이런 건 자기가 직접 끼워줘야 하는 거야."

내가 반지를 끼워주자 그녀는 반지만으로는 부족하다는 듯이 뺨을 내밀었다. 키스를 해달라는 뜻이었다. 내가 그녀의 뺨에 키스하고 그녀도 나의 뺨에 키스하는 걸 보고 중궈칭이 웃으며 말했다.

"어허, 너무 낯간지러운 행동은 삼가게나."

중닝은 식사하는 내내 즐거운 표정이었다. 식사 후 중닝이 친구의 전화를 받고 있을 때 중궈칭이 내게 물었다.

"두 사람은 언제쯤 결혼할 예정이지?"

처음에는 질문이 다소 뜻밖이었지만 생각해보니 그럴 만도 했다. 오늘 중닝에게 반지를 선물하지 않았는가. 나는 당황하지 않고 차분하게 대답했다.

"아직 결혼 생각은 안해봤습니다. 저희는 아직 어리기에 결혼이 급할 게 없다고 생각합니다."

내 말에 중궈칭이 진지하게 말했다.

"우리에겐 부모님이 안 계시기 때문에 난 중닝의 보호자나 마찬가질세. 내 생각엔 결혼을 서둘렀으면 좋겠네. 결혼은 두 사람을 위해서도 그렇지만 회사를 위해서도 필요하네. 궈닝그룹은 점점 커져가고 있지만 우리에겐 사람이 부족해. 요즘 들어 능력있는 사람을 찾기가 어렵고 충성스런 사람을 찾기는 더더욱 어렵네. 전문지식을 갖춘 유능한 인재들은 잘 대우해주어도 모두 떠나버리더군. 지금 우리 경쟁자들 가운데 몇몇은 한때 나와 같이 일하던 사람들일세. 잘 키워놓으니까 떠나버린 사람들이지. 겉으로 보기에는 정직하고 성실한 것 같지만 회사 공금을 횡령했다가 발각된 사람도 있네. 그런 사람 때문에 난 요즘 힘들어. 자네가 우리 집안의 구성원이 된다면 할 일이 많을걸세. 자네는 대학도 나왔고 똑똑하니 몇년만 지나면 사업의 노하우를 모두 터득할 수 있을걸세. 나중에는 회사의 경영을 일부 자네에게 맡기고 싶네. 난 일이 많아 지쳐 있거든!"

나는 진지하게 그의 말에 귀를 기울였다. 중궈칭은 나보다 열살이나 많았다. 그런 그가 나에게 속마음을 털어놓은 것은 이번이 처음이었다. 나는 무척이나 감동했다. 비즈니스 욕구가 크게 고무된 나는 그 자리에서 대답했다.

"형님 말씀에 따르겠습니다. 저와 중닝의 혼례를 어떻게 할지는 형님이 결정해주십시오."

며칠 후 중궈칭은 나의 아버지를 만나 중닝과 나의 결혼문제를 상의했다. 아버지는 별다른 의견이 있을 리 없었다. 이에 중궈칭은 아버지께 결혼식 날짜를 다음달 첫째주 일요일로 정하자고 했다.

결혼식 날짜가 정해지고 난 직후 중궈칭이 나를 불렀다.

"내겐 여동생이 하나밖에 없네. 중닝이 나의 유일한 가족이지. 중닝을 끝까지 책임질 수 있겠나?"

"최선을 다하겠습니다."

중궈칭은 내 대답이 만족스럽지 않다는 듯 나를 바라보았다. 아마도 그는 내가 몹시 감격해하면서 굳은 맹세를 할 것이라고 기대한 것 같았다. 하지만 나는 맹세는커녕 그를 만족시키거나 마음놓이게 하는 말도 하지 않았다.

"사람들 말로는 예전에 자네는 징스체육학교의 임시 잡역부랑 친하게 지냈다고 하던데 요즘도 그 아가씨와 연락하나?"

나는 깜짝 놀랐다. 중궈칭이 안신과 나의 연애를 알리라고는 생각지도 못했던 것이다. 나는 잠시 멍한 표정으로 있다가 물었다.

"그 얘긴 누구한테 들으신 건가요?"

중궈칭이 무표정한 얼굴로 말했다.

"자네는 중닝과 결혼을 약속한 사람이네. 그러니 행동을 주의해야 할걸세. 난 다른 건 몰라도 친구들만큼은 많이 있네. 나한테 뭔가를 숨기기는 어려울걸세. 지나간 일은 상관하지 않겠네. 앞으로 자넨 중닝을 우습게 여기는 일만 하지 않으면 되네. 게다가 이제는 모든 사람들이 자네와 중닝의 관계를 알고 있으니 자네가 조심하지 않으면 내 체면이 어떻게 되겠나? 장사하는 사람은 다른 건 몰라도 체면이 깎여서는 안되는 법일세."

나는 고개를 숙인 채 아무 대답도 하지 못했다. 그가 화제를 바꾸었다.

"결혼식 후 샹강가든에서 살기를 원한다면 그곳에서 살아도 되네. 사백 평방미터가 넘으니까 두 사람이 살기에 충분할걸세. 따로 사는 게 좋다면 그렇게 하도록 하게. 아파트든 전원식 주택이든 두 사람이 한번 찾아보게. 집은 내가 결혼선물로 사주겠네."

나는 당연히 중궈칭과 함께 살기를 원치 않았고 중닝 역시 따로 나와서 살기를 원했다. 나와 중닝은 함께 집을 보러 다녔다. 중닝은 푸청가든이라는 전원식 주택을 마음에 들어했다. 그러나 집 스타일이나 주변 환경은 훌륭했지만 가격이 비쌌다. 중닝이 집에 돌아가 가격을 말하자 중궈칭은 눈살을 찌푸렸다. 중닝이 불만스런 표정으로 말했다.

"오빠, 제 평생에 한번밖에 없는 결혼인데 대충하고 싶지는 않아요."

중궈칭은 한참을 망설이다가 결국 고개를 끄덕였다.

결혼은 나에게 사업의 성공을 위한 하나의 선택일 뿐으로 개인적인 감정과 행복을 위한 것은 아니었다. 나는 나 자신에 대한 성찰과 자신의 감정에 대한 표현을 필사적으로 회피했다. 사업의 성공과 개인의 행복 가운데 어느 쪽이 더 중요하고 어느 쪽이 덜 중요한가는 쉽게 결론을 내릴 수 없는 문제였다.

나는 결혼식 전에 샹강가든으로 이삿짐을 옮기고 거기서 지냈다. 방에 딸린 화장실에는 엄청나게 큰 욕조가 있었다. 욕조 안에서 고개를 살짝 들기만 해도 창밖을 가득 메운 푸른 잔디가 눈에 들어왔다.

중궈칭은 내가 회사의 전체적인 일을 파악할 수 있도록 배려해주었다. 그는 수많은 회의나 행사에 어김없이 나를 참여시켰고 주요 고객들에게 일일이 나를 소개시켜주었다. 그는 내게 궈닝그룹 대표이사 보좌관이라는 직책도 주었다. 그래서 궈닝태권도장 공사프로젝트의 부총감독이라 직위는 더이상 겸임할 수 없게 되었다. 궈닝태권도장 기공식에서 나는 대표이사 보좌관이라는 새로운 직함으로 모습을 드러냈다. 내 좌석은 상사였던 벤샤오쥔 바로 앞이었다.

그날 행사에는 류밍하오의 모습도 보였다. 그의 가슴에는 붉은 꽃과 함께 귀빈이라 적힌 리본이 달려 있었다. 그는 팔백만 위안에 달하는 이 대형공사를 낙찰받았던 것이다. 그날 행사에 참석한 사람들 중에는 징스체육학교의 교장과 지역 체육위원회의 몇몇 간부들, 그리고 예전의 스포츠 스타들도 포함되어 있었다.

참여업체들의 대표가 축사를 하고 시공업체인 룽화 건축회사 사장이 감사의 말을 했다. 그리고 특별히 초청된 체육계 명사가 몇마디 축하의 인사를 했다. 귀빈들이 삽으로 기념패 위에다 흙을 뿌린 뒤 다같이 기념사진을 찍는 것으로 행사는 마무리되었다.

이어서 귀빈들은 음식점으로 향하기 시작했다. 시끌벅적한 가운데 나는 중닝에게 말했다.

"난 못 가겠어. 아랫배가 아픈 게 아무래도 설사인 것 같아."

난 오전 내내 햇볕에 그을려 얼굴이 붉어져 있었고 땀도 송글송글 맺혀 있었다. 그녀가 말했다.

"그럼 나도 안 갈래. 나랑 어디 가서 죽이라도 먹는 게 어때?"

"그럴 필요 없어. 자기는 가봐야 되잖아? 안 가면 오빠의 기분이 상할 거야. 그러니 자기는 가봐."

결국 중닝은 사람들을 따라 음식점으로 향했다. 사람들이 모두 사라진 뒤 나는 철거 예정인 태권도장으로 향했다. 사범님을 발견하고 인사를 건네자 그가 나를 향해 너스레를 떨었다.

"듣자 하니 자네가 이 클럽의 주인이 된다면서? 사제지간임을 생각해서 나중에 일자리 하나 줘야 하네."

나는 그냥 웃어넘겼다.

"지금 안신이 여기에 있나요?"

"누구?"

"안신 말이에요. 잡역부로 있는……"

"아, 그 아이? 벌써 떠났지. 한데 그 아이는 왜 찾나?"

"떠났다고요? 언제 떠났나요?"

"그게 벌써 한참 전이지. 그 아인 해고당했네. 다른 사람은 몰라도 자네는 알고 있는 줄 알았는데."

"해고라뇨? 해고당한 이유가 뭐예요?"

"클럽에서 해고한 거니까 난 자세히 몰라. 소문에 좀 문란하게 생활했다고 하던데…… 이곳은 국영 클럽이니 그런 아이가 있으면 좀 곤란하지."

나는 몸을 돌려 안신의 숙소로 달려갔다. 숙소는 문이 밖에서 잠겨 있었다. 곧 나는 징스체육학교의 태권도클럽 사무실로 향했다. 클럽의 마사장이 밖으로 나오고 있었다. 점심식사를 하러 가는 길인 것 같았다. 나는 그가 새로 설립되는 궈닝태권도장에서 사장직을 맡고 싶어한다는 사실을 잘 알고 있었다. 하지만 궈닝그룹에서는 그럴 생각이 전혀 없었고 그래서 오늘 기공식 초청자 명단에도 포함하지 않았다. 나는 그에게 인사를 하거나 위로를 건넬 겨를도 없이 다급하게 물었다.

"마사장님, 안신이 왜 해고당한 건가요?"

"안신?"

마사장은 내가 눈을 부릅뜨고 묻자 한동안 입을 열지 못했다.

"이곳에서 일하던 임시잡역부 아가씨 말인가? 아는 사이였나?"

나는 대충 둘러댔다.

"아 네, 제 동창의 여동생이거든요. 그 아이가 뭘 잘못해서 해고당한 겁니까?"

"궈닝그룹의 지시로 해고했다네. 궈닝은 우리 체육학교의 투자자이자 대주주이기도 하니 그쪽 말을 무시할 수 없었지."

"궈닝에서 지시한 것이라고요?"

나는 뒤통수를 세게 얻어맞은 듯한 느낌이 들었다.

"왜죠? 안신이 뭘 잘못했나요?"

"그 아이는 품행이 바르지 못했던 모양일세. 사회적으로 좀 문란한 아가씨였다더군. 아마 얼굴로 돈을 벌었는지도 모르지. 품행이 바르지 못하다는 사실을 안 이상 더이상 놔둘 수는 없지 않겠나."

"도대체 그들은 뭘 믿고 그렇게 함부로 모함을 한 겁니까?"

"궈닝그룹 사람들이 그녀의 행실을 알아냈겠지."

"그렇다면 클럽에서 정확한 조사를 해본 다음에 조치를 내렸어야죠? 어떻게 남의 말만 믿고 해고할 수 있단 말입니까? 그렇게 해고하면 어디로 가란 말인가요?"

마사장은 몹시 어리둥절해했다. 동창 여동생 문제로 이렇게까지 화를 낼 필요가 있을까라고 생각하는 것 같았다.

"그 아인 정규직도 아니었고 우리로선 조사해볼 입장이 아니었네.

주주측에서 제기한 문제이니 당연히 주주 말을 믿을 수밖에. 만일 우리가 안신을 해고하지 않으면 귀닝에서도 더이상 투자를 하지 않겠다고 하는데 그러면 우리의 손실이 크지 않겠나?"

"그럼 안신은 어디로 갔습니까?"

"잘 모르겠네. 떠난 지 한달이 넘었으니까."

나는 모든 걸 알아차릴 수 있었다. 날짜를 헤아려보니 중닝이 우리 집에서 안신과 마주친 직후였다. 한달이 넘도록 나는 이 사실을 모르고 있었던 것이다.

그날 나는 샹강가든으로 가지 않고 내 집으로 돌아왔다. 점심도 저녁도 먹지 않고 방안에 틀어박혀 있었다.

저녁 여덟시쯤 중닝이 전화를 했다.

"지금 어디야?"

내가 집에 있다고 대답하자 그녀가 물었다.

"샹강가든이야?"

"아니, 거기 안 갔어."

나는 짧게 대답하고 전화를 끊어버렸다.

삼십분쯤 지나자 중닝이 찾아와 문을 쾅쾅 두드렸다. 나는 문을 열어주긴 했으나 그녀에게 눈길조차 주지 않았다. 불이 모두 꺼진 거실은 몹시 어두웠다. 중닝이 불을 켜고는 큰 소리로 물었다.

"왜 이러고 있어? 누가 또 자길 못 살게 구는 거야? 요즘 일이 너무 많다고 하더니 힘들었구나!"

내가 거들떠보지도 않자 그녀가 더 큰 목소리로 물었다.

“똑바로 말해봐. 도대체 왜 이러는 거야?”

나는 화를 참으며 차분한 목소리로 물었다.

“어떻게 알았어? 그 여자가 태권도장에서 일한다는 걸 누가 말한 거야?”

중닝은 짐작했다는 듯이 놀라지 않고 침착하게 말했다.

“들키고 싶지 않은 일은 안하면 될 거 아니야. 도대체 무슨 나쁜 짓을 했기에 그렇게 감추려 드는 거야? 응?”

나는 버럭 고함을 질렀다.

“도대체 누가 얘기했냐고?”

중닝은 나의 고함소리에 깜짝 놀란 듯했다. 놀란 건 나도 마찬가지였다. 나는 중닝에게 한번도 고함을 쳐본 적이 없었다. 나를 사납게 쏘아보던 중닝은 눈물을 흘리기 시작했다. 그녀는 분에 못 이겨 몸을 부르르 떨기까지 했다.

“아니, 그동안 체면을 생각해서 잠자코 있었더니 나한테 오히려 화를 내? 양루이, 이 일에 대해 사실대로 털어놓고 잘못을 빌기 전에는 절대로 그냥 넘어가지 않을 거야.”

중닝은 이렇게 쏘아붙이고는 문을 쾅 닫고 나가버렸다.

나는 '밀고자'가 류밍하오라는 사실을 얼마 후에 알게 되었다. 중닝이 그를 찾아가 나의 연애사를 캐물었던 것이다. 그녀는 나의 오줌싸개 시절부터 시작하여 안신과의 만남에 이르기까지 모든 것을 꼬치꼬치 캐물었다고 한다. 류밍하오로서는 모든 걸 말해줄 수밖에 없었다. 그러지 않을 경우 궈닝태권도장 공사를 따내기가 어려워지기 때문이었다.

류밍하오는 먹고살기 위해서 그랬다고 말했다. 그렇다, 다들 먹고 살아야 한다! 지금은 물질적 생존이 가장 중요한 시대이다.

나는 류밍하오에게 안신이 어디로 갔는지 물었다. 류밍하오는 괴로운 표정을 지으며 말했다.

"고향으로 돌아간 것 같은데 내가 한번 알아볼게."

그후 나와 중닝은 오랫동안 긴장상태를 유지했다. 서로 말 한마디 주고받지 않았다. 나는 샹강가든으로 가지 않았고 신혼집 인테리어를 살펴보러 푸칭가든에도 가지 않았다. 아버지가 나를 불러 한차례 호되게 야단을 쳤지만 나는 아무 말도 하지 않았다. 중궈칭이 나를 찾아와 뜻밖에도 애정어린 말을 했다.

"중닝이 체육학교 간부를 찾아가 그 여자를 해고하라고 종용했다는 건 나도 아네. 그때 난 중닝을 타이르면서 자네와 진솔하게 얘기해보라고 했다네. 하지만 분명히 말해둘 것이 있어. 잘못은 먼저 자네에게 있다는 걸 말이야. 자네는 중닝과 사귀면서도 그 여자를 만났어. 중닝이 흥분하는 것은 당연해 보이네. 내 생각에는 자네가 먼저 중닝을 찾아가 사과하는 게 좋을 것 같네. 나도 중닝을 잘 설득해보겠네. 이 일은 이렇게 마무리 짓는 게 어떻겠나?"

그러나 나는 중닝을 찾아가 사과하지 않았다. 내가 무엇 때문에 사과를 한단 말인가. 사과를 해야 할 사람은 오히려 그녀였다. 도대체 그녀가 무엇이관데 안신에게 상처를 준단 말인가. 나는 사과할 수 없었고 그녀에게 돌아가지도 않았다. 중닝 역시 나를 외면했다. 회사에서 마주쳐도 우리는 서로 모르는 사람처럼 행동했다. 냉전은 오랫동안 지속되어 회사 사람들도 거의 다 알게 되었다. 어떤 사람들은 나를 기백있는 사내라고 말하기도 했다.

예정된 결혼식 날이 다가왔지만 누구 하나 이를 언급하지 않았다. 그럼에도 불구하고 중닝은 매일 푸청가든의 집을 장식하고 가구와 커튼 등을 고르느라 분주했다.

어느날 밤 류밍하오가 집으로 찾아왔다. 그는 지나는 길에 내가 아직 살아 있나 확인하러 왔다고 했다.

"왜 쓸데없이 고집을 부리고 그래? 이번 일은 어느 모로 보나 네가 잘못했어. 사람 좋은 중닝이 너의 미숙한 모습을 좋아하기에 망정이지 그렇지 않았더라면 진작에 헤어졌을 거야. 오늘 중닝이 내 앞에서 한참이나 하소연을 늘어놓더라. 처음에는 차버리고 싶었는데 생각해 보니 그럴 수가 없더래. 내가 너를 잘 설득해 사과하도록 만들겠다고 하니까 중닝이 뭐라고 했는지 알아? 너는 자존심이 강하기 때문에 자기한테 결코 사과하지 않을 거라더군. 너의 고집을 도저히 이해할 수가 없대. 그러면서 자신이 아니면 누가 널 남자로 만들어주겠느냐는 거야. 전에는 몰랐는데 이런 아량을 보면 중닝이 너보다 훨씬 나은 것 같아!"

"한번 알아본다더니 안신은 찾았어?"

류밍하오는 두 눈을 깜박거리다가 한참 만에야 입을 열었다.

"말해줄까 말까?"

"안신을 찾았구나."

류밍하오가 한탄하듯 말했다.

"사실대로 말해주면 널 망치게 될 것 같아. 중닝이 잘해주는데 왜 아직도 그 여자애를 못 잊는 거야? 왜 그깟 계집애 때문에 자신의 인생을 망치려 드냐고?"

나는 눈을 크게 뜨고 말했다.

"어서 말해봐! 안신은 지금 어디 있어?"

"너에게 얘기해준 걸 알면 중닝이 다시는 나를 안 보려고 할 텐데……"

"걱정 마. 절대로 얘기하지 않을 테니까."

"그 말 믿어도 돼?"

"내가 미쳤냐, 얘기하게."

"그야 모르지. 두 사람 사이가 다시 좋아지면 무슨 말인들 못하겠어. 베갯머리에서 나를 배신하게 되면 나와 귀닝그룹 간의 거래는 완전히 끝날 게 아니야?"

나는 두 눈에 힘을 주며 말했다.

"우리 중에 누가 먼저 배신했는지 말해봐!"

"그래, 내가 먼저 널 배신했지. 내가 배신자다. 됐냐? 더이상 나 같은 배신자한테 첩자일 시키지 마. 그리고 나는 모르는 일이니까 안신에 관해 물어보지 마. 내가 두 사람 문제에 끼어들어서 좋을 게 뭐 있겠어?"

나는 농으로 존댓말을 해가며 애원했다.

"형님, 이렇게 부탁해도 안될까요? 안신이랑 다시 어떻게 해보려는 게 아니라 만나서 사과만이라도 하고 싶어. 그녀에게 어려운 일이 있으면 힘닿는 대로 도와주고 싶기도 하고. 그렇게 하지 않으면 마음에 걸려서 도저히 견딜 수가 없을 것 같아."

류밍하오가 웃으며 말했다.

"어이쿠! 네가 여자한테 이렇게 양심적일 줄은 예전에는 정말 몰랐다."

이내 웃음을 멈춘 류밍하오가 한숨을 내쉬며 자조하듯 말했다.

"이중간첩이 가장 힘들다고 하던데 이제야 알겠군. 좋아, 정 그렇다면 말해줄게. 너의 안신은 말이야, 지금 삼환 가구점에서 판매원으로 일하고 있어."

8

삼환 가구점은 서삼환로(西三環路) 길가에 있으며 내 기억이 맞다면 샹그릴라 호텔에서 그리 멀지 않은 곳이었다. 평소에 크고 촌스러운 간판을 지나면서 보긴 했지만 차를 세우고 안으로 들어가본 적은 없었다.

삼환 가구점 문앞에는 수많은 자동차들이 정차해 있었고 일꾼들이 분주히 드나들며 가구를 옮기고 있었다. 장사가 꽤 잘되는 곳인 줄 알았는데 막상 들어가 보니 각양각색의 가구만 잔뜩 쌓여 있고 손님들은 몇명밖에 되지 않았다. 판매원들은 가구가 팔리기만을 기다리며 소파에 앉아 서로 이야기를 나누거나 그러지 않으면 팔리지 않은 사무용 책상에 엎드려 자고 있었다.

나는 밭이랑 사이를 걷듯이 가구 사이를 걸으며 두리번거렸다. 그리고 마침내 두번째 이랑에서 안신을 발견할 수 있었다. 그녀는 침실

가구를 파는 코너에 앉아 먼데를 바라보고 있었다. 손님이 없어 멍하니 시간을 보내는 것이 분명했다. 나는 류밍하오의 능력에 감탄을 금치 못했다. 이 세상에 그가 모르는 일이란 존재하지 않는구나!

나는 안신이 있는 코너로 가서 가구를 구경하는 척했다. 그곳에는 유행이 지난 원목가구가 많았지만 인조가죽을 윗부분에 씌운 촌스러운 더블침대도 있었다. 안신은 내가 손님인 줄 알고 황급히 다가와 내 등 뒤에서 열심히 이 '촌스러운 물건'들을 홍보하기 시작했다. 그녀는 말솜씨가 나쁘지 않았고 목소리도 부드러웠다. 표준 중국어도 처음 만났을 때보다 훨씬 자연스럽게 구사했다. 그러나 설명은 모두 틀에 박힌 내용이었다.

"저희 매장에서는 지금 삼십 퍼센트 할인행사를 하는 중인데 혼수를 준비하시는 손님께는 추가 할인 혜택까지……"

그 순간 내가 고개를 돌리자 그녀는 말을 멈추고 놀라서 눈을 동그랗게 떴다. 우리는 한참 동안 서로를 뚫어지게 바라보았다. 한참 뒤 그녀는 어안이 벙벙한 표정으로 다시 입을 열었다. 목소리는 기계같이 딱딱하게 변해 있었다.

"결혼하시는 손님의 경우 증빙서류만 가져오시면 오십 퍼센트를 할인해 드립니다."

나는 진지한 표정으로 말했다.

"나 결혼 안해."

그녀가 잠시 말을 멈췄다.

"가구를 보러 오신 게 아닌가요?"

"응, 가구를 보러 온 게 아니야."

그녀는 직업적인 예의를 갖추며 말했다.

"사지 않으셔도 괜찮아요. 편하게 둘러보세요."

"난 안신이랑 얘기를 하고 싶어서 왔어."

그녀는 매우 정중한 어투로 대답했다.

"죄송하지만 손님, 지금은 근무중입니다. 규정상 근무중에는 손님과 사적인 대화를 나눌 수가 없습니다. 저는 손님처럼 베이징 사람이 아니어서 이런 직업을 구하는 것이 쉽지 않아요."

그녀는 다른 손님이 다가오자 양해를 구하고 나를 내버려둔 채 그 손님에게 다가갔다. 손님에게 가구를 설명하는 그녀의 목소리는 다시 활력을 되찾기 시작했다. 나는 잠시 서 있다가 그녀가 일하는 코너에서 벗어나 문으로 향했다.

나는 길에 세워둔 차에 들어가 그녀를 기다렸다. 두 시간쯤 지나 해가 서쪽으로 기울자 가구점 직원들은 퇴근하기 시작했다. 각자 사방으로 흩어지고 안신은 혼자 남쪽을 향해 걷기 시작했다. 나는 차를 몰면서 그녀를 뒤따라갔다.

그날 나는 안신을 차에 태운 뒤 자링각 식당으로 갔다. 자링각으로 간 이유는 그곳이 우리 둘의 기억과 감정을 되찾게 해주지 않을까 하는 기대에서였다. 설사 과거에 대한 회상이 대화의 주제가 될 수 없다고 해도 상관없는 일이었다.

안신은 두달 전에 비해 훨씬 야위고 창백했다. 고생이 심하다는 증거였다. 난 그녀에게 정말로 사랑한다는 말을 하고 싶었다. 하지만

나는 그 말을 꾹 참고 지난 두달 동안 어떻게 지냈는지 이것저것 물어
보았다.

안신은 내가 예상했던 것보다 훨씬 안정되어 보였다. 그녀는 한마
디 원망이나 저주도 없이 그동안 일어난 일을 애기했다.

"한달 전까지 일자리를 찾지 못했어요. 어느 작은 식당에서 아르바
이트를 하다가 이곳으로 왔지요. 그 식당의 단골손님이 이곳을 소개
해준 덕분이에요. 그분도 이곳의 판매원이거든요."

난 그녀가 환하게 웃는 모습을 볼 수 있어서 기뻤다. 내가 물었다.

"클럽 사람들이 안신을 모함하고 쫓아냈는데 화가 안 나?"

그녀가 웃었다.

"예전에 점쟁이가 말하길 나는 젊어서 고생을 많이 할 상이래요. 모
든 것이 다 운명인데 화를 낸들 무슨 소용 있겠어요."

"운명이라 단정짓지 말고 부당한 일을 당했을 때는 자기주장을 펼
쳐야지. 정말 안되겠다 싶으면 고소라도 하고 말이야."

그녀가 담담하게 말했다.

"나는 그곳에서 임시직이었어요. 그들이 그만두라고 하는데 어떻
게 안된다고 해요. 고소해도 소용없는 일이었어요. 개인기록에 해고
가 적히는 것도 아닌데요 뭘."

나는 낙천적인 그녀의 태도에 감염된 듯 웃으며 물었다.

"안신에게도 개인기록이 있었나?"

그녀는 웃음을 지어 보이고는 창밖을 바라보며 혼잣말하듯 중얼거
렸다.

"이제는 개인기록이 필요없는 그런 곳을 찾을 거예요."

안신의 말이나 표정이 다 이상했다. 그녀에게 아직 '과거문제'가 남아 있는 것 같았다. 나는 마음속의 의혹을 드러내지 않고 그냥 장난처럼 말했다.

"아하, 과거에 무슨 큰 잘못을 저지른 모양이군. 안신의 개인기록에 무슨 부끄러운 내용이라도 있는 게 아니야?"

"그런 건 없어요. 내가 저지른 잘못은 마오졔와 관계를 맺은 것뿐이에요."

그녀는 마오졔라는 이름을 언급하며 얼굴에 생기를 잃었다. 마오졔와의 관계는 그녀에게 깊은 상처를 주었음이 분명했다. 나는 머릿속에 떠오른 생각을 그대로 말해버렸다.

"마오졔와의 관계 때문에 장톄췬이 안신을 떠났어?"

안신은 애써 눈물을 참으며 어색하게 미소를 지어 보였다. 그리고 기어들어가는 목소리로 내 추측을 인정했다.

"그래요."

우리는 더이상 아무 말도 않았다. 나는 이제야 안신의 슬픔과 고독을 확실히 알 수 있었다. 그리고 그녀가 장톄췬을 여전히 그리워하고 있다는 것도 알 수 있었다.

다른 사람을 위로하는 데 서툰 나는 어떻게 해야 할지 몰라 난처해하다가 결국 적절치 못한 질문을 던지고 말았다.

"그 뒤로 남자친구를 사귄 적 없어?"

"당신을 제외하고는 없어요."

나는 묘한 기분이 들었다. 기쁘다고 해야 할지 슬프다고 해야 할지 알 수 없었다. 어떻게 나를 제외한다고 할 수 있단 말인가? 그녀에게 나는 아무 의미도 없는 존재란 말인가? 그러나 다시 생각해보면 그녀의 대답은 나와의 관계를 특별하게 여기고 있다는 말이기도 했다.

"안신을 만난 지 며칠 되지 않았을 때 한번은 안신을 만나러 갔다가 길에서 안신이 사오십대 남자랑 같이 있는 걸 봤어. 둘이 아주 가까운 사이처럼 보였어. 어쨌든 보통 사이는 아닌 것 같았어."

안신이 의아한 듯 물었다.

"언제요? 누구일까?"

그 남자의 외모를 대충 설명하자 안신은 뭔가가 생각났다는 듯이 가볍게 고개를 끄덕였다.

"아, 그 사람은 좋은 친구예요."

좋은 친구라니? 어떤 의미일까? 나는 단도직입적으로 묻기가 곤란해 악의적으로 말했다.

"그래? 난 그 사람이 안신의 아빠인 줄 알았지. 친구라면 그는 나이를 초월한 친구인 셈이군."

안신은 내 말에 담담한 미소로 화답할 뿐이었다. 그녀가 아무 말도 하지 않는 것이 좀 이상했다.

"두달 전 우체국 수표로 돌려준 돈은 안신이 난더에서 직접 부친 거야? 그 돈은 누가 줬어? 집에서 준 거야?"

"그 친구가 준 거예요. 성이 판(潘)씨예요. 그 사람이 자기 이름으로 보냈던가요?"

“아니, 안신 이름으로 보냈어. 보아하니 두 사람 관계가 정말 보통은 아닌 것 같군. 정말 친한 사인가봐.”

나의 말 속에는 가시가 있었지만 안신은 태연히 내 말에 맞장구를 쳤다.

“맞아요. 우리는 정말 친해요.”

나는 그녀가 순진한 건지 아니면 순진함을 가장하고 있는 건지 알 수가 없었다. 나는 새삼 그녀가 알 수 없는 여자라는 것을 깨달았다. 어쩌면 바로 이런 점 때문에 내가 그녀에게 빠져들었고, 관계를 정리하려 해도 정리할 수 없었는지도 모른다.

그날 나는 가구점에서 멀지 않은 서삼환로의 골목 어귀까지 안신을 태워다주었다. 내가 골목 안까지 태워주려고 했지만 그녀는 골목 안이 비좁아 차를 돌리기 어렵다며 극구 사양했다. 작별하기 전 나는 차 안에서 그녀의 손을 내 손바닥 위에 올려놓고 가볍게 어루만졌다. 그러고는 그녀의 손에다 입을 맞췄다.

“또 볼 수 있을까?”

그녀가 웃으며 말했다.

“아직 가구를 살 생각이 있나보죠?”

그러면서 내게 명함을 건넸다. 명함에는 가구 품목과 함께 안신의 이름이 적혀 있었다.

“다음에 올 때 잊지 말고 가져와요. 그게 있으면 삼십 퍼센트 할인되거든요. 결혼한다는 얘기 들었어요. 결혼증빙 서류를 가져오면 반값에 살 수도 있어요. 모두 중저가 상품이어서 두 사람 눈에 들지 모르겠지만요."

그녀가 말을 하고 차문을 열려는 순간 나는 재빨리 잠금 버튼을 눌렀다. 그녀가 고개를 돌려 이상한 눈으로 나를 쳐다보았다. 내가 미간을 찌푸리며 물었다.

"누구한테 들었어?"

"뭘요?"

"내가 결혼한다는 얘길 누구한테 들었냐고?"

"태권도클럽의 허춘보가 가구 사러 왔다가 말해줬어요."

허춘보? 허춘보가 누구인지 잘 생각이 나지 않았다.

"그 친구가 왜 안신한테 내 얘기를 한 거야?"

안신이 대답하지 않자 내가 다시 물었다.

"안신이 물어본 거야? 아니면 그 친구가 먼저 얘기를 꺼낸 거야?"

안신은 잠시 주저하다가 대답했다.

"내가 물어본 거예요."

그 순간 나는 안신을 두 손으로 껴안았다. 그리고 그녀의 귓가에 대고 속삭였다.

"안신은 내가 결혼 안하길 바라지?"

안신은 버둥거리지 않고 심지어 자신의 몸을 내게 맞춰주기까지 했다. 하지만 그녀의 대답은 침착했다.

"양루이, 결혼은 해야죠. 나는 당신이 안정된 가정을 꾸리고 행복한 생활을 하길 원해요."

그녀의 말에 나는 내가 가진 모든 것을 포기하고 아무리 가난해진

144

다 하더라도 그녀와 살겠다는 맹세를 하고 싶었다.

하지만 나는 아무 말도 하지 못했다. 그저 그녀를 꼭 껴안고만 있었다. 가슴이 아팠다. 난 자신이 진심으로 안신을 사랑하고 있다는 사실을 깨달았다. 그러나 중닝과의 관계를 끝낼 결심은 아직 서지 않았다. 보장된 부귀영화와 엄청난 사업이 손만 뻗으면 닿을 수 있는 곳에 있었다. 남자에게 사업은 성공과 명예를 의미한다. 반면에 내가 아는 한 사랑이란 언젠가는 식어버리는 것이다.

그후 나는 틈만 나면 안신을 찾아갔다. 하지만 마음속에는 늘 갈등으로 가득 차 있었다. 삼환 가구점에 갈 때마다 나는 도둑질이라도 하는 것처럼 마음이 떳떳하지 못했다. 아는 사람을 만나 귀찮은 일이 생길까봐 늘 우려했다.

그러는 사이 나와 중닝의 관계는 다시 원상태로 회복되어갔다. 아버지가 집 앞에서 택시에 치인 게 계기가 되었다. 소식을 듣고 나는 황급히 병원으로 달려갔다. 중닝은 이미 도착해서 사고를 낸 택시기사와 말다툼을 벌이고 있었다. 나는 우선 병실로 들어갔다. 아버지는 부상을 심하게 입지는 않았다. 다리에 약간의 찰과상을 입은 것에 불과했다. 아버지에게 이것저것 물어보고 있는데 중닝이 들어왔다. 그녀가 아버지에게 물을 따라주고 간호사에게 이것저것 지시하는 모습은 마치 갸륵한 효부 같았다. 그녀의 모습은 나를 감동시켰다.

병원문을 나설 때 날이 꽤 어두워져 있었다. 중닝이 먼저 내게 물었다.

"배고파?"

내가 고개를 끄덕이며 말했다.

"어디 가서 뭘 좀 먹자."

우리는 음식점을 정하고 각자 자기 차로 이동했다. 함께 식사를 하면서 우리는 화해할 수 있었고 지나간 일은 더이상 언급하지 않기로 했다.

나는 류밍하오에게 고민을 털어놓았다. 하지만 그는 현실적이어서 순수한 사랑을 위해 다른 것을 희생하라고 하지는 않았다.

"여자에 대한 감정은 금세 변하기 마련이야. 나이가 들면 남자는 더이상 낭만적인 감정이 없게 돼. 우리 남자들의 감정이란 연기처럼 사라지는 신기루 같은 거야. 유일하게 진실한 것, 평생 동안 가치있는 것이 바로 사업이지. 사업을 위해서 감정 따위는 절제해야 해. 아우야, 형님의 말 가운데 다른 것은 전부 헛소리라 해도 이 말만은 진실이야."

나도 그의 말이 진실이라는 것을 부인하지 않았다. 그러면서도 나는 안신에 대한 집착을 떨쳐버릴 수 없었다. 예전에는 여자를 유혹해 한번 자고 나면 끝이었다. 그러나 안신은 그렇지가 않았다. 그녀는 나를 흥분시키는 뭔가가 있었다.

안신과 만나는 동안 중닝과의 관계는 무미건조할 수밖에 없었다. 사소한 말다툼이 빈번했고 얼굴을 붉히고 목에 힘주는 일도 적지 않았다. 나는 중닝에게 양보할 줄 몰랐고 그녀가 화났을 때 달래줄 줄도 몰랐다. 게다가 나는 안신을 모함한 그녀의 행동을 원망하고 있었다. 나는 일부러 꼬투리를 잡아 중닝과 말다툼을 벌이기도 했다.

중닝은 류밍하오를 다시 찾아가 요즘 내가 누구를 만나고 다니는지 물었다. 류밍하오는 시치미를 뗐다.

"그럴 리가 있나요. 지난번 일로 고생한 지 얼마나 됐다고 감히 또 그러겠습니까?"

중닝이 말을 받았다.

"감싸려 들지 마세요. 남자들은 정말 알다가도 모르겠어요. 자기 애인한테 소홀하다 싶으면 다른 여자를 만나고 있고 말이에요. 류사장이 누구 덕에 먹고사는지 잘 생각해보세요!"

류밍하오는 중닝을 만난 후 초조했는지 나를 식당으로 불러내 중닝이 찾아온 사실을 얘기해주었다. 중닝이 자신에게 안신이 어디에 있는지, 내가 안신과 만나는지 물었다고 했다. 류밍하오는 처음에 잡아떼려고 했지만 중닝이 당근과 채찍을 동시에 사용하고 심지어 협박까지 하는 바람에 사실대로 말할 수밖에 없었다고 했다. '태권도장 공사 잔금을 받기 싫은가 보군요?' '앞으로 궈닝그룹과 거래를 안할 생각이에요?' 이 말에 줏대없는 류밍하오는 결국 안신의 직장을 알려주고 말았다.

"난 버틸 수가 없었어. 버텨봤자 의미없는 희생만 낳을 뿐이고."

그는 중닝이 벌써 안신의 행방을 알고 있더라고 했다. 중닝이 내 옷에서 안신의 명함을 찾아냈다는 말을 듣는 순간 나는 꿀 먹은 벙어리가 되고 말았다. 난 아무 생각도 떠오르지 않았다.

류밍하오는 나에게 안신과 잠시 연락을 끊고 태풍이 지나간 다음에 다시 만날 것을 권했다. 정 안되겠다 싶으면 안신의 직장을 안전한 곳으로 옮겨주라고 했다.

나는 겉으로 태연한 척했지만 사실 몹시 초조하고 불안했다. 류밍하오는 나를 위해 많은 음식을 시켰지만 나는 한입도 먹지 못한 채 그의 말을 듣기만 했다. 차갑게 식은 내 앞의 크림수프는 풀처럼 엉겨붙어 있었다.

류밍하오와 헤어진 다음 나는 샹강가든으로 갔다. 중닝과의 관계가 회복되어 다시 샹강가든으로 들어온 상태였다. 현관문을 열고 들어가니 중궈칭과 중닝이 거실에서 소곤거리고 있었다. 그들은 내가 들어오는 것을 보더니 이야기를 뚝 그쳤다. 중궈칭은 굳은 표정으로 나를 한번 힐끗 바라보고는 자리에서 일어나 자신의 서재로 들어가 버렸다. 중닝은 나를 바라보지도 말을 걸지도 않았다. 눈이 빨갛게 충혈되어 있는 것으로 보아 좀전까지 울었던 것 같았다. 말없이 침실로 들어가려 하는데 중닝이 나를 불러세웠다.

"양루이, 이리 와서 이것 좀 봐."

그녀의 목소리가 음산해서 섬뜩하게 느껴졌다. 그녀를 피할 이유가 없다고 생각한 나는 그녀의 맞은편 소파에 앉았다.

"양루이, 이것 좀 봐. 이게 누구지?"

그녀는 탁자 위에 있던 몇장의 사진을 내밀었다.

"누군지 알겠어?"

사진을 보자마자 가슴이 쿵 내려앉으며 머리가 터질 것 같았다. 전부 안신의 사진이었다. 사진 속의 안신은 한두 살 정도 되어 보이는 아이의 손을 잡고 있었다. 나는 놀라움에 몸이 떨렸다.

"사진은 누가 찍은 거야?"

중닝은 대답 대신 되물었다.

"이 여자 누구야? 그리고 이 아이는 누구야?"

내가 목소리를 높이며 소리쳤다.

"누가 찍은 거냐고?"

중닝이 차갑게 말했다.

"내가 사람을 시켜서 찍었어."

"무슨 짓을 하려는 거야?"

"뭘 하겠다는 건 아니고 그냥 알고 싶을 뿐이야. 이 아이가 누구의 아이인지 말이야. 정말 몰랐어. 대학생같이 순진하게 생긴 아가씨가 애엄마였다는 사실을 말이야."

안신에게 어떻게 아이가 있는 거지? 재앙의 어두운 그림자가 덮쳐오는 것 같았다. 나는 미친 듯이 부르짖었다.

"대체 무슨 짓이야?"

중닝은 내 고함소리에 깜짝 놀라는가 싶더니 손으로 사진을 움켜쥐고 날카로운 소리로 말했다.

"아이 아빠가 누구야? 응? 아이 아빠가 누구냐고? 너야?"

그러면서 그녀는 나를 향해 사진을 마구 내던졌다.

나는 곧장 침실로 들어갔다. 숨을 쉴 수 없을 것 같았다. 얼굴 가득 눈물이 흘렀다. 중닝이 문밖에서 악을 써댔다.

"양루이, 어서 이리 나와! 나오라고! 여자에다 아이까지 있으면서 그동안 나를 얼마나 속여온 거야? 무슨 낯짝으로 아직도 여기에 있는 거지? 네가 그러고도 사람이야?”

중궈칭이 서재에서 나와 동생을 말린 뒤 나를 불렀다.

“자네, 어서 이리 나와보게!”

문을 열고 나가자마자 중궈칭이 매섭게 내 뺨을 후려쳤다. 불시에 가격을 당한 나는 그 자리에 풀썩 주저앉고 말았다. 이가 부러져 피가 난 건지 코피가 입으로 흘러들어간 건지 알 수 없었지만 입 안에 피가 고였다. 중궈칭이 이를 갈며 말했다.

“개자식! 지금까지 실컷 놀았어? 이러고도 네놈이 베이징에서 살 수 있을 것 같아? 이 자식아, 이게 끝이 아니니 착각하지 마. 이런 짓을 한 댓가가 어떤 것인지 꼭 보여주고 말 테니까!”

나는 몸을 일으킨 다음 아무 말 없이 화장실로 들어갔다. 입 안의 피를 뱉어내고 얼굴을 씻은 다음 침실로 갔다. 그리고 속옷과 물건들을 가방 안에 넣기 시작했다.

심하게 욕설을 퍼붓던 중궈칭은 서재에서 회사 사람과 큰소리로 전화통화를 했다. 나에 관해 얘기하는 것 같았다. 중닝은 소파에 엎드려 훌쩍이고 있었다. 나는 궈닝그룹에서 받은 핸드폰과 차 열쇠를 탁자 위에 올려놓은 다음 그 집에서 나왔다.

날은 이미 어두워져 있었다. 나는 도로를 따라 시내 방향으로 걷기 시작했다. 택시도 나타나지 않았고 화물트럭이나 소형 승용차는 손을 들어도 설 생각을 하지 않았다. 두 시간을 걸어 쌴위안(三元) 근처에 이르렀다. 밤바람이 불어와 얼굴을 세차게 때렸다. 맞은 뺨이 부어오르면서 얼얼했다. 나는 혼잣말을 되풀이했다.

'끝났어. 모든 게 끝났어!'

그런데 사진 속의 아이는 도대체 누구의 아이일까?

그날 중닝은 퇴근하는 안신을 미행하기 시작했다. 주택가로 들어선 안신이 어느 작은 민가로 들어가 얼마 지나지 않아 아이를 안고 다시 밖으로 나왔다. 안신은 작은 가게 앞에서 아이를 내려놓고 물건을 사러 들어갔다. 아이는 두살쯤 되어 보였다. 중닝은 아이에게 다가가 장난을 걸며 물었다.

"몇살이야?"

아이가 고개를 숙이고 대답하지 않자 중닝이 다시 물었다.

"이름이 뭐야?"

아이는 어색한 웃음을 지으며 여전히 대답하지 않았다. 중닝이 다시 물었다.

"엄마는?"

고개를 돌린 아이가 안신이 들어간 가게를 가리켰다.

중닝은 가지고 다니던 내 사진을 아이에게 보여주며 물었다.

"이 사람이 아빠니?"

그러자 아이는 뜻밖에도 고개를 끄덕이는 게 아닌가. 안신이 물건을 사가지고 나오면서 중닝이 있는 것을 목격했다. 안신은 그녀를 쏘아보았다. 중닝도 안신의 눈길을 피하지 않았다. 그녀는 증오의 눈빛으로 안신을 노려보았다.

"정말 복도 많네요. 아이가 예쁜 걸 보니 아빠 얼굴도 그리 나쁘진 않은 것 같군요."

안신은 아무 대꾸도 없이 아이를 안고 가버렸다. 안신의 등 뒤를 바라보던 중닝은 이미 얼굴이 파랗게 질려 있었고 뼛속 깊이 나를 원망하고 있었다. 중닝은 마음속으로 반드시 내게 댓가를 치르게 해주겠다고 다짐했다. 중닝이 차에 오르자 안에 있던 수행원이 안신과 아이를 찍은 필름을 그녀에게 건네주었다.

모든 것이 나의 실수였다. 애초부터 사랑하는 여자를 당당하게 공개하지 못하고 사랑하지 않는 여자와 약혼한 것이 잘못이었다. 나는 비열한 남자였다.

'이제 모든 것이 끝났다!'

쌴위안교(三元橋)가 보였다. 한밤의 쌴위안교는 더이상 붐비지 않았다. 주교(主橋)에서 뻗어 나온 지교(支橋)들이 무수한 밭이랑처럼 동서 양쪽으로 뻗어나가면서 끝없는 가로등의 띠를 이루고 있었다.

안신이 원망스러웠다. 가장 용서할 수 없는 것이 남자의 거짓말이라더니 이제 보니 그녀야말로 거짓말쟁이였다. 그녀는 자신의 모든 것을 숨겼다. 내가 자신을 사랑하고 있다는 걸 알면서도 내게 불분명한 태도를 보이며 항상 애매한 말만 했다. 그녀는 내가 누구이고 어디에 사는지, 가족관계는 어떻게 되는지, 어느 학교를 나왔고 어느 회사에 다니는지 속속들이 다 알고 있다. 심지어 나와 중닝의 관계까지 알고 있다. 나는 그녀에게 아무것도 숨기지 않았다. 하지만 그녀는 어떠했는가? 나는 그녀가 누구이고 과거에 어떤 일들이 있었는지, 도대체 과거에 몇명의 남자를 사랑했고 그녀를 사랑한 남자가 몇명이나 되는지 확실히 알지 못한다. 심지어 그녀에게 이미 돌이 지난 아이가 있다는 사실마저 몰랐다. 나는 그녀에 대해 아는 바가 거의 없는 것이다.

생각할수록 실망스럽고 분노가 치밀었다. 난 그녀를 이해할 수가 없었다. 내가 안신을 좇아다닌 이유는 그녀의 순수한 모습에 반했기 때문이다. 그 '순수함' 때문에 나는 내가 가진 모든 것을 잃었다. 어처구니없게도 안신은 내가 상상했던 순수한 여인이 아니었을 뿐만 아니라 세상의 온갖 풍파를 다 겪은 미혼모였다. 내가 과연 이런 사실을 상상이나 할 수 있었겠는가!

9

　내가 탄 기차는 아침 여섯시가 조금 지나서야 윈난성으로 들어섰다. 윈난성에서 제일 먼저 정차한 역은 리앙(禮昻)이라는 곳이었다. 프랑스 남부 도시 리옹에 도착한 것으로 잘못 들을 수도 있는 이름이었다. 리앙을 지난 뒤로 열차는 갈수록 느리게 달렸고 정차하는 역도 많아졌다.

　사람들이 수없이 내리고 타기를 반복하면서 승객들은 계속 교체되어갔다. 승객의 구성에 상당한 변화가 나타나 농촌이 도시를 포위하는 듯한 모습이 연출됐다. 열차에 오르는 사람들은 주로 농산물 광주리를 든 농민들이었다. 농민들은 열차 안을 이리저리 비집고 다니며 알아듣기 어려운 사투리로 소리지르곤 했다. 나는 그런 소음 때문에 극도의 피로를 느꼈다.

　나를 가장 피곤하게 한 사람은 맞은편에 앉아 있는 젊은 부부였다.

부부는 약 세살쯤 되어 보이는 남녀 쌍둥이를 데리고 있었다. 부부는 남자 아이를 아거(阿哥, 황태자를 의미하는 만주식 호칭)라고 불렀고 여자 아이를 거거(格格, 공주를 의미하는 만주식 호칭)라고 불렀다. 두 아이는 자리에서 펄쩍펄쩍 뛰거나 구르면서 소란을 피워댔다. 아거를 부르면 거거가 대답하고 거거를 부르면 아거가 대답하는 것을 재미있게 여긴 부부는 마치 청나라 황제와 황후가 된 것처럼 요란하게 떠들어대곤 했다.

솔직히 말해서 난 아이를 좋아하지 않았고 주위에 아이들이 있으면 일을 할 수 없었다. 아이들은 한결같이 어른들의 관심을 끌기 위해 온갖 수단을 다 동원하고 주위의 모든 사람과 사물을 자기의 부속물처럼 만들어버린다. 나는 그런 게 딱 질색이다. 친자식이 생기면 나도 아이를 좋아하게 될까?

우습게도 나는 일년 육개월 전에 어떤 아이의 아버지로 오해받은 적이 있다. 당시 나는 그 아이의 얼굴도 보지 못한 상태였다. 그 아이로 인해 나는 안신을 용서하고 싶지 않았고 안신과 말다툼까지 벌였다. 나는 안신과 말다툼하던 그날을 지금도 기억한다.

그날 오전 삼환 가구점이 문을 열려고 할 때였다. 나는 안신보다 먼저 가구점에 도착해 있었다.

안신은 내가 이른 시각에 찾아와 자신을 기다리고 있고, 내 얼굴에 분노와 원망이 가득한 것을 보고 사태의 심각성을 알아차렸을 것이다. 하지만 그녀는 아무 일도 없는 사람처럼 평소와 같이 태연한 어투로 내게 인사를 건넸다.

“일찍 왔네요.”

나는 냉담한 표정으로 입을 다물고 있다가 물었다.

“왜 이렇게 늦었어? 혹시 아이를 데려다주고 오는 길 아니야?”

안신은 미동도 하지 않고 나를 뚫어지게 바라보았다. 내가 찾아온 이유를 대강 짐작한 듯했다. 그녀는 어색한 표정으로 한참을 말없이 있다가 입을 열었다.

“아이에 대해 때가 되면 말해줄게요.”

내가 재빨리 말을 받았다.

“지금 이야기해. 나는 모든 것을 다 얘기했는데 안신은 계속 나를 속여왔어! 도대체 안신은 얼마나 많은 비밀을 숨기고 있는 거야? 도대체 얼마나 많은 사람들이 안신의 은밀한 개인기록과 연관되어 있는 거냐고?”

내 목소리가 너무 컸는지 안신은 당황한 표정으로 주위를 두리번거렸다.

“양루이, 난 지금 업무중이에요. 이런 일자리를 구하는 게 쉽지 않다는 걸 잘 알잖아요. 난 일자리를 잃으면 안된단 말이에요.”

안신이 일자리를 언급하는 순간 나는 감정이 폭발하고 말았다.

“나는 벌써 일자리를 잃은 사람이야. 나도 일자리가 없으면 안되는 사람이라고!”

말을 마친 나는 몸을 돌려 큰 걸음으로 가구점을 떠났다. 거리에는 하늘 가득 흙먼지가 일고 있어 숨쉬기가 곤란했다. 안신이 나를 쫓아왔다. 머리칼이 바람에 날려 그녀의 얼굴을 가렸다. 나는 낮은 목소리로 힘없이 말했다.

"가서 일해. 난 갈 테니까."

그녀는 나를 한참 바라보다가 입을 열었다.

"정말 일자리를 잃은 거예요? 나 때문에?"

나는 고개를 돌렸다. 그녀가 내 앞에서 동정이나 자책을 드러내는 것이 싫었다. 망연자실해 있던 나는 삼환로 위를 줄지어 달리는 차량 행렬을 바라보았다. 이처럼 분주한 도시에는 얼마나 많은 슬픔과 기쁨, 이별과 만남이 펼쳐지고 있는 것일까! 아마 셀 수 없을 만큼 많은 일들이 벌어지고 있을 것이다. 하지만 사람들은 저 차량행렬처럼 몇 마디 탄식으로 그것들을 흘려보내리라. 사람들은 자신의 일에만 머리를 파묻고 나머지 일들을 전부 하찮게 여기리라!

나는 한숨을 내쉰 뒤 안신에게 말했다.

"어서 가서 일해. 일자리를 잃으면 안되잖아. 안신에게는 일자리가 가장 중요해. 난 단지 안신에게 아이가 있다는 사실을 몰랐을 뿐이야."

안신의 얼굴에는 뭔가 말하고 싶어하는 표정이 역력했다.

"양루이, 아이에 대해 내가 진작 말했어야 했어요. 내가……"

나는 팔을 저어 그녀의 말을 끊었다.

"안신의 과거에 있었던 일들은 모두 안신의 것이야. 나는 물을 권리도 없고 묻고 싶은 마음도 없어."

나는 도로를 보고 있었지만 미안해하는 그녀의 마음을 충분히 감지할 수 있었다. 그녀가 말했다.

“정말 일자리를 잃은 거예요? 나 때문에?”

“그래. 사람들은 날 아이의 아빠로 알고 있어.”

안신이 말했다.

“가서 말해요. 아이 아빠는 당신이 아니라고! 내가 같이 가서 아이
는 당신과 아무런 관계도 없다고 말해줄게요. 절대로 당신의 아이가
아니라고 말해줄게요.”

나는 고개를 돌려 안신을 바라보았다.

“나도 내 아이가 아니라는 걸 알아!”

나는 잠시 말을 멈췄다가 물었다.

“그런데 누구 아이야?”

“진작에 말했어야 했는데……”

그녀의 두 눈에서 눈물이 흘러나왔다.

“내가 당신을 속인 것은 당신을 좋아했기 때문이에요. 너무나 좋아
했기 때문에 이런 일을 말하지 못했던 거예요. 당신을 좋아하면서 어
떻게 내 입으로 그런 얘기를 할 수 있겠어요?”

안신이 아무런 가식 없이 나를 좋아한다고 말하기는 이번이 처음
이었다. 나는 가만히 안신을 감싸안았다.

우리는 길 가는 사람들의 곁눈질과 눈총에도 아랑곳하지 않고 서로
를 꼭 껴안았다. 이 순간만은 안신에 대한 원망과 불만을 입에 올리고
싶지 않았다. 우리는 서로의 몸을 껴안음과 동시에 서로의 억울함과
고통, 그리고 서로에게 의지할 수밖에 없는 운명을 껴안았다. 나는 그
순간 말로 표현할 수 없는 짜릿한 행복과 위안을 얻을 수 있었다.

"가서 일해. 일자리를 잃으면 안되잖아. 하고 싶은 말이 있거든 저녁때 찾아와."

나는 팔을 풀고 도로를 가로질러 뛰어갔다.

그날 나는 마지막으로 회사를 찾아갔다. 중닝 남매는 보이지 않았다. 하지만 나를 대하는 회사 사람들의 태도가 확연히 달라졌음을 느낄 수 있었다. 자연스럽지 못한 눈길이었다. 수군대는 소리가 등 뒤에서 들렸다. 나는 사무실의 물건을 정리하기 시작했다. 개인물품은 챙기고 회사물건은 제자리에 갖다놓았다. 사무실과 문서보관함 열쇠는 책상 위에 놓아두었다.

사무실을 나서기 전 옆방의 비서를 찾아갔다. 사직한다는 사실을 알린 다음 인수인계를 어떻게 해야 하는지 물었다. 머뭇거리던 비서는 잠시만 기다려달라고 했다. 십분 후 그녀는 두 명의 회사 경비원을 데리고 들어와 물품들을 확인하기 시작했다. 그녀는 나의 개인물품까지 조사했다. 평소에 늘 상냥한 미소를 보여주던 모습은 전혀 찾아볼 수가 없었다. 나는 가볍게 웃으면서 그녀의 행동을 유심히 살펴보았다. 그녀는 나와 눈길이 마주치는 것을 피하면서 물건을 열심히 확인했다.

나는 집에 돌아오자마자 아버지에게 전화를 걸었다.

"저 중닝과 헤어졌어요. 그리고 회사에 사표를 냈어요. 아버지한테 알려드려야 할 것 같아서 전화 드리는 거예요."

아버지는 어떻게 그럴 수 있느냐며 역정을 내셨다. 나는 전화를 그냥 끊어버렸다.

저녁에 안신이 찾아왔다. 우리는 커피잔을 들고 카펫 위에 앉았다. 둘 다 저녁식사를 하지 않아서인지 커피맛이 씁쓰레했다. 우리의 심정과 부합하는 맛이었다.

안신이 말했다.

"당신이 알고 싶은 게 뭐예요? 아이의 아빠가 누구인지 알고 싶은 거예요?"

나는 담담한 미소와 함께 말을 받았다.

"난 아이의 아빠가 누구인지 알 것 같아. 그다지 어려운 문제가 아니지."

"아이의 아빠가 누구라고 생각해요?"

"안신을 대신해 돈을 보내줬던 그 판씨라는 사람이겠지. 그 사람 맞지?"

어느날 밤 안신은 그에게 울면서 하소연을 했고 나중에 그는 안신을 대신해 빚을 갚아주었다. 두 사람은 보통 사이가 아닌 것이다. 한가지 마음에 걸리는 것이 있다면 그 판씨라는 사람의 나이였다.

"그 남자 너무 늙었다는 생각은 안해봤어? 안신이 나이든 남자를 선택한 이유는 편안함 때문이야?"

그녀가 미소를 지으며 말했다.

"어떻게 그분이 아이 아빠일 거라고 생각했죠? 그분은 우리 대장이에요. 나를 진심으로 도와주고 있는 분이죠."

"대장이라고?"

나는 어리둥절했다.

“무슨 대장? 안신과 그 남자는 도대체 어떤 사이야?”

안신은 얼른 대답하지 않았다. 그녀는 어떻게 대답해야 좋을지 생각하고 있는 것 같았다.

“혹시 두 사람은 무슨 조직폭력배들 아니야?”

나의 농담이 효과를 발휘했는지 긴장해 있던 안신의 얼굴이 풀어졌다.

“양루이, 사실 난 광핑사범대학에 다니지 않았어요. 난더에 가서 중학교 선생을 했다는 것도 거짓말이고요. 내가 말한 그 판씨라는 분은 난더경찰국 마약수사대의 대장으로 2급 총경이에요. 사실을 말하면 나는 그분 밑에서 경찰로 근무했어요.”

나는 믿기지가 않았다. 소녀 같은 안신의 얼굴에서 애엄마의 모습을 찾아낼 수 없었던 것처럼 그녀의 얼굴에서 걸핏하면 총격전을 벌여야 하는 마약수사대 경찰의 모습을 상상한다는 것은 너무나 어려운 일이었다. 나는 혼잣말로 중얼거렸다.

“도대체 안신이 하는 말 중 어떤 게 사실일까?”

그러나 나는 그녀가 방금 담담하게 털어놓은 말이 사실이라는 것을 알 수 있었다.

날이 평소보다 일찍 어두워졌다. 실크 커튼이 쳐진 창문은 일몰의 잔광이 머물면서 초점을 잃은 두 개의 커다란 눈처럼 보였다. 그 눈은 어둠속으로 서서히 빨려들어가는 우리를 내려다보고 있었다. 우리는 둘 다 불 켤 생각을 하지 않았다. 둘 다 어둠속에 자신의 표정을 감추고 싶었기 때문이리라.

안신의 목소리는 괴로운 일을 겪은 여인이 오래전 이야기를 술회하는 것처럼 들렸다. 그러나 그 이야기는 그녀의 인생에서 방금 막 지나간 일에 불과했다.

"나는 일곱살 때 한해 앞당겨 초등학교에 들어갔고 열두살에는 중학교에 들어갔어요. 그리고 열여덟살 때 전국통합 대학입시에서 합격선을 넘었어요. 성(省) 태권도대회에서 여자부 우승을 한 경력이 있어 무난히 광핑경찰대학에 입학할 수 있었지요. 경찰대학 학생들은 졸업하기 전 경찰 관련 부서에서 이년간 근무해야 한다는 경찰부의 규정에 따라 삼년 후 나는 난더시 경찰국의 마약수사대에 들어갔어요. 물론 그곳은 내가 희망하던 곳이었지요."

안신은 스물한살까지의 인생을 이처럼 단순하고 평이하게 설명했다.

"난더는 양귀비를 재배하는 미얀마의 골든트라이앵글에서 가까워 중국 내지와 구미 대륙으로 마약이 흘러나가는 요충지였고 범죄의 팔십 퍼센트 이상이 마약과 관련되어 있는 곳이에요. 마약 때문에 난더는 전투가 아주 치열했고 그래서 난 난더를 선택하게 되었지요."

"그게 이유야? 모험을 찾아다니는 것이 안신의 타고난 본능이자 성격이야?"

안신은 고개를 가로저었다.

"내가 양루이한테 그런 인상을 줬나요?"

"그래. 안신은 태권도를 잘할 뿐만 아니라 경찰이 되어선 전선으로 간 여자야."

"어릴 때 태권도를 배운 건 우리집이 학교에서 멀었기 때문이에요. 엄마가 나에게 태권도를 배우도록 권유했죠. 나 스스로 자신을 보호할 수 있게 하려고 말이에요. 경찰대학을 선택한 것은 태권도를 배웠기 때문이에요. 경찰대학에 다니면서 법률이나 경찰수사 같은 과목을 배우긴 했지만 내부의 분위기는 다들 전투를 하고 싶어했어요. 이런 분위기는 마치 거대한 자석처럼 끌어당기는 힘이 너무나 강해서 다른 것을 생각하지 않게 만들었죠."

안신은 다탁 위에 있는 스탠드를 켰다. 희미한 불빛 속에서 망연자실한 나의 표정을 보더니 그녀가 빙긋이 웃었다.

"정말이에요. 그래서 난더로 갔던 거예요."

"그럼 장톄쥔은? 광핑 부녀연합회 비서장이라는 그의 모친은? 그리고 난더에서 알게 됐다는 마오쩨란 친구는? 모두 가상의 인물인 거야?"

"아니에요. 대학 삼학년 때 우리 학교 학장님의 병세가 위중해졌고 간호를 위해 병원에 파견되었다가 학장님의 아들 장톄쥔을 알게 된 건 사실이에요. 나는 졸업한 지 반년 후에 그와 결혼까지 하게 되었지요."

"결혼을 했다고? 그 친구랑 결혼한 사이란 말이야?"

나는 애써 태연한 표정을 지었다.

"몇살이었는데? 몇살에 결혼했어?"

"스물세살이에요. 그해에 장톄쥔은 스물아홉이었고요."

나는 안신이 처녀일 거라는 애초의 상상에서 시작하여 그녀의 과거를 조금씩 알게 되면서 수많은 심리적 타격을 감수해야 했다.

"아하, 원난 여자들은 스물세살만 되면 결혼하나보군. 너무 이르다고 생각하지 않나봐."

안신은 고개를 숙이며 말했다.

"일찍 결혼할 수밖에 없었던 이유는 임신 때문이었어요."

10

난 안신을 사랑했다. 그녀가 결혼한 적이 있고 아이까지 있다는 사실을 알았지만 말이다. 그녀를 사랑하지 않았다면 그녀가 결혼했다고 했을 때, 그리고 아이가 있다고 했을 때 왜 그토록 내 마음이 괴로웠겠는가? 난 괴로웠지만 계속 그녀의 이야기에 귀를 기울였다.

안신이 그 이야기를 들려준 지도 이미 일년 이상 지났다. 이 일년여 동안 나는 그녀가 들려준 사건과 장면을 반추하며 그것을 상상으로 풍부하게 만들어왔다. 이는 안신에 대한 나의 사랑을 지속시키는 한 방법이었다.

마약수사대의 판대장은 쉰이 다 된 사람으로 안신에게는 아버지 같은 존재였다. 판대장의 고향은 난더에서 동쪽으로 삼백리 떨어진 사마오(沙矛)라는 곳이었다. 그는 그곳에서 태어나 초등학교부터 고등학교까지 다녔다. 그는 대학에 가고 싶어했지만 고등학교를 마치기도 전에 집안이 풍비박산나고 말았다. 바로 그의 부친이 마약에 빠져버렸기 때문이다. 부친이 마약에 중독되자 모친은 멀리 타향으로 개가해 떠났고 다시는 돌아오지 않았다. 판대장이 열일곱살 되던 해에 부친은 한밤중 공중변소에서 몸에 다량의 헤로인을 주사해 죽고 말았다. 사람들이 부친의 사망 소식을 그에게 전했지만 그는 확인하러 가지 않았다. 그는 부친의 시신을 누가 묻었는지조차 알지 못했다. 판대장은 고등학교를 졸업하기 전부터 돈을 벌기 시작했다. 그후 그는 사마오 지역 경찰국에 들어가 삼십년 가까이 일하면서 그중 십오년은 마약전담 부서에서 근무했다. 그의 손에 의해 일망타진된 마약 조직이 부지기수였다. 안신이 난더로 가기 일년 전, 성(省) 내의 마약전담 간부들에 대한 대대적인 인사이동이 이루어지면서 간부들의 가족 전체가 다른 곳으로 이주해야 했다. 마약전담 경찰의 가족은 언제나 테러와 보복의 대상이었기 때문이다. 이주한 장소는 철저히 보안에 붙여졌다. 판대장은 그때 사마오를 떠나 난더로 왔다. 그러나 아내가 따라오지 않으려 했기 때문에 그는 혈혈단신으로 난더에 올 수밖에 없었다. 다이족 출신인 판대장의 아내는 아이들을 데리고 친정이 있는 다리(大理)로 갔다. 판대장은 다이력의 신년인 발수절(潑水節) 때만 휴가를 얻어 가족을 만나러 갔다.

판대장은 모진 운명을 지닌 사람처럼 보였다. 그는 부친이 살아 있을 때부터 고아나 다름없었고 아내와 아이가 있긴 했지만 난더에서 독신으로 살아갔다. 거친 생활과 고생의 흔적이 역력한 이 사내에게 따스한 사랑이 가득하리라고는 안신도 처음엔 알지 못했다. 그러나 안신이 난더에서 일년 남짓 근무하는 동안 판대장은 암탉이 병아리를 품듯 그녀를 보살펴주게 된다.

안신은 난더 마약수사대 내에서 유일한 대학 출신이었다. 판대장이 그녀를 정성껏 보살펴준 계기는 지식인에 대한 존중 때문이었는지도 모른다. 그녀에 대한 배려의 가장 대표적인 경우는 부상이나 사망사고가 발생할 수 있는 위험한 체포업무에 그녀를 참여시키지 않은 것으로 드러났다.

난더에서 안신의 생활과 업무는 순조롭고 즐거운 편이었다. 단지 젊은 사람 특유의 외로움만 좀 있을 뿐이었다. 장톄쥔은 한달에 한두 번씩 안신을 만나기 위해 광핑에서 기차를 타고 와서 하루 이틀 머물다가 돌아갔다. 마오졔와의 짧은 일탈행동도 장톄쥔에 대한 애정에 아무런 영향을 미치지 못했다. 그녀는 장톄쥔을 사랑했다. 당시 그녀가 가장 갈망했던 것은 장톄쥔과 매일 만날 수 있는 생활이었다. 그리고 열애상태에 있던 장톄쥔도 견우와 직녀처럼 서로 떨어져 있는 것을 몹시 힘들어했다. 그는 광핑을 떠나 난더일보사의 기자로 일하는 문제에 대해 안신과 상의하기도 했다.

안신은 마오졔와의 위험한 관계를 이미 청산한 상태였지만 마오졔에 대한 미안한 마음은 계속 가지고 있었다. 그녀는 아주 오랫동안 죄책감을 느꼈는데 마오졔뿐만 아니라 장톄쥔에게도 그러했다.

장톄쥔에 대한 죄책감 때문에 그녀는 그에게 더욱 잘해주려고 했다. 장톄쥔이 난더에 올 때마다 그녀는 맛있는 음식을 만들어 내놓곤 했다. 때때로 그의 어깨를 주물러주었고 심지어 발까지 닦아주기도 했다. 그녀의 그런 행동은 절반은 본심이었지만 절반은 속죄의 일환이었다.

안신이 난더에 온 지 반년쯤 지났을 때였다. 경찰 전원을 대상으로 건강검진이 실시되었다. 건강검진 후 의사는 안신에게 최근에 몸이 불편한 적이 없었느냐고 물었다. 그녀는 어려서부터 건강한 체질이었으며 게다가 태권도까지 연마했으니 몸이 불편할 리 없었다. 그녀는 한번도 의사를 찾아가본 적이 없었다. 하지만 의사의 질문을 받고 그녀는 곰곰이 생각해보았다. 그러고는 최근 들어 머리가 어지럽고 구역질이 났으나 그다지 심하지는 않고 참을 만했다고 털어놓았다. 이어서 그녀는 의사에게 월경이 나오지 않고 있는데 혹시 그것도 병이냐고 물었다. 여자인 데다 눈치가 있는 의사는 안신의 체면을 고려하여 주위에 사람이 없는 틈을 기다려 말했다.

"결혼은 하셨나요?"

안신의 소녀 같은 외모 때문에 의사는 이렇게 물었다. 아직 안했다는 대답을 들은 의사는 고개를 끄덕이며 입을 열었다.

"이걸 어쩌나, 임신인데요."

안신은 놀라 하마터면 그 자리에서 쓰러질 뻔했다. 그녀는 외모도 소녀 같았지만 스스로도 자신을 어른이라고 생각하지 않았다. 대학에 적을 두고 있는 그녀는 아직 스물세살밖에 안된 나이였다. 그녀는 자신에게 이런 일이 일어나리라고는 상상도 하지 못했고 마음의 준비도 전혀 되어 있지 않은 상태였다. 장톄쥔과 함께 밤을 보낼 때마다 피임을 했는데 뜻밖에도 임신을 한 것이다. 임신이라는 현실에 직면한 안신은 무얼 어떻게 해야 좋을지 몰랐다.

그녀는 판대장에게 임신 사실을 털어놓았다. 판대장은 안신의 임신 사실을 떠벌리지 않았고 심지어 마약수사대 간부들에게도 알리지 않았다. 단지 안신에게 하루속히 병원에 가서 아이를 지울 것을 권했다.

어쨌든 여자가 결혼 전에 아이를 갖는다는 것은 난더 같은 작은 도시에서, 특히 경찰기관 내부에서는 절대 환영받을 일이 못되었다. 안신은 황급히 전화를 걸어 장톄췬에게 임신 사실을 알렸고 장톄췬은 그날로 기차를 타고 왔다. 난더에 도착한 그는 아이를 절대 지워선 안된다는 모친의 의견을 안신에게 전달했다.

안신과 장톄췬은 엄하기로 소문난 모친의 생각을 거스를 수 없었다. 그런데 두달만 지나면 배가 불러올 텐데 어떻게 한단 말인가? 이에 장톄췬의 모친은 두 사람이 빨리 결혼할 것을 요구했다.

안신은 하루도 지체하지 않고 마약수사대에 결혼신청서를 제출했다. 동시에 결혼휴가도 신청했다. 이리하여 안신은 광핑으로 가 보름 후에 결혼식을 올리게 되었다.

광핑 유일의 4성급 호텔에서 거행된 결혼식에는 광핑의 유명 인사들이 구름처럼 모여들었고 정계, 언론계, 법조계의 요인들도 대거 참석했다. 현지 문화체육계 스타들도 초청되어 연주와 공연으로 분위기를 띄웠다. 광핑 TV방송국의 전문 카메라맨이 와서 결혼식 비디오 촬영을 했다.

혼인 증인은 광핑 인민대표대회 상무위원회의 싱 부주임이었다.

싱 부주임은 한때 광핑시 시위원회 부서기였고 장톄췬의 부친 생전
에 그와 친분이 두터운 사이였다.

성대한 결혼식이 끝나고 관습에 따라 안신은 장톄췬과 함께 친정
에 들렀다. 칭몐에서 이틀간 머문 뒤 두 사람은 쿤밍(昆明)으로 가 곧
장 베이징행 비행기를 탔다. 그제야 두 사람은 밀월여행을 시작할 수
있었다.

두 사람은 하오위안 호텔에 투숙했다. 며칠간 천안문과 장성, 고궁
등을 함께 구경했다. 장톄췬이 베이징에 있는 대학동창들을 만나러
가자 안신은 베이징 무장경찰부대 태권도 훈련반에서 안마사로 있는
과거의 태권도 사범을 찾아가 담배와 과자를 선물했다. 태권도 사범
은 베이징에서 그녀가 유일하게 아는 사람이었다.

베이징에서 일주일 남짓 즐거운 시간을 보낸 두 사람은 선물 꾸러
미를 잔뜩 들고 광핑으로 돌아왔다. 장톄췬은 안신과 상의한 끝에 직
장에 요청하여 난더일보사에서 일년 동안 기자로 일하기로 했다. 이
런 결정에 대해 모친도 동의해주었다.

안신이 먼저 광핑을 떠났고 곧이어 장톄췬도 크고 작은 보따리를
차에 싣고 변경의 작은 도시로 왔다. 난더일보사는 장톄췬을 위해 방
두 칸의 아파트를 구해주었다. 이에 안신은 장톄췬의 아파트에서 신
혼생활을 시작했다.

안신에게 새로운 보금자리가 생겼지만 경찰국은 조각루의 세 평
남짓한 독신자 숙소를 안신이 계속 사용할 수 있도록 편의를 봐주었
다. 난멍허 강가의 아름다운 관광지구에 위치한 그 숙소는 마약수사

대와 길 하나를 사이에 두고 있었다. 난더일보사가 장톄쥔에게 제공한 아파트는 난더의 북쪽에 위치해 있어 마약수사대에서 아주 멀었다. 안신은 업무의 성격상 당직으로 늦게 귀가하는 일이 자주 있었다. 또 국경절이 임박한 때여서 치안유지 임무로 눈코 뜰 새 없이 바쁘기도 했다. 장톄쥔은 안신이 늦게까지 일할 때면 남쪽의 조각루 숙소로 오곤 했다.

안신을 끔찍하게 아끼는 장톄쥔은 그녀의 일이 많은 것을 보고 하루빨리 직업을 바꾸라고 했다. 그럴 때마다 안신은 그냥 웃음으로 받아넘길 뿐이었다.

국경절인 10월 1일 저녁 난더시 중앙광장에서는 건국기념일 군중 특별공연이 있을 예정이었다. 그 현장관리 임무에 마약수사대 경찰들이 모두 투입되었다. 장톄쥔도 현장 취재와 인터뷰를 위해 그곳으로 갔다. 안신과 장톄쥔은 행사가 끝난 뒤 조각루 숙소에서 만나기로 했다.

행사가 끝나자마자 안신은 숙소로 돌아와 마실 물을 끓이고 상점에 가서 차엽단(茶葉蛋, 찻잎·오향·간장 등을 넣고 삶은 달걀)도 몇개 사왔다. 그리고 장톄쥔을 기다렸다.

열시 반이 조금 지나 누군가가 문을 두드렸다. 안신은 장톄쥔이 문을 두드리는 줄 알았다. 문을 여는 순간 그녀는 깜짝 놀라 뒤로 넘어질 뻔했다. 문밖에 있는 사람은 바로 오랫동안 연락이 끊긴 마오졔였던 것이다.

놀란 그녀는 몸을 제대로 가눌 수가 없었다. 마오졔가 두려운 것이 아니라 장톄쮄이 두려웠던 것이다. 장톄쮄이 곧 돌아올 것이고, 이미 골목 안으로 들어섰는지도 모를 일이다. 그녀로서는 장톄쮄이 마오 제라는 사람을 알도록 할 수 없었고, 막 시작된 행복한 생활이 깨지는 것도 용납할 수 없었다.

안신은 창백해진 얼굴로 두서없이 물었다.

"마오제, 어떻게 여길 온 거야? 어서 가. 난 할 일이 많아."

마오제의 얼굴은 약간 상기되어 있었다. 술을 마시긴 했지만 취한 것 같지는 않아 보였다. 그는 안신을 덥석 껴안으며 말했다.

"안신, 보고 싶어서 미치는 줄 알았어!"

안신은 그의 품에 안긴 채 당혹스러워했다. 자신은 이미 결혼해서 남편과 가정이 있는 사람이며 과거의 감정은 더이상 지속될 수 없다는 사실을 말하고 싶었다. 하지만 그녀는 입을 열 수가 없었다. 술까지 마신 그에게 사실대로 말해봤자 냉정을 되찾게 하기는커녕 오히려 광분하게 만들 가능성이 컸다. 일단 그를 돌려보낸 뒤 나중에 설명해야겠다고 그녀는 생각했다. 그녀는 몸을 이리저리 움직여 그의 품에서 빠져나왔다.

"아직 일이 다 끝나지 않아서 곧장 나가봐야 해. 우리 나중에 다시 만나서 얘기해."

"좋아, 그렇게 하지. 지금 어디로 가는데? 늦었으니 내가 데려다 줄게."

살림살이들은 이곳이 혼자 사는 집이 아님을 말해주고 있었다. 때문에 안신은 재빨리 밖으로 나와 문을 닫았다. 안신은 문을 걸어잠그고 앞장서서 거리로 향했다. 거리로 나온 그녀는 남쪽으로 걸음을 재촉했다. 장톄췬이 북쪽에서 올 것이기 때문이었다.

마오졔가 그녀를 따라가며 물었다.

"아니, 이렇게 늦은 시각에 어딜 가는 거야?"

안신은 말없이 걸음을 더욱 빨리했다. 곧 시외버스 터미널이 나왔고 마침 버스 한대가 막 출발하려고 했다. 안신이 말했다.

"내일 봐. 내일 저녁 여섯시 반에 루이신 백화점 정문에서 만나. 난 지금 급한 일 때문에 샤시(下溪)에 가야 하거든."

차는 곧 출발했다. 마오졔는 터미널에서 멍하니 서 있기만 했다. 가로등의 희미한 불빛에 비친 그의 윤곽은 무척이나 분위기 있어 보였다. 마오졔는 잠시만 바라보아도 마음이 끌리는 그런 타입의 사내였다.

샤시는 버스로 오륙분밖에 걸리지 않는 곳이었다. 물론 안신은 그곳까지 갈 생각이 아니었다. 차가 출발한 지 얼마 지나지 않아 그녀는 운전기사에게 신분증을 보여주면서 차를 세워달라고 했다.

숙소에 와보니 장톄췬은 이미 와 있었다. 장톄췬이 의심 가득한 표정으로 물었다.

"행사가 끝난 지 언젠데 이제야 돌아와?"

안신은 행사가 끝난 뒤 장내정리를 해야 했고 정리가 끝난 뒤에도 곧바로 몸을 뺄 수가 없었다고 얼버무렸다. 장톄췬이 테이블에 놓인 차엽단을 가리키자 나중에 출출할까봐 행사장으로 가기 전에 미리 사둔 것이라고 둘러댔다.

다음날 퇴근 무렵 안신은 장톄쥔에게 전화를 걸어 당직근무로 현장에 나가봐야 하기 때문에 집에 늦게 들어갈 것 같다고 했다. 그녀는 현장에 나간다고 말할 수밖에 없었다. 그러지 않을 경우 장톄쥔이 마약수사대로 찾아올지도 모르는 것이다. 그녀가 현장에 나가는 경우는 드물었지만 저녁에 당직을 서는 경우는 흔히 있었다. 장톄쥔은 아무런 의심 없이 동료들과 저녁식사를 하고 갈 테니 밤에 조각루 숙소에서 보자고 했다.

퇴근 후 안신은 서둘러 루이신 백화점으로 갔다. 도착해보니 마오제는 이미 와서 자신을 기다리고 있었다. 그는 말쑥한 차림에 외투 깃을 세우고 있었다. 그래서인지 훨씬 더 훤칠해 보였다. 백화점을 드나드는 수많은 사람들 사이에서 그는 유난히 눈길을 끌었다.

마오제는 그녀가 오는 걸 발견하고 앞으로 다가와 반갑게 맞아주었다. 마오제는 얼굴 가득 환한 미소를 띠고 있었다. 안신은 인사조차 건네지 않고 곧장 사무적인 어투로 말했다.

"어디서 얘기할까?"

마오제는 서두르지 않았다. 그는 긴 팔로 안신을 감싸며 그녀를 주차장으로 데리고 갔다.

"우리 멋진 곳에 가서 식사하자."

안신은 그가 폭스바겐의 산타나 2000을 주차장에 세워두었으리라고는 상상도 하지 못했다. 난더 시내에서 개인이 이런 차를 소유하는 경우는 매우 드물었다. 그녀는 마오제의 집이 생각났다. 그의 집은 아주 큰 저택이었고 부모와 형은 사업을 한다고 했다.

마오졔는 차를 몰고 난더에서 가장 유명하고 좋다는 둥산호텔로 갔다. 안신은 아는 사람을 만날까봐 걱정이 되어 차에서 내리지 않고 말했다.

"우리 장소를 바꾸는 게 좋을 것 같아. 밥은 안 먹어도 돼. 좀 조용한 곳으로 가는 게 좋겠어. 얘기하기에 좋은 곳 말이야."

마오졔는 미간을 좁히면서 뭔가 골똘히 생각하더니 이내 눈을 크게 뜨면서 환한 미소를 지었다.

"조용한 곳? 그렇지!"

차는 난멍산 방향으로 달렸다. 교외의 국도를 십분쯤 달린 뒤 좁은 산길로 접어들기 시작했다. 울창한 숲이 있는 길 양쪽의 풍경은 그림처럼 아름다웠다. 석양의 붉은빛도 감동적이었다. 산 중턱에 오른 차는 산 그림자를 뚫고 채색 노을이 바라다보이는 절벽 가까이로 갔다.

이 산의 가장 험준한 지점에는 삼백여 미터에 달하는 높은 절벽이 있었고 그 위에 고즈넉한 집이 한 채 있었다. 귀신의 신공으로 지은 듯한 절벽 위의 집이었다. 지붕은 더앙족(德昻族)의 펠트 모자 같았고 집 아랫부분의 기초는 리쑤족(傈僳族)의 통나무집 같았다. 전체적인 분위기는 다이족의 대나무집과 유사해서 보면 볼수록 묘한 아취가 느껴졌다. 이곳은 난멍산에서 차를 마시는 곳으로 유명한 집이었다.

그 찻집은 정오가 되면 손님들로 가득 차지만 저녁이 되면 아주 조용하고 한적했다. 찻집 안에는 손님이 한명도 없었다. 두 사람은 창가의 작은 테이블로 가서 차와 음식을 주문했다. 난더의 찻집에선 차와 함께 음식을 팔기도 한다. 마오졔는 주인아주머니에게 궈챠오미

셴(過橋米線, 쌀로 만든 가는 국수) 두 그릇을 말아달라고 했다.

"어때? 이 찻집 아주 낭만적이지?"

안신은 그의 말에 맞장구를 치고 싶지 않아 얼굴을 찡그렸다. 창문을 통해 보니 건너편 절벽에 나무 한 그루가 외롭게 서 있었다. 그 나무 뒤로 밤의 어둠이 소리없이 몰려오고 있었다.

마오졔가 손을 뻗어 안신의 손을 잡아끌었다. 안신은 전기에 감전되기라도 한 듯 화들짝 놀라며 재빨리 손을 뺐다. 그녀의 신경질적인 반응에 마오졔는 짧은 웃음을 보였다. 그는 상대방을 힘으로 제압하는 것을 좋아했다. 안신이 움츠릴수록 그는 더 큰 자극을 받는 듯했다.

"안신, 우리 함께 사는 게 어때? 내가 방을 구할 테니 이사하도록 해. 그러면 더 편히 지낼 수 있잖아? 어때?"

안신은 그의 말에 아무런 반응도 보이지 않았다. 오늘 저녁 그녀는 모든 사실을 분명히 말해야 한다. 하지만 이야기를 어떻게 시작해야 좋을지 묘안이 떠오르지 않았다.

"우리가 어떻게 함께 산단 말이야?"

마오졔는 안신의 신경질적인 반응에 개의치 않고 여전히 웃는 얼굴로 말했다.

"이봐, 우리처럼 젊은 사람들은 동거하는 경우가 많아. 그렇게 드문 일이 아니지. 너희 학교에서 멀리 떨어진 곳에다 방을 구하면 되지 않겠어? 아버지가 나중에 이 차를 내게 주신다고 했으니 매일 차로 너를 데려다줄 수 있어. 너희 학교 사람들도 이 사실을 알 수 없을 거야. 그런데 어느 학교의 선생으로 있는 거야? 뭐가 무서워서 내게 말해주지 않는 거지? 뭐가 그렇게 무서워?"

안신은 마오졔에게 자신이 어떤 일을 하고 있는지 한번도 말한 적이 없었다. 다른 사람에게 직업을 노출하거나 업무에 관해 얘기하면 안된다는 마약수사대의 규정 때문이었다. 난더는 전쟁터였다. 이곳은 겉으로 평온해 보이지만 수면 아래에서는 온갖 어둠이 창궐하고 횡행했다. 그녀는 마오졔에게 자신이 교사로 있다고 둘러댔던 것이다. 마오졔가 이어서 말했다.

"아이들 왕이 되는 게 그렇게 재미있어? 재미없으면 그만둬. 내가 널 먹여살릴게. 우리 부모님이 돈은 얼마든지 주실 거야. 괜찮다면 오늘 당장이라도 널 우리 부모님께 소개하고 싶어."

안신은 최대한 완곡하게 말했다.

"마오졔, 네가 날 좋게 생각한다는 것 잘 알아. 나도 지금까지 너를 괜찮은 남자라고 생각해왔어. 그래서 지금 너에게 솔직하게 말하려고 해. 사실 난 이미 결혼한 몸이야. 이미 가정이 있다고. 난 더이상 네 친구가 될 수 없어."

마오졔는 너무나 뜻밖이었다. 그는 나와 마찬가지로 그녀를 남편이 있는 유부녀로 생각하지 않았던 것이다. 그는 안신의 표정에서 그녀의 말이 모두 사실임을 눈치챘다. 놀라움 뒤에 그가 보인 첫번째 반응은 분노였다.

"그렇다면 넌 줄곧 나를 속여온 셈이군. 넌 도대체 나이가 몇살이야?"

안신은 화난 그의 얼굴을 보고 두려움을 느꼈다. 하지만 이런 상황을 회피할 수는 없었다.

"마오졔, 널 속인 것에 대해 사과할게. 널 속이려고 했던 것은 아니야."

마오졔는 그녀의 얼굴을 뚫어지게 바라보았다.

"알았어. 날 싫어하는 거로군. 헤어지고 싶어서 일부러 그렇게 말하는 거지? 맞지?"

"우린 오래전에 헤어진 사이잖아? 결혼은 너랑 헤어진 다음에 한 거야. 네가 모르고 어제 찾아왔기에 사실을 말해주는 것뿐이야!"

갑자기 마오졔의 말투가 부드러워졌다. 애원조에 가까웠다.

"나는 너랑 헤어지지 않았어. 헤어지지 않았다고. 한동안 형과 함께 외지에 나가 장사했을 뿐이야. 그리고 돌아오자마자 널 찾아간 거라고. 난 한번도 너랑 헤어지겠다는 생각을 해본 적이 없어. 나는 줄곧 널 좋아했어. 이제 웃기는 소리 그만 해."

"넌 어른이야, 마오졔. 좀 이성적으로 생각해봐. 난 더이상 이런 황당한 관계를 계속할 수 없어."

안신의 말이 끝나기도 전에 마오졔가 테이블을 밀어내며 벌떡 일어났다. 몇걸음 가다 말고 몸을 돌린 그는 테이블을 번쩍 들어올린 다음 노여움이 가득한 목소리로 외쳤다.

"도대체 누구한테 시집을 간 거야? 도대체 어떤 놈이야? 응?"

안신은 입술을 깨물며 대답하지 않았다. 마오졔는 안신의 대답을 기다리지 않고 두꺼운 손으로 안신의 뺨을 갈겼다. 안신은 마오졔의 손을 피하거나 막지 않았다.

안신의 뺨을 때리고 난 후 마오졔는 씩씩거리며 발걸음을 돌렸다. 그는 곧 산타나 2000을 몰고 사라져버렸다. 마오졔와 안신 사이에 말다툼이 벌어지고 안신이 손찌검을 당하는 동안 찻집의 점원과 주인 아주머니는 멀찍이서 바라볼 따름이었다.

안신은 고개를 숙인 채 흘러나오는 눈물을 삼켰다. 마구 쏟아지는 눈물이 입속으로 스며들었다.

안신은 혼자 난멍산을 내려왔다. 하늘은 이미 캄캄했다. 그녀는 자신도 모르게 두려움을 느꼈다. 산길은 구불구불했고 길 양쪽으로는 어두운 수풀이 있었다. 수풀이 달빛을 가릴 때면 길을 더듬고 가야 할 정도로 어두웠다. 수풀 깊숙한 곳에서 새 울음소리와 짐승들의 기척이 간간이 들려왔다.

그녀는 자신을 때린 마오졔를 원망하지 않았다. 마오졔의 불같은 성격을 잘 알고 있었기 때문이다. 게다가 자신의 신중하지 못한 처신으로 인해 생긴 문제인 만큼 이런 고통은 감수해야 된다고 생각했다. 그녀는 이것으로 일이 마무리되기를 바랐다. 마오졔의 따귀 한대로 이 일에 종지부를 찍기를 바랐다.

안신이 시내로 들어왔을 때는 이미 아홉시가 넘어 있었다. 안신은 장톄쥔의 아파트로 갔다. 그녀는 마오졔와의 관계가 쉽게 정리되지 않을 거라는 불길한 예감을 지울 수 없었다. 마오졔는 대단히 충동적인 사람이었고 때로는 그런 충동이 광기로 비춰지기도 했다. 어쩌면 그는 오늘밤이나 내일 아침에 자신의 숙소로 찾아와 사과를 하려 하거나 소란을 피울지도 모른다. 그녀는 조각루 숙소로 돌아가고 싶지 않았다. 몸과 마음이 지친 상태였지만 그녀는 걸음을 재촉하여 신혼집으로 갔다.

그녀는 장톄쥔의 핸드폰으로 전화를 걸었다. 장톄쥔은 이미 조각루 숙소에 가서 그녀를 기다리고 있었다. 장톄쥔이 물었다.

"어디 가서 뭘 하고 있기에 여태 안 들어오고 있는 거야?"

그녀는 현장업무로 늦었다고 둘러대면서 현장에서 가까운 아파트에 와 있다고 했다. 안신은 장톄쥔에게 아파트로 와줄 수 없겠느냐고 물었다. 장톄쥔은 하품을 하면서 졸린 듯한 목소리로 말했다.

"못 가겠어. 그냥 거기서 혼자 자. 내일 봐."

안신은 애교를 부리기 시작했다.

"안돼. 보고 싶단 말이에요. 그러지 말고 이리 와줘요."

안신이 이렇게 곰살맞게 군 적은 거의 없었다. 장톄쥔이 웃으면서 말했다.

"정말 내가 보고 싶은 거야? 알았어. 그럼 갈게."

"빨리 와야 돼요."

전화를 끊고서 안신은 안도의 한숨을 내쉬었다. 만일 마오졔가 그녀의 숙소로 찾아와 장톄쥔과 마주치기라도 한다면 어떤 끔찍한 일이 일어날지 모를 일이다.

그날 이후 안신은 자신의 숙소로 돌아가지 않았다. 아무리 퇴근이 늦고 아침에 일찍 출근해야 되더라도 그녀는 도시를 가로질러 북쪽에 있는 아파트로 돌아왔다. 장톄쥔이 의아해하며 물었다.

"숙소에서 자기 싫어진 거야? 거기서 하룻밤 자면 될 것을 왜 힘들게 집으로 퇴근하고 그래?"

안신은 여자의 애교로 불합리한 것을 가리려 했다.

"난 집으로 돌아와 자는 게 좋아요. 여기야말로 정말 집 같잖아요. 이곳으로 와야만 집에 온 것 같은 기분이 들어요. 물가의 조각루는 습기가 많아 불편해요. 결혼한 이상 좀더 편안하게 살아야 하지 않겠어요. 당신이 나 때문에 불편해지는 것도 싫고요."

그녀는 더이상 숙소로 돌아가지 않았다. 물론 마오계를 만날 일도 없었다. 마오계가 자신의 숙소로 찾아왔었는지도 알 수 없었다.

그녀는 전화벨이 울려도 받지 못했고 누군가 문을 두드려도 열지 못했다. 이것이 바로 안신의 결혼생활이었다. 이것은 그녀에게 징벌이었다. 류밍하오가 이런 말을 한 적이 있다.

"젠장! 하나를 얻었으면 하나를 포기해야 하는 법이야. 돈을 벌었으면 관직에 연연해하지 말아야 하고, 높은 관직에 올랐으면 돈 벌려고 발버둥치지 말아야 해. 모든 걸 가지려고 하다가는 큰일 나지. 하느님은 행운을 분배할 때만큼은 아주 공평하시기 때문이야. 무리한 욕심을 부리다가는 안 좋은 일을 당하게 돼. 내 말을 못 믿겠다면 한번 보라고. 영국의 다이애나 비를 보란 말이야. 명예, 지위, 돈, 게다가 작위까지 가졌으니 그만하면 충분하잖아? 그런데도 그녀는 만족할 줄을 몰랐어. 그 많은 걸 가지고도 사랑까지 욕심냈으니 죽게 된 거야! 혼자서 좋은 것을 다 차지하려고 해선 안돼. 하느님은 아주 공평하신 분이거든."

안신은 과거를 회상하면서 신혼시절이야말로 가장 행복했던 때라고 했다.

장톄췬의 외모는 사진으로 봤을 때 특별히 봐줄 만한 것은 없었고 안신과 어울리지도 않았다. 하지만 안신의 입을 통해 묘사되는 그의 모습은 정직하고 학식이 풍부하며 아내를 끔찍하게 아끼는 남자였다. 안신의 말에 따르면 일상생활에서도 그는 결함이 거의 없는 남자였다. 안신이 느끼기에 그의 유일한 단점은 속이 좀 좁다는 것이었다. 안신이 다른 남자와 웃으며 얘기할 때마다 그는 질투심을 드러내곤 했다. 질투심이란 서로 사랑하는 남녀에게 행복감을 더해주는 조미료가 될 수도 있다. 하지만 마오졔 때문에 남몰래 속앓이를 하고 있던 안신으로서는 장톄췬의 그런 면이 늘 불편했다.

신혼의 두 사람 사이에 다툼도 벌어졌다. 다툼의 이유는 다름 아닌

거처 문제였다. 아름다운 소도시 난더에서 장기간 머무를 것인가, 아니면 안신이 2년간의 실습을 끝내면 함께 광핑으로 돌아갈 것인가가 다툼의 요지였다.

난더경찰국 마약수사대는 안신의 첫 직장이었다. 근무를 한 지 겨우 일년밖에 되지 않았지만 그녀는 고기가 물을 만난 듯 자신감으로 가득 차 있었다. 대원들 모두 그녀를 좋아했기 때문에 일을 하는 데도 아무런 어려움이 없었다. 게다가 난더는 그녀의 고향인 칭몐과 가까웠다. 안신은 자신이 하는 일, 직장 동료 및 상사, 그리고 이 작은 도시의 햇볕과 보슬비까지 친근하게 느끼고 있었다.

장톄쥔은 난더일보사에서 순조롭게 지내긴 했지만 아무래도 객지 생활을 하고 있다는 생각을 떨칠 수 없었다. 난더에 익숙해지긴 했지만 고향처럼 여겨지거나 마지막 종착지로 생각될 정도는 아니었다. 그가 이곳에 온 것은 오로지 안신 때문이었다. 그녀의 실습기간이 끝나면 함께 광핑으로 돌아가기로 이미 무언의 합의가 이루어져 있었다. 광핑은 지역이 크고 편의시설이 잘되어 있는 곳이었다. 거기에다 광핑은 장톄쥔의 고향이자 모친이 계신 곳이며 그의 친구와 동창들, 그리고 사회적 관계가 있는 곳이었다.

안신이 난더에서 살자고 한 이유는 모두 장톄쥔을 위한 것 같았다. 첫째로 난더는 공기가 좋기 때문에 장톄쥔의 건강에 아주 유익할 것이다.(장톄쥔은 천식 환자였다.) 건강보다 더 중요한 것이 어디 있단 말인가? 둘째는 난더의 간부들 모두 장톄쥔을 중요시한다는 점이다. 광핑도 좋은 곳이긴 하지만 인재가 많고 경쟁이 치열하다 보니 그곳에서 출세하기란 결코 쉬운 일이 아닐 것이다. 하지만 난더에서는 쉽게 승진의 기회를 잡을 수 있을 것이 분명했다. 그래서 일의 성취와 관련해 손해보다는 이익이 많을 것이다. 셋째는 실생활에서 난더가 물가도 싸고 물산도 풍부하여 훨씬 살기 편하다는 점이었다.

장톄췬이 광핑으로 돌아가기를 고집하는 이유 역시 모두 안신을 위한 것처럼 보였다. 그 가운데 가장 중요한 것은 안신이 하는 일이 안전하지 못하다는 것이었다. 난더는 밤중에 거리를 돌아다니는 사람의 절반 가량이 마약거래와 관련된 사람들이라고 할 수 있는 곳이었다. 이곳의 치안을 담당하는 사람들이 입버릇처럼 하는 말이 있다. 바로 난더는 전쟁터라는 것이었다. 마약수사대 회의실 벽에는 순직한 사람들의 초상화가 우승기나 상장보다도 더 많았다.

"이렇게 생명의 위험을 무릅쓰면서 도대체 무얼 얻겠다는 거야? 영웅이 되고 싶은 거야? 아니면 이런 일에 중독된 거야?"

"영웅이 될 생각은 없어요. 단지 영웅들과 함께하고 싶을 뿐이지."

"누가 영웅인데? 이곳에서 누가 영웅이야?"

"아주 많지요. 예를 들면 판대장님 같은 분도 영웅이지요."

"천만에. 그분은 부친이 마약 중독으로 죽었고 그 때문에 어릴 때부터 고생을 심하게 해서 마약에 원한이 깊은 사람일 뿐이야. 판대장이 난더에서 일하는 이유가 그거 아니겠어?"

안신이 정색을 하고 말했다.

"여기서 목숨 걸고 일하는 게 모두 개인적인 원한 때문이라고 생각해요? 우린……"

장톄쥔이 손을 내저으며 그녀의 말을 막았다.

"설교할 생각 하지 마. 당신은 판대장 같은 사람들하고는 달라. 여자인 데다 대학생 신분이잖아. 당신은 이런 일을 해선 안된다고."

"마약 수사는 국가를 위하고 인민을 위한 일인데 어떻게 남자들의 전유물이라고 할 수 있어요? 내가 이런 일을 할 자격이 없단 말인가요? 여자는 마약 수사를 해선 안된다는 건가요?"

"당신이 내 아내만 아니었다면 난 기자들을 이끌고 와서 당신을 취재했을 거야. 당신을 마약수사의 최전선에서 활약하는 여성 영웅으로 만들어 신문이나 TV방송에 매일 나오도록 했을 거라고. 일단 유명한 인물이 되면 당신은 그만두고 싶어도 그만둘 수 없어. 지쳐서 좀 편안하게 살고 싶어도 생활을 바꾸기란 쉽지 않을 거야. 당신은 이미 영웅이기 때문에 영웅의 모습으로 행동하고 영웅의 어투로 말해야 하거든. 시장에서 물건값을 깎을 수도 없을 거야. 그러다가는 영웅이 어떻게 저럴 수 있느냐란 손가락질을 받을 테니까. 어느날 당신이 전투에서 희생당하면 그거야말로 훌륭한 마무리가 되겠지. 기삿거리가 많아질 뿐만 아니라 우리가 만들어놓은 영웅의 이미지가 옳다는 게 증명될 테니까 말이야!"

사실 판대장은 그때까지 안신을 위험한 임무에 참여시킨 적이 없었고 마약수사대의 대원들도 그녀에 대한 보호의식을 갖고 있었다. 마약수사대에 있으면서 안신이 위험한 업무를 전혀 하지 않은 것은 아니었다. 그녀는 나중에 마약판매상을 유인하여 체포하는 작전에 참여하기도 했다. 그 일에 참여하게 된 것은 우연이었지만, 이로 인해 그녀의 생활은 크게 바뀌게 된다.

마약수사대에서 오랫동안 끌어온 큰 사건이 하나 있었다. 연초에 성(省) 경찰청은 미얀마에 있는 정보원으로부터 마약판매상들의 거점이 난더에 있다는 말을 들었다. 판대장과 대원들이 몇차례 마약운반을 저지한 바 있고 마약판매상들을 체포한 적도 있었지만 매번 격렬한 전투와 범인들의 완강한 저항으로 인해 증인을 확보하는 데는 성공하지 못했다. 그래서 마약판매상들의 거점만은 줄곧 파악하지 못한 상태였다.

사건이 해결될 기미는 최근에 들어서야 보이기 시작했다. 마약수사대는 정보원의 제보에 의해 난더여관의 한 객실에서 장군표 범포(帆布) 가방에 담긴 이십구 킬로그램의 고순도 헤로인을 찾아냈다. 더욱 중요한 것은 이와 함께 마약운반책을 체포했다는 사실이다. 모든 작전과정이 은밀하게 이루어졌기 때문에 마약운반책을 체포할 당시 여관의 종업원들도 그 사실을 알지 못했다.

운반책은 스무살 남짓한 아가씨로 아주 앳되어 보였다. 체포되고 나서 그녀가 원한 것은 사형선고를 면하는 것뿐이었다. 그녀는 수사에 적극 협조했다. 그녀는 다음날 저녁 우취안(烏泉)이라는 소읍에서 마약을 받을 사람과 접촉할 계획이라고 했다. 두 사람의 접선방식은 물건을 건네는 그녀가 "오늘 비 온다는 거 알아요?"라는 암호를 대면 물건을 받을 사람이 "오늘은 안 오고 내일 온다고 하던데요"라는 암호를 대는 것이었다. 또한 물건을 받을 사람은 손에 검정색 코끼리표 여행가방을 들도록 약속되어 있다고 했다. 가방과 암호를 확인한 후 곧장 마약을 전달하는 방식이었다.

이들의 접선방식은 영화에서 본 것과 다를 바 없었다. 애당초 영화를 보고 배운 것인지도 모른다. 마약수사대가 할 일은 요원 한명을 운반책으로 위장시켜 접선장소로 보내는 것이었다. 물론 운반책은 여자여야 했다.

이런 임무가 안신에게 맡겨지지는 않았다. 그녀의 안전이 염려되기도 했겠지만 경험 없는 신참을 내보냈다가 일을 그르칠 가능성이 크기 때문이었다. 마약수사대 대원 중에는 이런 임무를 맡을 만한 여성이 없자 시 경찰국에서는 수사반 소속 여형사 한명을 다음날 아침 일찍 난더로 파견했다.

그날 오전 내내 판대장은 범인 유인과 체포 작전에 참여할 요원들과 함께 작전회의를 하는 한편, 기차역으로 사람을 보내 차표를 준비하게 하고 우취안에도 사람을 보내 현장을 답사하게 하느라 눈코 뜰 새 없이 바빴다. 팽팽한 긴장상태 속에서 안신은 회의내용을 기록했다.

요원들은 난더에서 우취안으로 가는 오후 네시 기차를 타기 위해 세시쯤 미리 기차역으로 향했다. 기차역은 마약수사대에서 차로 십분 거리에 있었다. 세시 십오분경 여형사가 마약이 담긴 가방을 들고 마약수사대가 빌린 택시에 올라탔다. 마약수사대 후문을 나선 택시가 큰길로 접어드는 순간 누구도 예상치 못한 일이 발생하고 말았다.

교통사고였다.

맥주를 가득 실은 트럭이 맞은편에서 걸어오던 하굣길의 초등학생을 피하려다 택시와 부딪치고 만 것이다. 트럭과 택시는 가볍게 부딪쳤기 때문에 차체만 약간 찌그러졌을 뿐 멀쩡했다. 택시운전사로 분장한 경찰도 별로 다친 데가 없었다. 하지만 뒷자리에 있던 여형사는 머리를 부딪혀 정신을 잃고 말았다.

판대장은 마약수사대 사무실에서 택시 기사로 분장한 경찰의 전화를 받고는 정신이 멍해졌다. 접선 임무에 투입할 여성 요원을 교체해야 했으나 시간이 없었다. 한참을 멍하니 서 있던 그는 문득 고개를 돌려 안신을 바라보았다.

모든 것이 갑작스럽게 이루어졌다. 십분 뒤 안신은 평상복 차림으로 마약수사대 후문 쪽으로 갔다. 흰색 블라우스에 회색 재킷, 색깔이 짙은 청바지를 입은 그녀는 전형적인 학생의 모습이었다. 안신의 오른손에는 범포 가방이 들려 있었다. 그녀가 왼손을 들어 지나가는 택시를 잡아탔을 때 판대장과 대원들은 근처의 소형버스 안에 있었다. 택시가 깜빡이를 켜고 천천히 움직이기 시작하자 소형버스가 그 뒤를 따라갔다.

안신이 범포 가방을 들고 침착하게 역사 안으로 들어설 때 먼저 도착해 있던 사복 경찰들은 하나같이 그녀의 갑작스런 등장에 놀라워했다. 잠시 어리둥절하던 그들은 그녀의 뒤를 따라오는 판대장을 보고서야 상황을 짐작할 수 있었다.

난더에서 우취안으로 가는 676호 열차는 성(省) 내의 역마다 꼬박꼬박 정차하는 구간열차로 직장인과 장사하는 사람들이 주로 이용하고 있었다. 난더 동쪽에 있는 우취안까지는 약 삼십 킬로미터 정도의 거리였다.

"다음역은 우취안입니다"라는 안내방송이 나오자 그녀는 서서히 긴장하기 시작했다. 시선을 돌려 창밖을 내다보았다. 저 멀리 황금빛으로 물드는 산줄기가 눈에 들어왔다. 얇은 천 같은 흰구름이 산자락을 휘감으며 황금빛 밭 위로 그림자를 드리우고 있었다. 여러 겹의 계단식 밭도 보였다.

난더에서 우취안으로 가는 길가의 풍경은 아름답기 그지없었다. 난더에서 반경 백리 이내의 지역은 자연공원으로서 식물의 생태가 다양하고 언덕과 평원, 삼림, 강 등이 어우러진 드넓은 관광지였다. 하지만 국경에서 가깝고 마약과의 전쟁이 치열한 곳이라 여행 오는 사람은 그리 많지 않았다.

안신은 우취안에 한번도 가본 적이 없었다. 잠시 후 안신은 우취안의 페리 부두에서 배를 탈 것이다. 배에 오르면 코끼리표 여행가방을 든 사람을 찾아 물건을 건네야 한다. 안신은 급하게 작전에 투입되었기 때문에 혹시나 일을 그르치지나 않을까 걱정되어 접선에 사용할 암호를 외우는 것에만 신경을 썼다. 그녀가 먼저 입을 열어야 했기 때문에 암호를 잊었다가는 모든 일을 그르치게 된다.

창밖으로 황혼을 바라보다가 안신은 문득 고향 칭몐이 떠올랐다. 칭몐의 황혼은 이곳보다 훨씬 평화로웠다. 그녀는 중국 전체에서 칭몐보다 더 작은 도시가 있는지 알지 못한다. 칭몐은 두 개의 거대한 절벽 사이에 있는 작은 현성(縣城)이었다. 해질녘이면 그 거대한 절벽은 황금빛으로 물들어 눈이 부시곤 했다.

바로 그 순간 한 승객이 그녀 옆에 앉으면서 고의로 그런 게 아닌가 하는 생각이 들 정도로 동작을 아주 크게 했다. 안신과 부딪치며 옆에 앉은 사람은 젊은 사내였다. 산뜻한 옷차림이 차 안에 있는 시골 사람들하고는 확연히 달랐다. 사내는 안신에게 사과하기는커녕 오히려 빙긋이 웃고 있었다. 사내를 본 안신은 깜짝 놀라 하마터면 소리를 지를 뻔했다.

"마오졔?"

"웬일로 기차를 탄 거야? 난 내가 잘못 본 게 아닌가 생각했지."

몹시 당황한 안신은 입을 열지 못했다. 이런 곳에서 마오졔와 만나다니 정말 적절하지 못했다. 마오졔가 다시 말했다.

"나를 피하고 있다는 것 다 알아. 하지만 난더같이 작은 땅에서 날 피할 수 있으리라고 생각해?"

안신은 주위를 둘러보았다. 다정하게 얘기를 주고받는 마오졔와 자신을 보고 판대장과 요원들이 어떤 추측을 할지 알 수 없었다. 안신이 그의 말을 받았다.

"누가 널 피한다고 그래."

그녀는 어떻게 하면 그를 따돌릴 수 있을까 생각했다. 마오졔가 웃으며 말했다.

"안 피했다고? 몇번이나 네 숙소에 갔지만 없더군. 한밤중이 되어도 안 돌아오고 말이야. 다른 곳으로 이사간 거야?"

안신은 대답하지 않고 화제를 돌렸다.

"어디 가는 거야? 어디에서 내려?"

마오졔는 모호하게 앞쪽을 가리켰다.

"더 가야 돼. 너는?"

"난 다음 역에서 내려. 마오졔, 날 찾아오지 마. 일이 있으면 내가 찾아갈 테니까."

"좋아, 그럼 만날 날짜를 정하자!"

"시간이 나면 찾아간다니까."

마오졔는 쉽게 물러나지 않았다.

"그건 안돼. 확실히 말해봐. 지금 어디에서 살고 있어? 도대체 어디로 출근하는 거야? 넌 어느 학교에 근무하는지 말해주지 않았어. 이거 너무 불공평한 거 아니야?"

"너도 자신이 무슨 일을 하는지 말해주지 않았어."

"부모님 사업을 돕고 있다고 했잖아?"

"너희 부모님이 무슨 사업을 하는지 누가 알아? 그건 말해준 적이 없잖아?"

"돈이 되는 일이라면 뭐든지 해. 그럼 너는? 도대체 어느 학교에서 일하는 거야? 내 눈에는 조금도 선생님 같지 않아."

"그럼 뭘로 보이는데?"

"기껏해야 학생처럼 보이는걸. 혹시 대학생 아니야? 난더에서 대학은 사립학교인 임업학원밖에 없지. 거기 가서 널 찾아봤지만 결국 찾지 못했어. 이름이 본명 맞아?"

"나도 네 이름이 가명이 아닐까 의심하고 있는걸."

"그럼 오늘 저녁 주민등록 원본과 신분증을 보여줄 테니 조사해보라고! 오늘 숙소로 돌아갈 거지? 밤에 찾아갈게."

그가 떨어질 기미를 보이지 않자 안신은 조급해지기 시작했다. 우취안이 바로 눈앞이라 이제는 대화를 끝내야 했다. 안신은 몸을 일으켜 기차에서 내리려는 듯한 몸짓을 보이며 말했다.

"오늘 저녁에는 안 돌아가. 내일 저녁 일곱시에 루이신 백화점 앞에서 만나자. 만나게 되면 내가 어떤 일을 하는지 말해줄게."

기차가 덜컹거리며 우취안 역으로 들어섰다. 안신은 허리를 굽혀 좌석 아래에 놓아둔 가방을 꺼냈다. 그녀가 허리를 구부리는 순간 뒤쪽에 있던 판대장과 다른 두 명의 요원이 그녀 곁으로 다가와 마오졔를 가로막았다. 주변이 떠들썩한 가운데 마오졔가 말했다.

"좋아, 내일 봐. 올 때까지 기다릴게."

안신은 승객들에 섞여 기차에서 내렸다.

역 밖으로 나온 그녀가 길모퉁이를 돌았을 때 주위에 아무도 없는 걸 확인한 판대장이 그녀에게 다가와 물었다.

"방금 그 사람 누구야? 어떻게 된 일이지?"

"건달 녀석이에요. 되지도 않는 말로 저를 귀찮게 하더라고요. 이 임무만 아니었다면 한바탕 욕을 해줬을 거예요."

판대장은 그녀의 말을 그대로 믿었는지 더이상 묻지 않고 낮은 목소리로 주의를 주었다.

"접선 암호는 잊지 않았겠지?"

"잊을 리가 있나요. 제가 먼저 상대방에게 '오늘 비 온다는 거 알아요?' 하고 물으면 상대방이 '오늘은 안 오고 내일 온다고 하던데요'

라고 대답하는 거죠."

판대장은 고개를 끄덕인 후 부두에 어떻게 가야 하는지 그녀에게 알려주었다.

우취안은 도시가 아니라 상당히 큰 읍내 같았다. 그곳의 번화가는 난더의 중심가에 비하면 볼품이 없었다. 우취안에서 가장 유명한 곳은 만룽사(曼龍寺) 말고는 페리 부두였다. 우취안이란 이름도 넓은 강폭을 자랑하는 우취안허(烏泉河)에서 유래했다고 한다. 우취안허는 난명허보다 길이도 더 길고 강폭도 더 넓었다. 우취안허는 난더 지역에서 가장 추천할 만한 관광지였다.

부두에 도착할 무렵 해는 이미 기울어 하늘이 어두워지고 있었다. 안신은 줄을 서서 표를 샀다. 강 양쪽에는 수많은 소형 배들이 모여 있었다. 많은 사람들이 그 배 안에다 종이로 만든 등롱을 늘어놓고 있었다. 배 주위에는 구경하는 사람들이 많았다. 주로 먼 곳에서 온 여행객 같았다. 연신 카메라 플래시가 터졌다. 안신은 옆에 있는 남자에게 사람들이 뭘 하려는 것인지 물었다. 남자는 여행객이라 생각했는지 친절하게 답해주었다.

"강물에 등롱을 띄우는 겁니다. 오늘이 바로 일년에 한번 있는 하등회(河燈會) 날이거든요. 등에 불을 붙이면 정말 아름다운 광경이 펼쳐질 겁니다. 한데 아가씬 배를 타러 오셨나요?"

"네, 강 건너편으로 가려고 해요."

"아, 그렇군요. 배는 곧 도착할 거예요. 배를 탈 때쯤이면 강물 위에 떠다니는 등롱을 볼 수 있을 거예요. 급한 일이 아니면 기다렸다가 다음 배를 타세요. 해가 지고 나면 멋진 광경이 펼쳐질 테니까요."

더이상 남자와 이야기할 겨를이 없어 그녀는 고맙다는 말을 하고 곧장 배 타는 곳으로 향했다.

페리선 한 척이 강 건너편에서 천천히 건너왔다. 안신이 상상했던 것보다 훨씬 큰 배였다. 폭도 넓고 길이도 길어 타이타닉호에 견줄 만했다. 큰 배 때문에 넓은 우쉬안허가 좁게 느껴졌다. 갑판은 소형차 열 대가 지나갈 수 있을 정도로 컸다. 배 한가운데에는 소수민족 양식의 현란한 천막이 있었다. 배 좌우의 세련된 난간 때문에 큰 바다를 향해하는 원양여객선으로 오해할 수도 있을 것 같았다.

맞은편 부두에서 건너온 사람들 가운데 일부는 하등회를 구경하기 위해 온 여행객처럼 보였다. 배를 타려는 사람이 많아 부두는 몹시 혼잡했다. 사람들은 승객들이 다 내리기도 전에 먼저 타려고 달려들었다.

몇몇 동료 대원들이 배에 올라타 각 모퉁이에 자리를 잡았다. 판대장은 배에 오른 뒤 후방 갑판으로 갔다. 판대장이 안신을 바라보았다. 그러나 판대장의 시선은 안신의 얼굴을 훑고 지나기만 할 뿐 멈추지는 않았다. 하지만 그녀는 판대장이 자신을 재촉하고 있음을 알았다. 그녀는 가방을 들고 농민으로 보이는 남녀의 뒤를 따라 혼잡한 잔교로 다가갔다.

안신은 후방 갑판에 선 채 저녁노을이 물들어가는 광경을 바라보다가 이내 강가로 눈을 돌렸다. 물안개가 피어오르기 시작한 강물 위로 방금 불을 붙인 수많은 종이 등롱이 떠다니고 있었다. 수면 위를 밝게 비추는 붉은빛 등롱은 사람의 마음을 따뜻하게 하기에 충분했다. 붉은빛이 강 전체를 동화 같은 세계로 이끌고 있었다. 이리저리 날아다니는 반딧불이를 보자 안신은 자신도 모르게 긴장이 풀어졌다. 안신은 문득 장례췬이 이곳에 같이 있다면 얼마나 좋을까 하는 생각을 했다. 그는 선계와도 같은 하등회의 신비한 분위기를 보고 도취돼버릴 것이 분명하리라.

　배가 강 한가운데로 나아가자 별처럼 빛나는 종이 등롱들도 저만치 멀어졌다. 수많은 등롱과 서쪽 하늘의 노을이 절묘한 조화를 이루고 있었다. 동쪽 하늘은 공작의 꼬리 깃털처럼 파랬다. 안신은 마음속으로 생각했다. 마약판매상들은 정말 상식 이하의 사람들이야. 이렇게 푸른 하늘을 두고 오늘 비가 오느냐고 묻다니. 옆에 있는 사람이 들으면 정신나간 사람이라고 하겠지. 지금 비가 내리고 있다고 해도 이상한 건 마찬가지야. 비가 내리고 있는데 물건을 받을 사람이 '오늘은 안 오고 내일 온다고 하던데요'라고 하는 건 더 이상한 말이지. 이런 암호는 하늘에서 비가 내릴 것 같지만 아직 내리지는 않을 때 주고받아야 자연스러워. 하지만 그때는 이런 질문을 하는 사람이 너무나 많을걸! 경찰대학 선생님 한분은 접선 암호를 정할 때 날씨 얘기는 절대 피해야 한다고 말씀하셨지. 날씨 얘기를 했다가는 일을 그르치게 될 가능성이 크니까. 다행히 오늘은 날씨가 아주 좋네. 비 오느냐고 물을 사람도 없겠지. 게다가 인수자의 암호가 '오늘은 안 오고 내일 온다고 하던데요'이니까 멍청한 앞의 질문을 덮어줄 수 있겠지. 옆에 있는 사람이 들어도 그냥 넘어가게 될 거야.

물건 받을 사람은 분명 이 배 안에 있을 것이다. 안신은 이리저리 둘러보았지만 자신이 찾는 사람을 발견하지 못했다. 상대방을 식별할 수 있는 유일한 표시는 그의 손에 들려 있을 코끼리표 여행가방이다. 안신과 판대장, 그리고 대원들은 부두에서부터 줄곧 눈에 불을 켜고 찾았지만 코끼리표 가방을 든 사람은 한명도 발견하지 못했다.

배가 맞은편 부두에 점점 가까이 다가가자 안신은 의혹이 일기 시작했다. 어쩌면 돌발적인 상황이 벌어져 인수자가 오늘 안 나타날지도 모른다, 여관에서 체포한 범인이 경찰을 속인 것이어서 마약 인도 따윈 애초에 계획에 없는 것인지도 모른다는 생각이 들었다. 그렇다면 오후 내내 불필요한 긴장만 한 셈이다. 사실 긴장할 필요는 없었다. 주위에 우리편이 있지 않은가!

맞은편 부두가 눈에 들어오기 시작했고, 부두에서 배를 기다리는 사람들의 모습까지 점차 뚜렷해졌다. 안신은 있지도 않은 대상을 더 이상 찾고 있지 않았다. 그녀는 두리번거리며 인파 속에서 판대장을 찾으려고 했다. 그의 반응이 어떤지 보고 싶었던 것이다.

순간 뜻하지 않게 그녀는 익숙한 실루엣을 보게 되었다. 그 실루엣의 주인공이 자신을 볼까봐 그녀는 무의식적으로 등을 돌렸다. 이번에도 마오계였다! 그 역시 우취안에서 내린 후 이 배를 탄 모양이었다. 마오계를 본 순간 안신은 그가 자신의 뒤를 따라왔을지도 모르겠다는 생각이 들었다. 하지만 그의 동태를 몰래 살펴보니 꼭 그런 것 같지는 않았다. 그는 이 배 안에 안신이 있다는 사실을 알지 못하는 듯했다.

안신은 곧 매우 놀라운 장면을 목격하게 되었다. 마오제가 커다란 나일론 가방에서 검정색 여행가방을 꺼내는 것이 아닌가. 안신은 그 가방을 자세히 보았다. 코끼리표였다. 틀림없는 코끼리표 여행가방이었다. 코끼리표 여행가방은 바로 그녀가 찾고 있는 물건이었다. 안신은 자신의 눈을 믿을 수가 없었다.

마오제와 그리 멀지 않은 곳에 있던 대원도 그 여행가방을 알아보았다. 대원의 시선이 안신에게로 향하더니 번개처럼 그녀의 몸을 훑었다. 안신은 그제서야 꿈을 깬 듯 천천히 발걸음을 옮겨 마오제 쪽으로 갔다.

마오제는 고개를 숙인 채 나일론 가방을 접어서 코끼리표 여행가방 안에 집어넣고 있었다. 바로 뒤에 있는 안신의 존재는 전혀 의식하지 못하고 있는 듯했다. 여행가방의 지퍼를 닫고 몸을 돌린 뒤에야 그는 자신을 바라보고 있는 안신을 발견할 수 있었다. 그의 표정에 드러난 의아함은 좀전에 안신이 느꼈던 의아함과 같았다.

"아니, 웬일로 이 배를 탔어?"

마오제는 놀라워하면서도 얼굴에 반가운 미소를 머금었다. 그 진솔하고 천진한 미소로 인해 안신은 마약수사대가 찾고 있는 사람이 정말 마오제일까 하는 의혹이 생겼다. 그녀는 마음속의 떨림을 억제하지 못해 입술이 떨리기 시작했다. 급기야 목소리마저 떨려서 나왔다.

"오, 오늘 비 온다는 것 알아요?"

그녀가 떤 것은 두려움 때문이었다. 그녀는 마오제가 이 암호에 대

답할까봐 두려웠다. 그녀는 자신과 마오쩨의 관계가 경찰과 범인이
라는 잔혹한 관계로 바뀔까봐 두려웠다.

　그녀가 예상했던 표정이 마오쩨의 얼굴에 드러났다. 그는 망연자
실한 표정으로 그녀를 바라보았다. 몇초가 지나자 그의 표정은 망연
자실에서 놀라움으로 바뀌어 있었다. 그는 놀라서 말조차 할 수 없는
것처럼 보였다. 그의 이러한 모습을 본 안신은 머릿속이 칠흑같이 캄
캄해졌다.

　안신은 아주 기계적으로 그리고 요행을 바라면서 다시 물었다.

　"오늘 비 온다는 것 알아요?"

　마오쩨가 입을 벌렸다. 입을 벌린 채 한참을 멍하니 있다가 아주 천
천히 그리고 힘겹게 대답했다.

　"오늘은 안 오고 내일 온다고 하던데요."

12

쿤밍역에 내렸을 때 도시는 이미 깊이 잠들어 있었다. 거리는 매우 어두웠다. 택시를 잡지 못한 나는 무작정 걷기 시작했다. 한참을 걷자 문앞에 작은 등불이 걸려 있는 초라한 목욕탕이 나왔다. 나는 그곳에 들어가 뜨거운 물로 목욕한 뒤 하룻밤을 보냈다.

나는 다음날 오후 내내 기차역 부근을 산책하며 하릴없이 시간을 보내다가 해질녘에 성(省) 내 구간열차를 탔다. 외관이 몹시 낡고 오래된 완행열차였다. 나는 서쪽으로 넘어가는 해를 따라 칭몐으로 향했다. 열차가 남서쪽으로 갈수록 날씨는 점점 따뜻해졌고 나무도 푸르렀다. 베이징은 지금 겨울의 가장 추운 시기지만 이곳은 높은 하늘과 맑은 구름을 볼 수 있는 가을처럼 보였다. 하지만 나는 장거리 여행으로 지쳐 있었기에 풍경에 대한 흥미를 곧 잃고 말았다. 게다가 나는 미국에서 돌아온 지 얼마 되지 않아 시차 적응이 안된 상태였다. 결국 나는 날이 어두워지기도 전에 열차 테이블에 엎드려 잠을 청했다.

늦은밤에 깨어나 보니 기차가 멈춰 있었다. 창밖으로 한적한 작은 역사가 보였다. 타는 사람도 없고 내리는 사람도 없었다. 기차가 다시 움직이는 순간 어두컴컴한 플랫폼 위에서 외로운 팻말 하나가 밤의 적막을 지키고 있는 것이 보였다. 팻말에 쓰인 역 이름이 눈앞을 스쳐 지나갔다. 머리가 맑아지면서 순식간에 잠이 달아나버렸다. 팻말에는 '우취안'이라고 씌어 있었던 것이다.

우취안의 페리선에서 마오졔와 맞닥뜨린 이야기를 할 때 안신은 잠시 얼이 빠진 표정이 되었다. 마오졔를 체포할 당시 그녀는 자신에게 어떠한 댓가가 뒤따를지 생각할 겨를이 없었다. 마약수사대가 찾고 있는 인물이 마오졔라는 사실이 판명되자 그녀는 큰 충격을 받게 되었다.

안신이 몸을 돌려 뱃전으로 향했고 마오졔가 곧 뒤따라왔다. 두 사람은 배 난간에 기댄 채 어두워져가는 우취안허를 잠시 말없이 바라보았다. 그녀는 손에 들고 있던 범포 가방을 발 아래에 천천히 내려놓았다. 마오졔도 코끼리표 가방을 안신의 여행가방 옆에 나란히 내려놓았다. 배는 곧 부두에 도착할 예정이었다. 안신은 무슨 말이라도 해야 할 것 같았지만 아무 말도 나오지 않았다. 마오졔가 눈살을 찌푸리며 먼저 입을 열었다.

"왜 이런 일을 하는 거야?"

안신은 대답하지 않았다. 그때 그녀는 바로 옆에 있는 대원들을 의식하고 있었다. 그녀는 배가 정박하는 것을 보고 마오제에게 말했다.

"우리 내리자."

허리를 숙인 마오제가 오른손을 가방 쪽으로 뻗었다. 안신은 눈을 동그랗게 뜨고 그 손을 지켜보았다. 마오제의 손이 범포 가방을 들기만 하면 범죄가 성립되는 것이다.

그러나 마오제는 뜻밖에도 범포 가방이 아닌 자신이 들고 온 코끼리표 가방을 집어들었다. 마오제가 헤로인이 담긴 범포 가방을 들기만 하면 그녀의 임무는 끝나게 된다. 하지만 마오제는 그 가방을 들지 않았다. 이 경우 마오제의 마약거래죄는 성립되지 않는다. 그녀는 마오제가 마약거래죄로 체포되는 것을 원치 않았다.

안신의 눈길은 마오제의 손에서 그의 눈으로 옮겨갔다. 두 사람은 잠시 서로를 바라보았다. 마오제의 눈에는 원망과 분노가 가득했다. 그는 자신이 들고 온 코끼리표 가방을 안신에게 건네며 큰오빠가 어린 동생을 훈계하듯 말했다.

"앞으로는 이런 일 하지 마. 이런 건 너 같은 여자가 할 일이 아니야. 이런 일을 얼마나 했든지 간에 이번이 마지막이야. 알겠지?"

안신은 대답하지 않았다. 그녀의 심장이 심하게 뛰었다. 마오제는 코끼리표 가방을 안신의 손에 들려주고 다시 오른손을 뻗었다. 그의 손은 조금도 주저하지 않고 범포 가방을 집어들었다. 가방이 지면에서 떨어지는 순간 안신의 가슴속 어디선가 쿵 하는 소리가 났다. 가슴이 옥죄듯이 아파왔다.

안신은 그 순간에 무슨 말을 하고 어떤 행동을 취해야 할지 알 수가 없었다. 마오졔가 침착하게 주위를 살핀 다음 말했다.

"가자. 내일 만나서 얘기해."

안신은 뱃머리 쪽으로 향했다. 가방 안에 무엇이 들어 있는지 몰랐지만 그리 무겁지 않았다. 하지만 안신은 아주 무거운 물건을 들기라도 한 듯 몹시 힘겹게 걸어갔다.

배에서 내린 그녀는 마오졔가 자신의 뒤를 따라오자 의식적으로 그와 거리를 넓히려고 했다. 그녀는 불빛이 환한 부두를 가로질러 황급히 큰길로 뛰어갔다. 그때 하늘을 뒤흔들 것 같은 요란한 고함소리가 들렸다.

체포작전은 순조롭게 진행되었다. 마오졔는 아무런 저항도 하지 못하고 붙잡혔다. 대원들은 마오졔를 체포한 후 근처에서 대기중인 차에 태웠다.

돌아오는 길에 안신은 소형버스 뒷좌석에 앉은 채 아무 말도 하지 않았다. 창밖은 이미 어두워져 달빛조차 보이지 않았다. 차 안의 사복 경찰들은 모두 느긋한 기분으로 저마다 한마디씩 했다. 화제는 방금 열린 하등회와 올해의 발수절 축제로 옮겨갔고 이야기가 계속되면서 분위기는 더욱 활기가 넘쳤다. 차 안이 어두웠기 때문에 그 누구도 안신의 얼굴에 드리워진 음침한 그늘을 알아차리지 못했다.

안신이 탄 버스는 밤 열시가 지나서야 마약수사대로 돌아왔다. 마오졔를 태운 차도 곧 도착했다. 마오졔는 도착하자마자 작은 방으로 끌려가 취조를 받기 시작했다.

마약수사대 사무실로 돌아온 안신은 장톄쥔에게 전화를 걸어 오늘은 집에 들어가지 못한다고 알렸다. 장톄췐은 전화 통화에서 그녀의 몸을 걱정했다.

"임신중인데 그렇게 밤을 새워도 괜찮겠어? 내가 윗분들께 한번 말해볼까?"

"나 혼자만 근무하는 것도 아닌데 그러지 말아요. 내일 빨리 들어갈게요."

그녀는 장톄췐에게 미안했다. 그리고 마오졔에게도 미안한 마음을 금할 수가 없었다. 그녀는 마오졔의 마약거래 범죄와 아무 관련이 없었지만 마음이 편치 않았다. 안신은 마오졔가 자신에 의해 파국을 맞게 될 줄은 꿈에도 생각하지 못했던 것이다.

마오졔에 대한 취조는 그다지 순조롭지 못했다. 마오졔는 자신의 성명조차도 솔직하게 말하려 하지 않았다. 그는 자신의 이름을 '마오마오'라고 했다. 이름이 뭐냐고 물을 때마다 그는 '마오마오'라고 했고 가방에 든 마약은 자신과 아무 관련도 없다며 범죄사실을 완강하게 부인했다. 그는 잡화점을 하는 친척에게 찻잎을 배달하려 했을 뿐이라고 했다. 자신이 배에 탔을 때 한 여자가 다가와 찻잎을 배달하러 온 것이냐고 물었고, 자신이 잡화점의 점원이라고 해 선뜻 가져온 찻잎을 건넸다고 했다. 배에서 내릴 때 그 여자가 무거운 범포 가방을 들어달라고 해서 들어주었는데 배에서 내리고 보니 그 여자는 어디론가 사라져버린 뒤였고 곧이어 수사관들이 달려들어 자신을 체포했다는 것이었다. 심지어 그는 그 여자가 자신을 궁지에 몰아넣기 위해 수를 쓴 것이니 경찰은 그 여자의 속임수에 넘어가지 말고 빨리 그 여자를 잡으라는 말까지 했다. 그가 지어낸 이야기는 그럴듯했고 말하는 태도는 매우 당당했다. 경찰은 그가 가지고 있던 코끼리표 가방 속에서 찻잎을 찾아냈다. 그러나 그것은 질이 낮은 전홍(滇紅)으로 1위안도 되지 않을 것 같았다.

마오졔는 자신이 사는 곳을 망설이지 않고 말했지만 조사해본 결과, 그가 말한 곳은 오랫동안 사람이 거주한 적이 없는 잡동사니 창고에 불과했다. 허탕을 치고 있던 그 시각에 취조실에서는 마오졔가 억울함을 호소하며 신경질적으로 마구 소리를 질러댔다. 그는 자신을 당장 풀어주지 않으면 불법구금 및 인권침해로 경찰을 고소하겠다고 큰소리쳤다. 취조가 난관에 봉착하자 성 경찰청 소속으로 난더에 있던 처장이 시 경찰국 간부 몇명을 대동하고 마약수사대로 왔다. 처장은 회의실에서 판대장의 보고를 받은 뒤 앞으로 이 사건을 어떻게 할 것인지 상의했다. 적당한 방법을 도출해내지 못하고 있던 차에 안신이 회의실 문을 두드렸다. 그녀가 말했다.

"판대장님, 드릴 말씀이 있는데요."

"잠깐 기다리게."

이렇게 말하긴 했지만 판대장은 곧 자리에서 일어나 회의실 바깥으로 나왔다.

"무슨 일인가?"

안신은 고개를 숙인 채 한참을 망설이다가 말했다.

"한가지 보고드릴 게 있어요. 오늘 검거한 사람은 제가 전부터 알고 지내던 사람이에요."

"그를 어떻게 알게 된 건가?"

"그가 저를 좇아다녔어요."

판대장은 속으로 놀랐지만 내색하지 않았다.

"그게 언제쯤 일인가?"

"반년 전쯤요."

"그놈이랑 줄곧 왕래가 있었던 거야?"

안신은 이런 질문에 어떻게 대답해야 할지, 어떻게 대답하는 것이 가장 사실에 부합할지 알 수 없었다. 그녀는 잠시 말이 없다가 힘겹게 대답했다.

"네."

"어느 정도까진가?"

질문이 좀 심하다는 것을 깨달은 판대장은 말투를 누그러뜨리고 다시 말했다.

"안신, 난 자네의 개인적인 사정을 알려고 이러는 게 아니야. 자네도 경찰이니까 이 사건이 얼마나 중대한지 잘 알고 있겠지? 피의자와 무슨 일이 있었는지 조직에 알리는 것이 바람직하네."

안신은 자신과 마오졔의 관계를 더이상 숨길 수 없게 되었다는 사실을 깨달았다. 그녀는 마오졔와 어떻게 알게 되었고 그와 어떻게 만남을 가졌으며 나중에 어떻게 관계를 끊게 되었는지 사실대로 판대장에게 말했다. 또한 자신과 마오졔 사이에 그렇고 그런 일이 있었다는 것도 숨기지 않았다. 판대장은 안신의 고백을 듣고 아무런 반응도 보이지 않았다.

"알았으니까 사무실로 돌아가게. 가서 오늘 작전상황을 상세히 기록해놓도록 하게. 나중에 다시 부르겠네."

안신은 사무실로 돌아와 보고서를 작성하기 시작했다. 그녀는 자신과 마오졔의 관계에 대해 말하지 않으면 안된다는 생각을 우취안에서 난더로 돌아오는 길에 하긴 했지만 용기를 내어 입을 열기란 어려운 일이었다. 입을 열면 그녀와 마오졔의 관계가 팀 전체에 알려지게 될 것이다. 더욱 두려운 것은 언젠가 장톄쥔이 이 사실을 알게 되리라는 점이었다.

장톄쥔이 알면 어떻게 될까? 그는 자신을 어떻게 대할까?

그녀는 알 수 없었고 상상조차 하기 싫었다.

그녀는 원래 판대장에게 비밀을 지켜달라고 부탁할 생각이었다. 하지만 그녀는 그 말을 하지 못했다. 그녀는 그런 부탁을 할 권리가 자신에게 없다고 생각했다. 그래서 조직의 처분을 얌전히 기다리기로 했다.

보고서 작성을 끝낸 후 안신은 회의실 안의 다툼 소리를 듣게 되었다.

그 다툼은 안신과 관련이 있었다. 성에서 온 처장은 안신과 마오졔의 관계를 듣고 나서(판대장은 이 일에 관해 상사에게 알리지 않을 수 없었다) 불쑥 대담한 작전 하나를 제안했다. 그의 제안은 안신을 마약 판매조직의 내부로 투입해 최대의 성과를 거두자는 것이었다. 처장은 구체적인 방법까지 제시했다. 마오졔에게 안신의 체포 소식을 알리고 두 사람을 모처로 호송한다. 그리고 호송 도중 두 사람이

도주할 수 있도록 만든다. 그러면 마오계는 안신을 데리고 그들의 소굴로 갈 것이다. 이때 안신이 그 일당을 알아내어 통보해주면 그들을 일망타진한다.

판대장은 그 작전계획에 반대했다. 계획은 훌륭하지만 계획을 실행할 인물이 잘못되었고 그래서 실행이 불가능하다는 이유에서였다. 계획을 실행할 사람이란 안신을 의미했다. 판대장이 말했다.

"안신은 임신중이고 여전히 대학생 신분입니다. 그녀는 이곳에 온 이후로 줄곧 사무실에 앉아 내근만 했지 이런 임무를 해본 경험이 없습니다. 그녀를 그렇게 위험한 곳에 보냈다가 무슨 일이 생기면 어떻게 하겠습니까? 그녀도 그녀이지만 뱃속에 있는 아기는 어떻게 되겠습니까? 게다가 예전에 안신을 좇아다녔던 그놈이 더러운 요구라도 하면 어떻게 대처할 수 있겠습니까?"

자신보다 계급이 낮은 간부가 직접적으로 자신의 의견에 반대하자 처장은 다소 기분이 상했다. 판대장의 말에도 일리가 있고 안신의 상황을 모르는 바도 아니었지만 체면을 지키고자 그는 자신의 계획을 고수했다.

"우리 대원들의 안전을 고려하지 않겠다는 말이 아니에요. 안전을 보장하는 기초 위에서 신중하게 계획을 짠다면 얼마든지 성공할 수 있습니다. 호랑이 굴에 들어가야 호랑이를 잡을 수 있지 않겠어요? 그녀에게 장기간의 잠복을 시키는 것도 아니에요. 하루 이틀만 고생하면 사건을 해결할 수 있습니다. 하루 이틀이면 돼요! 적절한 조치만 취한다면 안전은 보장할 수 있을 거라고 생각합니다. 물론 이 작전에는 발생 가능한 희생이 배제되어 있는 건 아니에요. 사실 이런 작전을 수행할 때 완벽하게 안전하다고 누가 보장할 수 있겠습니까? 난더 마약수사대에서는 여태껏 어떠한 희생도 없었습니까? 네?"

시 경찰국 간부는 성 경찰국 처장의 강경한 태도를 보고는 재빨리 자신의 의견을 밝혔다.

"속전속결로 끝낸다면 한번 생각해볼 수 있겠군요."

그는 처장과 판대장의 관계가 불편해지지 않도록 두 입장을 조정하려고 했다.

"판대장, 그 여대생이 이곳에서 일한 지 일년이 다 되어간다면서요? 가능성 여부를 한번 잘 생각해보세요. 지금 확실한 기회를 잡은 것 같거든요. 안전상의 문제도 한번 잘 따져보세요. 그놈이 안신에게 더러운 일을 강요하지는 않을까 하는 문제도요. 제가 보기에는 그럴 가능성은 크지 않을 것 같아요. 도망자 신세에 그런 생각까지 하겠어요? 사람은 배부르고 등 따신 게 첫째이고 그 다음이 안전이에요. 배부르고 몸이 편해야 성욕도 생기는 법이라고요. 배부르고 등 따신 문제도 해결되지 않은 상황에서 다른 것에 욕심을 낼 것이라는 예상은 그리 개연성이 있어 보이진 않네요."

직위가 높은 사람이 부하를 내리누를 수 있는 것이 바로 경찰 내부의 규율이었다. 판대장은 아무리 자신의 의견을 말해봤자 소용이 없으리라는 사실을 알았다.

성 경찰청 처장은 판대장의 태도가 완고하다는 것을 알고 아예 얼굴을 돌린 채 시 경찰국 간부들하고만 작전을 논의했다. 판대장은 회의실에서 나와 담배를 피우기 시작했다. 두 모금쯤 피웠을 때 대원 한 명이 맞은편 화장실에서 나왔다. 판대장이 그 대원을 불러 지시했다.

"안신에게 이 말을 전하게. 취조실에 가서 취조기록을 받아 나에게 갖다주라고 말일세. 지금까지 기록한 것을 모두 받아오라고 해."

"제가 취조실에 가서 받아오죠 뭐."

"반드시 안신이 취조실로 가야 해. 무슨 말인지 안신은 알 거야."

잠시 후 판대장은 안신이 취조실로 향하는 것을 볼 수 있었다.

취조실에 있던 마오졔는 안신을 보고 아연실색했다. 취조하던 수사관이 취조기록을 순서대로 정리하여 그녀에게 건네주자 그녀는 그것을 들고 곧 밖으로 나갔다. 마오졔는 그녀가 나가는 모습을 멍하니 바라보았다. 수사관들의 질문이 더이상 그의 귀에 들어오지 않았다.

판대장은 담배를 바닥에 버리고 발로 비벼끈 다음 다시 회의실로 들어갔다. 회의실 안에서는 처장과 시 경찰국 간부들이 열정적으로 작전을 토론하고 있었다. 작전계획이 점차 구체적인 윤곽을 갖춰가고 있었다. 판대장이 들어오자 시 경찰국 간부들은 논의하고 있던 작전계획을 그에게 설명해주었다. 정말 흠잡을 데 없이 완벽한 계획처럼 보였다.

판대장은 그들의 설명을 듣고 더이상 반대의 뜻을 표하지 않았다. 그저 말없이 고개만 끄덕일 뿐이었다. 시 경찰국 간부들은 계획대로 작전을 진행하기로 했다. 그들은 작전계획을 설명하기 위해 마약수사대 간부들을 전부 회의실로 불러모았다. 그러나 시 경찰국 간부가 입을 열자마자 방금 마오졔를 집중적으로 취조했던 첸 부대장이 그의 말을 끊어버렸다.

"그건 안됩니다. 그놈은 안신을 보았기 때문에 이미 안신의 신분을 알고 있습니다!"

순간 성 경찰청 처장이 버럭 소리를 질렀다.

"그가 안신의 신분을 모른다고 하지 않았소? 그런데 이게 어떻게 된 일이오?"

"방금 안신이 취조실로 와서 취조기록을 가져갔는데 그때 그놈이 안신을 보았습니다."

"도대체 누가 그런 일을 시킨 거요?"

"저희는 안신을 작전에 투입하려 한다는 사실을 몰랐습니다. 그런 데 안신이 이런 일을 한다면 잘 해낼 수 있을까요?"

"왜 못한다는 거요? 여성 동지의 용기와 지혜를 과소평가해서는 안 됩니다. 오늘 유인작전에서 아주 잘 해냈잖소?"

한바탕 논쟁과 원망, 질책이 오갔지만 이미 때는 늦었다. 이번 연 극의 감독인 판대장은 한쪽 구석에 앉아 아무 말도 하지 않았다. 처 장이 의심어린 눈빛으로 판대장을 쳐다보았지만 판대장은 못 본 척 무시해버렸다.

이어서 그들은 안신을 회의실로 불렀다. 처장과 시 경찰국 간부들 그리고 마약수사대 판대장과 첸 부대장은 그녀에게 마오제와는 어떻 게 알게 되었고 얼마나 교제했으며 그에 대해 무엇을 알고 있는지 물 었다.

안신이 제공한 정보 가운데 수사에 도움이 된 것은 마오제의 주소였다. 판대장은 길을 안내할 안신을 비롯해 십여 명의 대원들과 함께 세 대의 차에 나눠 타고 쏜살같이 마오졔의 집으로 향했다.

안신의 기억에 마오졔의 집은 매우 큰 저택이었고 문앞에 커다란 나무가 있었다. 그녀는 마오졔의 집 정문에 개가 있다는 사실도 기억해냈다. 그날 밤 마오졔와 그녀는 개가 짖을까봐 몰래 뒷문으로 들어갔던 것이다.

뒷문을 두드리자 앞마당에 있던 개가 짖어대기 시작했다. 대원들은 더욱 세게 문을 두드렸다. 몇번 두드리기도 전에 앞마당에서 총성이 울렸다. 탕! 탕! 탕탕탕! 총성은 불규칙하면서도 간격이 짧았다. 판대장조차도 의외의 상황에 당혹감을 감추지 못했다. 그는 옆에 있는 대원들에게 지시했다.

"빨리 밀고 들어가!"

몇몇 대원들이 합세하여 힘껏 문을 밀어젖혔지만 철제 대문은 꿈쩍도 하지 않았다.

정문 쪽에서는 이미 치열한 싸움이 벌어지고 있었다. 범죄자들이 사용하는 총기는 '64형'과 '79형' 권총이었고 다른 총기도 섞여 있는 것 같았다. 판대장은 총성을 통해 아군이 우세하다는 사실을 알 수 있었다. 판대장은 두 사람만 문을 밀고 나머지는 집 주위를 포위하라는 명령을 내리면서 안신에게 빨리 차로 돌아가라고 했다. 그런 다음 자신은 정문 쪽으로 달려갔다.

안신은 이곳에서 전투가 발생하리라고는 전혀 예상하지 못했다. 모든 일이 그녀가 생각할 겨를도 없이 갑작스럽게 일어났다. 그녀는 차로 돌아가 몸을 피해야 할지 아니면 다른 행동을 취해야 할지 알 수 없었다. 그녀는 곧 자신은 이 사건과 관련하여 보호가 필요한 사람이 아니며 오히려 작전에 참가해야 할 마약수사대 대원이라는 사실을 깨달았다. 전투가 벌어지고 있는 상황에서 대원이 안전한 곳으로 피한다는 건 말이 안된다고 생각했다. 하지만 그녀가 할 수 있는 일이라곤 아무것도 없었다. 총을 가져오지 않았기 때문에 현장에 가봐야 아무런 도움이 되지 못할 뿐만 아니라 잘못하다가는 자신 때문에 대원들이 방해받을 수도 있었다. 한순간 고민에 빠진 그녀는 엉겁결에 몸을 돌려 정문 쪽으로 걸어갔다.

바로 그 순간 총성이 멎었고 저택은 정적에 휩싸였다. 전투는 범인들이 먼저 총을 쏘면서 시작된 것이었다. 겨우 일분 동안 이루어진 격전이었지만 안신에게는 긴 시간이 흘러간 것처럼 느껴졌다.

경찰을 향해 총을 쏘며 저항한 범인은 두 명이었다. 하나는 마오계의 부친이었고 다른 하나는 마오계의 모친이었다. 마오계의 부친은 누군가 뒷문을 두드리자 곧장 정문을 통해 빠져나가려다가 마약수사대 대원과 맞닥뜨리게 되었다. 총을 쏘며 저항하던 그는 자신의 침실에서 사살당하고 말았다. 마오계의 모친은 다리에 부상을 입은 뒤 곧바로 체포되었다.

이번 전투는 경찰이 수적으로 우세한 상황이었으나 대원 한명이 허벅지에 총알이 스치고 지나가는 부상을 입기도 했다.

부상당한 대원과 마오계의 모친은 즉시 병원으로 이송됐다. 마오계 모친은 바지 한쪽이 온통 피에 젖어 있었으나 병원에서 진찰한 결과 단지 외상일 뿐 뼈에는 문제가 없음이 확인되었다. 대원들은 부상자를 이송한 뒤 집을 수색하기 시작했다.

곧 창고와 부엌, 지하실에서 마약을 찾아낼 수 있었다. 양은 그리 많지 않았지만 헤로인 외에 아편도 있었다. 범인들에게 충분히 사형선고가 내려질 수 있는 분량이었다.

마약 수색작업을 마치고 사무실로 돌아온 대원들은 아침식사를 하자마자 각자 자리를 잡고 잠을 청했다. 그러나 판대장과 첸 부대장은 마오졔에 대한 취조를 계속했다. 판대장은 그의 집을 수색했다는 사실을 알렸다.

"우리가 뭘 찾아냈는지 알아? 빨리 사실대로 자백하는 게 좋을 거야. 사실대로 얘기하면 관대한 처벌을 받을 거야. 그러나 우리가 먼저 알려준 다음에 인정하는 건 소용이 없어."

마오졔는 심각한 표정으로 물었다.

"아버지, 어머니 모두 집에 계시던가요? 뭘 찾아냈다는 거죠?"

경찰은 그에게 부친과 모친의 상황에 대해 알리지 않았다. 판대장과 첸 부대장이 교대로 취조했으나 마오졔는 전혀 입을 열지 않았다. 점심때쯤 마오졔가 느닷없이 말했다.

"안신을 불러주세요. 안신을 불러주면 말할게요."

첸 부대장이 안신을 데리고 들어왔다. 마오졔는 매서운 눈으로 안신을 노려보았다. 첸 부대장이 말했다.

"안신이 왔으니 어서 말해."

마오졔가 말했다.

"모두들 나가주세요. 안신과 단둘이 얘기하고 싶어요."

첸 부대장은 잠시 생각하다가 취조실 안의 다른 대원들에게 나가라고 지시했다. 그런 다음 수갑을 이용하여 마오졔를 의자에 결박하고 자신도 밖으로 나갔다.

안신과 마오졔는 한참 동안 서로를 응시했다. 취조실 안에는 두 사람뿐이었다. 두 사람은 한때 애인 사이였지만 지금 한명은 칼자루를 쥔 수사관이고 다른 한명은 취조를 당하는 마약사범이었다.

안신이 먼저 입을 열었다. 그녀는 취조하는 사람답게 엄숙한 태도로 말하려고 했다.

"어서 말해봐."

그녀는 굳은 얼굴로 마오졔를 바라보았다. 마오졔의 얼굴은 괴로운 표정이었다.

"넌 처음부터 날 속인 거지? 처음부터 날 좋아한 게 아니었어! 그 얼굴로 나를 유혹해 함정에 빠뜨린 거지? 처음부터 넌 빌어먹을 경찰이고 발정난 암캐였어!"

안신은 이 자리에서 감정을 드러내선 안된다는 것을 잘 알고 있었다. 그녀는 자신의 감정을 억누르며 떨리는 목소리로 말했다.

"내가 어쨌는지는 중요하지 않아. 중요한 건 네가 왜 이런 일을 했느냐는 거지! 이제 알겠어. 네가 입었던 멋진 옷과 네가 몰던 멋진 차, 그리고 마구 써대던 돈이 전부 마약을 팔아서 얻었다는 사실을 말이야!"

마오졔가 흐느끼기 시작했다. 손이 의자에 묶여 있었기 때문에 그는 눈물범벅이 된 얼굴을 닦을 수가 없었다.

"빌어먹을! 내가 이렇게도 어리석다니. 난 널 미치도록 사랑했어. 난 널 위해서라면 무슨 일이든 다 할 수 있다고 생각했어. 아무것도 아깝지 않았단 말이야. 그런데도 너는 날 속였어. 좋아, 이제 날 쏴죽이라고. 죽이려면 어디 한번 죽여봐! 하지만 명심해. 이 빚은 반드시 갚아줄 거야. 죽은 뒤에도 네가 행복하게 살도록 난 내버려두지 않을 거야."

안신은 결국 눈물을 흘리고 말았다. 왜 눈물이 났는지 알 수 없었다. 두 사람이 함께했던 행복한 기억 때문일까? 마오졔에게서 느꼈던 따스함 때문일까? 아니면 그의 눈물에 마음이 동요되었기 때문일까? 그녀는 눈물을 닦고 자리에서 일어나 밖으로 나왔다.

문앞에 서서 담배를 피우고 있던 첸 부대장이 물었다.

"어떻게 됐어? 뭐라고 그러던가?"

안신은 고개를 가로저었다.

"아무것도 말하지 않았어요, 아무것도요."

첸 부대장은 욕설을 내뱉으면서 투덜거렸다.

"그놈이 지금 사람을 갖고 노는 거잖아! 좋아, 이제 그놈에게 부모의 상황을 알려줄 때가 됐어. 제 아비가 끝까지 저항하다가 어떤 꼴을 당했는지 알려주자고!"

첸 부대장이 다시 취조실로 들어갔다.

안신은 복도에 선 채 꼼짝도 하지 않았다. 마약수사대 본부 전체가 쥐 죽은 듯이 고요했다. 강렬한 햇빛이 메마른 땅을 하얗게 비추고 있었다. 눈이 부실 정도로 하얀 햇빛 때문에 복도는 오히려 어둡게 느껴졌다. 그녀는 마음속에서 두려움과 불안을 느꼈다. 자신과 마오계의 관계가 장톄췬의 귀에 들어갈까봐 염려되었던 것이다.

마오계의 울음소리가 들리기 시작했다. 그는 몹시 서글프게 아이처럼 울어댔다. 마오계가 부모의 상황을 비로소 알게 된 것이다. 적어도 안신만은 그의 고통에 공감할 수 있었다.

13

기차로 우취안을 지나 서쪽으로 반시간쯤 가자 난더가 나왔다. 난더를 지날 때 하늘에는 달이 보이지 않았다. 난멍산의 컴컴한 그림자 너머로 드문드문 보이는 등불은 이곳이 큰 도시가 아님을 말해주고 있었다. 도시의 아름다움과 추함은 모두 어둠속으로 숨어버렸다. 신비롭고 깊이를 알 수 없는 밤풍경은 세상사의 복잡한 인과관계를 숨기고 있는 것만 같았다.

마음 같아서는 기차에서 내려 깊이를 알 수 없는 이 작은 도시를 둘러보고 싶었다. 마약수사대 건물은 내 상상 속에서 성채와 같은 모습으로 확대되어 있었다. 그 건물과 길 하나를 사이에 두고 있는 안신의 숙소 조각루에 가보고 싶었다. 심지어 나는 마오졔의 옛집, 그날 밤 전투가 벌어진 그 집에도 가보고 싶었다. 하지만 나는 기차에서 내리지 않았다. 나의 목적지는 한참 더 가야 했다. 열차 시간표대로라면 나는 새벽쯤에야 칭몐에 도착할 수 있을 것이다.

마오졔의 모친이 체포되고 부친이 현장에서 사살됨으로써 사건은 일단락되었다. 마오졔의 형 마오팡(毛放)은 비록 찾지 못했지만 마약 거래의 난더 본거지는 일망타진된 셈이었다.

마오졔의 형 마오팡을 사람들은 '원숭이 마오'라고 불렀다. 모두들 그가 몹시 잔인한 인물이라고 했다. 마약수사대는 마오팡이 마약거래에 관여했다는 증거를 찾아내지 못했고 따라서 마오팡을 범죄 용의자로 수배할 수 없었다.

안신은 이 사건이 마무리된 후 휴가를 얻어 장톄췬과 함께 부모님이 있는 칭몐으로 갔다.

칭몐으로 가기 전에 안신은 판대장과 긴 대화를 나누었다. 그녀는 마오졔와의 첫만남부터 시작하여 짧았던 교제와 이별까지의 과정, 그리고 마오졔가 체포된 이후의 자신의 심정을 판대장에게 솔직히 털어놓았다. 이런 고백은 일종의 하소연이었다. 그녀에게는 하소연할 사람이 필요했다. 안신이 판대장에게 비밀을 지켜달라고 요구한 것은 아니었지만 대화가 끝났을 때 두 사람 사이에는 이미 묵계가 성립되어 있었다. 묵계는 안신과 마오졔 사이의 일을 장톄췬에게 알리지 않겠다는 것이었다.

칭몐은 아주 작은 도시이긴 하나 중국 서남부에서 가장 아름다운 산과 호수가 있는 곳이었다. 칭몐의 진정한 매력은 고요함이었다. 세상과 단절된 것처럼 보이는 이곳은 마음의 상처를 치유하기에 안성맞춤의 장소처럼 보였다.

두 사람은 칭몐에 머무는 동안 매일같이 강 건너편으로 갔다. 그곳
에는 인적이 전혀 없는 초원이 펼쳐져 있었고, 그 끝자락에는 오래된
원시림이 있었다. 그곳은 햇빛도 화사했거니와 얼굴 위로 불어오는
바람이 한없이 부드러웠다. 부드러운 바람은 신비한 힘으로 안신의
마음속 깊이 쌓여 있던 앙금을 날려주었다.

안신의 모친이 두 사람에게 해준 음식 중에는 댜오메이(雕梅, 매실을
꽃 모양으로 깎은 뒤 설탕에 절인 바이족白族의 전통음식), 수이더우츠(水豆豉,
발효한 콩으로 만든 음식), 명아주꽃과 벌 번데기를 함께 버무린 무침 등
진귀한 것도 있었다. 칭몐의 특산식품인 수이더우츠는 장톄쥔의 입
에 잘 맞았지만 명아주 무침은 도시에서 자란 그가 즐겨 먹기에는 다
소 힘든 음식이었다. 이 음식은 꿀벌이나 호박벌의 번데기를 살짝 데
쳐 껍질을 벗겨낸 다음 절인 명아주와 함께 고추기름, 후춧가루 등으
로 버무린 것이었다. 명아주는 먹을 만했지만 하얗고 미끈한 번데기
는 도저히 젓가락을 댈 엄두가 나지 않았다. 그러나 안신은 이 음식
을 맛나게 먹었다.

안신은 모친과 함께 자신의 어린 시절을 추억하면서 앞으로 태어
날 아이에 대해, 그리고 육아의 고생과 즐거움에 대해 이야기했다.
모친이 마련해준 음식과 흥미진진한 이야기, 그리고 방안에 피워놓
은 난로의 온기는 잔뜩 구겨져 있던 안신의 마음을 낱낱이 펴지도록
했다.

열흘 후 칭몐에서 난더로 돌아올 무렵 안신은 이전의 쾌활함을 되
찾음과 동시에 아픈 기억에서도 자유로워질 수 있었다. 그녀는 난더

로 돌아와 예전과 같이 일했다. 당시 마약수사대는 마오졔 사건을 검찰원(檢察院)에 넘기기 위해 서류작업을 하고 있었다. 안신은 내근 직원인 데다 이 사건에서 중요한 역할을 했기 때문에 마무리 작업에 참여하는 것이 당연했다. 하지만 판대장은 안신에게 이 일을 시키지 않고 다른 업무를 맡겼다. 법원에 기소가 이루어지면 사건은 검찰원의 손으로 넘어가게 된다.

안신의 배는 점점 불러왔다. 판대장과 대원들은 더이상 그녀에게 야근을 시키지 않았으며 차로 그녀의 출퇴근을 도와주기까지 했다. 그녀는 출퇴근 시간을 절약하기 위해 조각루 숙소로 돌아왔다. 무리하다간 아이가 거꾸로 들어설 우려가 있었기 때문이다. 거기에다 업무에까지 영향을 받으며 자신의 출퇴근을 돕는 대원들에게 미안한 마음도 있었다. 숙소에서 생활하면 출근하는 데 오분이면 충분했다. 마오졔가 구속된 까닭에 안신은 마음놓고 숙소로 돌아올 수 있었다.

당시 안신과 장톄쥔이 나눈 대화의 대부분은 곧 태어날 아이와 관련된 것이었다. 아들일까 딸일까? 어떤 이름을 지을까? 아이를 위해 무엇을 준비해야 할까? 아이가 태어나면 직접 키워야 하나, 아니면 친정어머니나 시어머니에게 맡겨야 하나? 아이와 관련한 대화는 끝이 없었다.

장톄쥔은 안신을 적극 도와주고 있는 판대장과 대원들에게 늘 고마움을 느꼈다. 누군가 오늘 내게 쌀을 한 포대 보내면 내일은 내가 고기 한 덩이를 보내주는 것이 예의다. 장톄쥔은 무엇으로 판대장과 대원들의 은혜에 보답했을까? 장톄쥔은 그들의 업적을 세상에 널리 알리기로 했다. 마약수사대가 희생을 두려워하지 않고 지치지 않는 열정으로 국가와 인민을 위해 봉사하는 감동적인 영웅집단이라고 보도하는 것이었다. 마약수사대가 수행한 일들을 체계적으로 정리하면 충분히 텔레비전이나 신문에 소개할 만했다.

장톄쥔은 난더방송국에 근무하는 지인을 찾아가 마약수사대에 대한 보도가 나갈 수 있도록 부탁했다. 곧 난더방송국은 마오졔 사건의 과정을 특집 프로그램으로 편성했다. 판대장과 첸 부대장 모두 텔레비전에 나왔다. 하지만 수사요원을 보호한다는 원칙에 따라 두 사람의 얼굴은 흐릿하게 처리되었고 목소리도 가성을 사용했다. 그날 전투의 현장인 마오졔의 집, 마오졔와 그의 모친도 카메라에 담겼다. 하지만 보도가 짧았고 초점도 사건의 흐름에 맞춰져 있었기 때문에 마약수사대에 대한 선명한 인상을 일반인에게 주지는 못했다.

장톄쥔은 마약수사대에 대한 자신의 감사하는 마음이 그 보도로는 제대로 전달되지 않았다고 생각했다. 결국 그는 난더일보사에서 르포기사를 잘 쓰는 유명한 기자를 찾아가 마약수사대에 대해 집중적으로 취재해줄 것을 부탁했다. 기자에게 마약수사대 경찰들의 고충과 봉사정신을 인물 위주로 취재해달라고 했다. 난더시 정치법률위원회와 경찰국 고위 간부들은 신문사의 취재 계획을 알고 마약퇴치 사업의 홍보와 관련해 주목하게 되었다. 그리하여 그들은 마약수사대에 난더일보사의 취재에 적극 협력해줄 것을 당부했다.

판대장은 기자를 상대하는 일에 익숙하지 못했기에 이 일을 첸 부대장에게 일임했다. 사실 첸 부대장도 기자를 상대하는 일에 익숙하지 못하기는 마찬가지였다. 그러나 그는 종일 기자들을 데리고 다니며 열심히 설명했고 과거에 일어났던 사건과 희생된 동료들의 업적에 대해 성실히 이야기해주었다. 그가 주로 이야기한 인물은 판대장이었다. 하지만 판대장은 사마오에서 이곳으로 옮겨온 지 2년이 채 되지 않아 그에 대해 많은 이야기를 들려줄 수 없었다. 자료가 부족하다고 느낀 기자가 첸 부대장에게 요청했다.

"사례를 많이 말씀해주세요. 저희에게 필요한 것은 실제 사건이거든요!"

첸 부대장은 몇가지 사건을 얘기하기 시작했다. 그러다 보니 자연스럽게 안신의 이야기도 나오게 되었다. 기자는 안신이란 젊은 여성이 대학생 신분임에도 불구하고 남자들과 함께 생명의 위험을 무릅써가며 일하고 있다는 이야기를 듣고 흥미를 느꼈다. 기자들의 표현으로 말하자면 뉴스 거리가 될 것 같았다. 기자는 안신에 대해 중점적으로 묻기 시작했다.

첸 부대장은 마오계 사건을 기자에게 들려주었다. 접선방법부터 시작하여 선상에서 벌어졌던 일까지 마치 그림을 그리듯 상세히 얘기해주었다. 얘기를 듣고 있던 기자는 만족스러운 표정을 지었다. 들으면서 기자가 놀란 것은 안신과 마오계의 관계였다.

뭐라고요? 그녀와 범인이 원래는 친구 사이였다고요? 어떤 친구였나요? 아 네, 그런 친구였군요. 방금 그녀가 결혼했다고 하지 않았나요? 아, 과거에 친구 사이였다고요? 아, 그렇군요! 하지만 그것도 재미있네요. 정의를 위해 사적인 감정을 버린 경우군요. 쉽지 않았겠어요. 여자들은 보통 감정을 중시하고 옛정을 잊지 못하는 편이지요.
특히 그녀처럼 젊은 여성은 더더욱 그렇지요. 확실히 큰 시련이었겠
어요. 이건 상당히 진지한 주제가 될 수 있을 것 같네요. 감정이 정의
를 이기느냐 아니면 정의가 감정을 이기느냐란 주제일 수도 있고 국
가의 이익이 더 중요한가 아니면 개인의 이익이 더 중요한가란 주제
일 수도 있겠네요. 옛날 같으면 이런 문제에 대해 해답을 내리기가
쉬웠을 겁니다. 애당초 문제도 되지 않았을 거예요. 하지만 20세기가
끝나고 21세기에 와 있는 오늘날의 시점에서는 충분히 문제가 될 수
있습니다. 요즘 젊은 세대들은 정의나 국가의 이익에는 관심이 없거
든요. 젊은이들은 개인의 감정과 이익을 최우선으로 여기지요. 이 사
건에 관해 좀더 자세히 설명해주신다면 교육적인 효과가 뛰어난 기
사를 쓸 수 있을 것 같습니다.

　기자는 자신이 원하는 정보를 모두 얻을 수 있었다. 곧 이 이야기는
『난더일보』에 한 면 가득 실리게 되었다. 기사는 내용의 진실성과 감
화력 덕분에 큰 반향을 불러일으켰다. 특히 난더에 거주하는 원로 당
간부들과 나이든 시민들로부터 호평을 받았다. 많은 행정기관과 기
업, 그리고 각급 학교의 당조직과 공산주의청년단은 당원들과 적극
분자들에게 이 기사에 대한 열독학습을 실시했다.

　그때 안신은 출산 준비를 위해 장톄쥔과 함께 광핑에 가 있었다. 그
녀와 장톄쥔은 그 기사가 얼마나 훌륭한지, 얼마나 감동적인지 알 수
없었다. 당시 안신과 장톄쥔, 그리고 머잖아 할머니가 될 안신의 시
어머니는 곧 태어날 작은 생명에만 관심을 쏟고 있었다. 그 당시 장

톄쥔은 난더일보사 근무가 정식으로 끝나 광평시 시위원회 선전부로 막 복귀한 상태였다.

장톄쥔의 모친은 퇴직할 나이가 아니었지만 장톄쥔이 광평으로 오자 곧바로 퇴직을 결심했다. 마침 조직을 축소할 예정이었던 부녀연합회는 조기퇴직 신청을 받고 있었다. 그녀가 퇴직을 결심하게 된 이유는 안신의 부풀어 오르는 배 때문이었다. 손자를 품에 안는 기쁨은 현역에서 물러나 고향으로 돌아가는 것에 비유되곤 했다.

안신과 장톄쥔은 아이에게 어떤 이름을 지어줄 것인가에 대해 자주 상의했다. 미리 생각해둔 이름만 해도 무수히 많았다. 남자 이름은 물론 여자 이름도 적지 않았고 남자 이름인지 여자 이름인지 알 수 없는 특이한 이름도 있었다. 아이에게 이름을 지어주는 행위는 어른들의 환상과 기대를 반영한다. 딸을 원하던 안신은 경쾌하고 낭만적이면서 시적인 분위기의 이름을 염두에 두고 있었다. 하지만 아들을 원하던 장톄쥔과 그의 모친은 나라를 안정시키고 세상을 구제한다는 의미의 이름을 생각하고 있었다. 그들은 곧 태어날 아이가 비범한 성취를 거두어 가문을 빛내기를 바랐던 것이다.

임신기간 동안 안신은 아침부터 저녁까지 모든 일상생활에서 가족의 관심과 보살핌을 받았다. 그들이 그렇게 하는 이유가 결국 장씨 집안의 후손을 잇기 위해서라는 것을 모르지 않았지만 시어머니와 남편에게 고마움을 느꼈다.

안신은 임신중에도 집안일을 소홀히 하지 않았다. 시어머니와 남편의 옷을 빠는 일은 모두 그녀의 몫이었다. 시댁에서 살면서 그녀는 최대한 돈을 아껴 쓰려고 노력했다.

한번은 안신의 부모가 딸을 만나기 위해 광핑으로 왔다. 칭몐은 한방 약초가 많이 나는 곳이라 안신의 부친은 사돈댁에 진귀한 녹용과 한방약초, 그리고 윈난의 특산물인 인삼재조환(人參再造丸)과 진주포룡환(珍珠抱龍丸) 등을 선물했다. 그 특산물은 부친의 한약재 회사에서 만든 볼품없는 것이 아니라 국영 회사에서 만든 선물용품이었고 돈을 주고 산 것이었다. 안신의 부모는 광핑을 떠날 때 딸의 손에 5천 위안이라는 큰돈을 쥐여주었다. 안신은 모친의 귀띔에 따라 그 돈을 전부 시어머니에게 드렸다. 5천 위안이면 결코 작은 돈이 아니었다. 부모님이 가진 현금 전부를 내어준 것이나 마찬가지였다. 부친의 한약재 회사는 그 당시 수지가 맞지 않아 문을 닫은 지 이미 반년이 넘었고 회사를 인수한 사람으로부터 아직 잔금도 받지 못한 상태였던 것이다.

부모님의 선물과 돈이 없었더라도 안신이 시댁에서 푸대접 받을 일은 없었다. 그녀의 뱃속에 장씨 집안의 후손이 자라고 있었기 때문이다. 장톄쥔의 모친처럼 나이가 많은 사람들, 특히 여러 해 동안 공산당 간부로 일한 사람들은 핏줄을 이으려는 의지가 매우 강했다.

횃불축제(火把節, 음력 6월 24일경에 열리는 윈난성 소수민족의 전통 명절)를 며칠 앞두고 안신은 무사히 사내아이를 출산했다. 미리 지어놓은 수많은 이름은 모두 폐기되고 말았다. 장톄쥔의 모친은 아들의 주례를 맡았던 광핑시 인민대표대회 상무위원회 싱 부주임에게 작명을 부탁했다. 그렇게 해서 지어진 이름이 장지즈(張繼志)였다. 언뜻 듣기에 매우 흔한 이름 같았지만 장톄쥔 부친의 이름을 고려하면 특별한 의미가 있었다. 장톄쥔 부친의 이름은 장즈(張志)였다. 상무위원회 싱 부주임이 말했다.

"장즈 동지는 평생에 걸쳐 혁명에 헌신하신 분으로서 고상한 품격과 굳은 절개를 지닌 인민의 모범이셨습니다. 그런 분의 손자라면 그분처럼 생활하고 일해야 하며 그분처럼 강한 의지를 지녀야 하지 않겠습니까?"

장톄쥔의 모친은 눈에 눈물이 고였다. 사별한 남편에 대한 이야기를 들으니 만감이 교차하면서 감격스러웠던 것이다.

"예, 장지즈라고 하겠습니다. 장즈의 핏줄을 잇는 동시에 그의 유지를 계승한다는 뜻이니 정말 좋은 이름입니다."

아이가 태어난 후 장톄쥔은 퇴근하자마자 곧바로 귀가했고 밖에서 시간을 보낸 날은 단 하루도 없었다. 집에 오면 그는 아이의 옷과 기저귀를 빨았고 우유를 데우거나 이유식을 만들었다.

아이가 태어난 지 넉달쯤 되었을 때 판대장이 마약수사대를 대표해 선물을 들고 안신을 찾아왔다. 안신은 판대장을 보고 매우 반가워하며 아이의 사진을 꺼내 보여주었다. 마침 그날은 장톄쥔 부친의 기일이라 시어머니는 손자를 안고 가정부와 함께 공원묘지로 가고 없었다.

안신은 마약수사대의 근황을 비롯하여 동료들의 안부를 물었다. 판대장은 그녀의 질문에 다 대답해주고 나서 갑자기 어투를 바꾸며 말했다.

"자네와 아기가 모두 건강하다니 마음이 놓이는군. 한데 자네가 난
더에 한번 와줘야 할 것 같네. 마오쳬 사건과 관련해 자네와 의논할
일이 있다네."

안신은 그제야 판대장이 자신을 찾아온 이유가 공적인 업무 때문
이라는 사실을 알았다. 그녀가 물었다.

"마오쳬 사건이라고요? 그 사건은 이미 종결되지 않았나요?"

판대장은 말없이 안신을 바라보다가 근심 가득한 표정으로 고개를
가로저었다.

14

법률적 측면에서 보자면 마오졔 사건은 여전히 진행중이었다.

마오졔는 예비심리에서 마약거래 혐의를 극구 부인했다. 그는 시종일관 잡화점을 하고 있는 친척에게 물건을 전달하려 했을 뿐이라고 했다. 또한 자신이 지닌 물건은 찻잎뿐이었고 배에서 만난 여성이 자신에게 범포 가방을 부두까지 들어달라고 해 그것을 들어주었을 뿐이라고 했다. 가방 안에 마약이 든 사실은 나중에야 알게 되었다고 했다. 마오졔의 진술에 따르면 그는 혐의가 없을 뿐만 아니라 경찰에 의해 모함을 당한 것이나 마찬가지였다.

마오졔의 모친은 자신의 혐의 내용에 대해 아무런 부인도 하지 않고 남편을 도와 마약거래에 참여한 사실을 인정했지만 자신의 아들 마오졔만큼은 이런 내막을 전혀 모른다고 주장했다. 사건 당일 몸이 좋지 않았던 그녀와 남편은 마오졔에게 우취안에 가서 범포 가방을 받아오도록 시켰다고 했다. 그녀의 이런 진술은 정황상 아무 하자가 없었다.

모친이 법정 심문을 받을 때 마오졔가 증인으로 출두하게 되었다. 마오졔는 다리의 상처가 완치되지 않은 모친이 아들은 그 일의 내용을 전혀 모른다고 할 때 눈물을 흘리고야 말았다.

재판장은 눈물을 흘리는 마오졔에게 물었다.

"증인은 이전 진술에서 어느 여성이 범포 가방을 들어달라고 부탁했다고 말했지요? 그 여성이 당신에게 범포 가방을 들어달라고 한 것이 맞나요, 아니면 당신의 모친이 그 범포 가방을 가져오라고 한 것이 맞나요?"

마오졔는 자신을 살리려는 모친의 의도를 잘 알고 있었다. 그가 모친의 말을 인정하는 순간 모친은 그것으로 끝이었다. 그는 고개를 들어 피고석에 앉아 있는 모친을 바라보았다. 모친의 얼굴에서는 생기라곤 전혀 찾아볼 수 없었고 어떤 표정도 읽을 수 없었다. 마오졔는 말문이 막혔지만 결국 답변할 수밖에 없었다.

"어머니께서 범포 가방을 가져오라고 하셨습니다."

"그 범포 가방 안에 무엇이 들어 있는지 알았나요?"

"당시엔 몰랐습니다."

대답하면서 마오졔는 계속 눈물을 흘렸다.

"언제 알았나요?"

"부두에서 붙잡힌 다음에야 알았습니다."

"어떻게 알게 됐지요?"

"경찰이 말해줘서 알았습니다."

"경찰이 뭐라고 말하던가요?"

"가방 안에 마약이 들어 있다고 했습니다."

마오졔 모친에 대한 재판은 비교적 빠르게 진행되었다. 법정에서는 심문과 간단한 변론을 거쳐 피고에게 사형을 선고했다.

그러나 마오졔에 대한 재판은 무척 까다로웠다. 그의 범죄를 입증할 만한 증거가 분명하지 않았던 것이다. 증거가 없는 상황에서 유죄판결을 내릴 수는 없었다. 법원은 검찰원과 경찰국에 마오졔를 기소할 수 있는 새로운 증거를 찾아보라고 했다. 새로운 증거가 없을 경우 무죄판결이 내려지거나 그전에 검찰원 스스로 공소를 철회해야 했다.

경찰국은 성급하게 무죄판결이 내려지거나 성급하게 공소가 철회되는 일이 없기를 바랐다. 그래서 경찰국은 심리일정을 잠시 중단해줄 것을 법원에 요청했다. 그런 다음 경찰국은 판대장에게 안신을 찾아가 다른 사실은 없는지 알아보도록 했다.

판대장이 안신에게 물었다.

"배에서 물건을 교환하면서 마오졔와 얘기를 나눴다고 하지 않았나? 마오졔가 자네에게 앞으로 다시는 이런 마약거래를 하지 말라고 하면서 이런 일은 여자가 할 일이 아니라고 했다고 말하지 않았나?"

"당시 그가 그렇게 말했지요."

"그 정도면 충분해. 그 정도면 마오졔의 범죄사실을 충분히 증명할 수 있네."

판대장은 마오꼐와 그 모친이 법정에서 어떻게 진술했는지 안신에게 알려주었다. 이야기를 들으면서 안신은 자신도 모르게 가슴이 뛰었다. 죽음으로써 자식을 구하려 한 모친을 생각하자 마음이 아팠다. 판대장이 안신에게 말했다.

"재판을 다시 하기로 했네. 마오꼐의 구금기간이 길어졌기 때문에 유죄판결이 나지 않으면 그를 도로 풀어주어야 하네. 늦어도 내일까지 난더로 와서 세부적인 준비를 하고 모레 검찰측 증인으로 법정에 출두하도록 하게. 아이는 며칠간 떨어져 있어도 괜찮겠지? 정 떨어지기 어려우면 아이를 데려오든가."

다음날 안신은 정오 기차를 타고 난더로 갔다. 그녀는 자신의 난더행에 대해 남편과 시어머니에게 구체적인 이유를 말하는 대신 그저 자신이 맡았던 일의 인수인계와 관련해 마약수사대로부터 호출이 왔다고만 했다.

난더로 가는 동안 그녀의 마음은 착잡했다. 그녀는 범죄자의 유죄를 증명하는 일이 경찰로서 당연한 임무임을 잘 알고 있었다. 하지만 법정에서 옛 애인과 마주하는 일은 내키지 않았다. 그녀는 마오꼐의 혐의가 인정되어 유죄판결이 날 경우 몇년 형을 선고받게 될지 판대장에게 물어본 적이 있다. 판대장은 사형판결을 받게 될 거라고 했다. 사실 그녀는 범포 가방 안에 헤로인이 얼마나 들어 있었는지 알 뿐만 아니라 마약의 양에 따라 형벌이 어떻게 되는지도 잘 알고 있었다. 마오꼐가 마약거래 및 운반에 참여한 혐의가 입증되면 그는 아홉 번 사형당해도 모자랄 판이었다.

안신은 마오졔에게 아무런 애정도 느끼지 않았지만 마오졔를 형장으로 보내는 일을 하기란 결코 쉽지 않았다. 모친의 성격을 물려받은 그녀는 이런 무정한 행동을 감당하기 어려웠다. 경찰학교든 태권도 훈련반이든 마약수사대든 간에 그녀가 속했던 기관은 모두 야성과 패기, 용맹으로 가득한 곳이었다. 겉으로 보기에 그녀의 성격은 쾌활하고 거리낌이 없는 것 같았지만 사실 그녀는 마음이 여렸다.

난더로 돌아온 그날 저녁 그녀는 곧바로 시 경찰국 법률책임자와 검찰원 사람들, 그리고 판대장과 함께 법정에서 진술할 내용을 논의했다. 논의는 한밤중까지 이어졌다. 한밤중에 회의를 끝낸 안신은 난명허 강가에 있는 옛 숙소로 가서 하룻밤을 보냈다. 그녀는 마오졔 생각에 좀처럼 잠들지 못했다.

날이 밝아올 무렵에야 그녀는 잠이 들었다. 그녀는 꿈속에서 뜻밖에도 마오졔를 만났다. 마오졔를 처음 만났을 때의 광경이 펼쳐졌다. 그녀는 그와 함께 식사를 하고 다른 장소로 이동하고 있었다. 그녀는 한동안 애정의 울타리 안에서 벗어나지 못했다. 마음 가득 따스함이 전해져오는 순간 마오졔가 갑자기 그녀를 비웃기 시작했다. 그는 한순간 건달로 변하는가 싶더니 곧이어 파란 얼굴의 도깨비가 되었다. 그녀는 소스라치게 놀라며 잠에서 깨어났다. 그때 누군가가 문을 두드렸다. 판대장이 안신을 법원에 데려다주기 위해 차를 몰고 온 것이었다.

안신과 판대장은 법원건물 2층의 증인 대기실로 갔다. 공판은 아홉시 정각에 시작될 예정이었다. 대기실에는 그녀와 판대장뿐이었다. 판대장이 창가에 서서 줄담배만 피워댈 때 그녀는 방 한쪽 구석에 있는 장의자에 앉아 판대장과 다르지 않은 모습으로 멍하니 시간을 보냈다.

법원 직원이 대기실로 들어와 "증인, 법정에 출두하세요!"라고 말했다. 안신과 판대장은 서로 얼굴만 바라보았을 뿐 아무 말도 하지 않았다. 두 사람은 함께 음울한 대기실에서 나왔다. 법정까지는 넓고 긴 복도가 이어져 있었다. 안신은 복도를 따라 한걸음 한걸음 천천히 걸어갔다. 구두가 타일바닥을 두드리는 소리가 매우 쓸쓸하면서 허전하게 느껴졌다.

순간 안신의 머릿속에는 새벽의 악몽이 떠올랐다. 이유가 없는 꿈이란 없는 법이다. 그 꿈이 그녀에게 일깨워준 것이 있다. 아무리 짧은 기간이라 하더라도 자신과 마오제는 아름다운 순간을 함께했고 이는 의심의 여지가 없다는 것을.

복도 끝에는 양쪽으로 열리는 육중한 문이 있었다. 법정에 처음 들어선 안신은 난더의 법원건물 안에 이토록 아름다운 법정이 있으리라고는 전혀 상상하지 못했었다. 난더방송국이 이 사건에 대해 두 차례 보도를 한 때문인지 재판을 방청하러 온 사람들이 꽤 많았다. 이 사건에 대한 보도는 사회적으로 큰 반향을 일으켰고, 거의 모든 시민들이 이 사건의 결말에 관심을 가지고 있었다. 일주일 전 마오제의 모친은 형법에 따라 총살형을 당했고 방송국은 이에 관해 뉴스를 내보낸 바 있다. 그녀의 아들 마오제에 대한 재판은 이미 여러 차례 휴정과 개정을 반복하면서 오랫동안 끌어온 상태였지만 방청객들의 열기를 봐서는 관심이 조금도 줄어들지 않았음을 알 수 있었다.

법정으로 들어선 안신은 자리를 메운 방청객들을 훑어보았다. 방청객들도 일제히 그녀를 바라보았다. 안신은 머리가 어지러워 걷는 것조차 힘들었다. 그녀는 한참을 걸어서야 증인석에 이르렀다. 사람들의 시선은 그녀가 증인석에 이를 때까지 줄곧 그녀만을 좇았다. 안신은 숨을 한번 크게 쉬면서 마음을 안정시켰다. 곧 재판장의 질문이 시작되었다.

"증인, 자신의 성명과 직업을 말하시오."

"이름은 안신이고 난더경찰국 마약수사대의 수습경찰로 일하고 있습니다."

안신의 목소리는 가늘었다. 그녀는 다른 사람들이 자신의 이름이 무엇이고 자신이 어떤 일을 하는 사람인지 알게 될까봐 두려워하는 듯이 보였다. 재판장은 그녀의 뚜렷하지 않은 발음에 개의치 않고 질문을 계속했다.

"증인은 중화인민공화국 형법 제305조의 규정과 중화인민공화국 형사소송법 제8조의 규정에 따라 모든 국민은 법정에서 성실한 증언을 할 의무가 있으며 증언의 거부나 위증에 대해서는 법적 책임을 지게 된다는 것을 알고 있습니까?"

그녀는 일반 국민일 뿐만 아니라 마약수사대 경찰이기도 했다. 그러나 엄숙한 법정에 서고 보니 왠지 모르게 강압적인 느낌이 들었다. 그녀는 재판장의 시선을 피하며 작은 소리로 대답했다.

"알고 있습니다."

"증인은 작년 구월 십삼일 난더경찰국이 피고인을 체포할 당시 그 체포작전에 참여한 바 있습니까?"

"네. 참여한 바 있습니다."

"그럼 피고인을 한번 보세요. 그날 체포한 마약거래 혐의자가 맞습니까?"

안신은 고개를 돌려 피고석을 바라보았다. 그녀는 마오계가 피고석에 있다는 사실을 알았지만 그때까지 그를 바라보지 않고 있었다. 이제 그녀는 그를 정면으로 바라보게 되었다. 그래야만 했다. 그녀는 마오계와 눈이 마주쳤다. 마오계의 눈은 자신이 법정 안으로 들어선 순간부터 줄곧 자신을 지켜보아온 것 같았다. 그의 두 눈은 과거에 비해 생기가 없었다. 넋이 나간 사람 같았다. 안신은 그의 눈에 담긴 것이 무관심인지 증오인지 두려움인지 분간할 수 없었다. 마오계는 움직이지 못하는 시체 같았다.

마오계를 응시한 지 얼마쯤 지나서야 안신은 대답했다.

"맞습니다."

재판장이 다시 말했다.

"당시 피고인을 체포하는 과정에서 발생한 일을 본 법정에서 있는 그대로 증언해주기 바랍니다."

안신은 마오계의 얼굴에서 시선을 거둬들인 후 책을 외우듯 증언하기 시작했다. 그녀의 증언은 전날 저녁에 있었던 회의에서 이미 연습한 것이기 때문에 간단명료했고 단어 사용에도 빈틈이 없었다. 그녀는 우선 사건의 배경을 개괄적으로 설명했다. 사건 수사가 어떻게 진행되었고 범포 가방을 갖고 있던 젊은 여자를 여관에서 어떻게 체포했는지, 그리고 마약 인수자를 유인하는 작전이 어떻게 결정되었는지 설명했다. 그런 다음 우취안의 배 위에서 피고인을 발견하게 된 경위를 설명했다. 그녀는 피고인을 본 순간 몹시 놀랐다고 증언했다. 아울러 오래전에 한 작은 음식점에서 주정꾼들과 시비가 붙었을 때 피고인을 알게 되었다고 보충설명을 했다. 그녀가 여기까지 얘기했을 때 재판장이 끼어들었다. 재판장의 갑작스런 개입에 안신은 긴장한 나머지 잘못 말한 것이 아닌가 하는 생각이 들어 당황스러웠다. 재판장은 안신의 진술 가운데 가장 중요한 부분을 지적했다.

"증인! 증인은 피고인이 아는 사람임을 확인한 뒤에 가방을 교환했나요?"

"네, 그렇습니다. 저는 그가 여행가방을 꺼내는 것을 보고 그에게 다가가 "오늘 비 온다는 거 알아요?"라는 암호를 말했습니다. 그 역시 제 암호를 듣고 "오늘은 안 오고 내일 온다고 하던데요"라고 했습니다. 우리는 가방을 모두 바닥에 내려놓고 있었는데 배에서 내릴 때 그는 자발적으로 마약이 든 범포 가방을 집어들었습니다."

"증인은 피고인에게 범포 가방을 부두까지 들어달라고 부탁한 적이 있나요?"

"없습니다."

"그럼 피고인이 증인에게 범포 가방을 부두까지 들어주겠다고 한 적은 없나요? 혹시 피고인이 증인의 가방을 들어주며 증인을 도우려 했던 것은 아닙니까?"

"아닙니다. 그렇지 않습니다."

"당시 피고인은 증인에게 무슨 말을 했나요?"

"그는 제게 왜 이런 일을 하느냐면서 다시는 이런 일을 하지 말라고 했습니다."

마오졔가 했던 말은 안신에 대한 그의 관심을 드러내는 것이기도 했다. 안신은 마오졔가 자신을 사랑한다는 사실을 잘 알고 있었다.

"증인이 이해한 바에 따르면 피고인은 증인에게 다시는 이런 일을 하지 말라고 했습니다. 그렇다면 이런 일이란 무엇을 가리키는 것인가요?"

"마약거래 및 운반을 말하는 겁니다. 당시 피고인은 제게 이렇게 말했습니다. '앞으로는 이런 일 하지 마. 이런 건 너 같은 여자가 할 일이 아니야.' 그는 또 저에게 이런 일을 얼마나 했든지 간에 이번이 마지막이길 바란다고 했습니다."

중요한 내용은 거의 다 나온 셈이었다. 그녀의 증언은 마오졔에 대한 검찰의 공소를 강력하게 지지했다. 방청객들이 웅성웅성 떠들기 시작했다. 증언을 마친 후 안신은 마오졔를 바라보았다. 마오졔는 여전히 생기없고 무표정한 모습으로 앉아 있었다.

재판장은 방청객들에게 정숙을 요구하고 나서 마오졔에게 질문을 던졌다.

"피고 마오졔, 증인이 진술한 것이 사실인가요?"

"아니오, 사실이 아닙니다."

"크게 대답하세요."

"사실이 아닙니다."

"그럼 어느 부분이 사실이 아니란 말인가요?"

"모두 사실이 아닙니다."

"배에서 내리려고 할 때 비닐백에서 여행가방을 꺼냈다는 것도 사실이 아닙니까?"

"배 안이 더러워서 여행가방을 비닐백 안에 넣어두었다가 배에서 내릴 무렵 다시 꺼낸 것에 불과합니다."

"피고인은 증인에게 다시는 이런 일을 하지 않았으면 좋겠다고 말한 적이 있나요?"

"그런 말을 한 적 없습니다. 증인과 아는 사이라 가볍게 한담을 나눴을 뿐입니다. 날씨나 기후에 대해 얘기했던 것 같습니다. 비가 올 거라는 얘기를 했는지는 잘 기억이 나지 않습니다. 배가 부두에 도착하자 저는 증인에게 가져온 가방이 우리 부모님께 갖다줄 물건이냐고 물었고 그녀는 그렇다고 대답했습니다. 그래서 저는 그 가방을 집어들었던 겁니다."

마오졔의 목소리는 단조로웠고 생기가 전혀 느껴지지 않았다. 그는 담담한 목소리로 안신의 증언을 모두 부정했다.

그 다음 절차는 증인에 대한 검찰과 변호인의 질문이었다. 검찰은 질문할 것이 없다고 했다. 변호인은 안신에게 피고인과 어떻게 알게 되었고 알게 된 뒤로 어떤 식으로 왕래했는지 그리고 과거에 피고인의 인상은 어땠고 그가 마약거래 같은 일을 하리라고 생각했는지 등을 물었다. 안신은 마오졔를 알게 된 과정에 대해 앞서 말한 내용을 반복했다. 그 뒤에 전개된 상황에 대해서는 왕래가 그리 많지 않았고 단지 마오제가 자신을 몇번 찾아와 한담을 나누었을 뿐이라고 답했다. 마오제에 대해서는 잘 알지 못하며 충동적인 사람이라는 인상을 받았다고 했다. 전부 일반적인 내용이라 상대방이 허점을 파고들기가 쉽지 않았다.

그날의 법정 심문은 그렇게 끝이 났다. 현장을 방청한 시 경찰국 법률책임자와 간부들은 모두 홀가분한 기분으로 돌아갔다.

판대장은 그날 오후 직접 차를 몰아 안신을 기차역까지 데려다주었다. 기차가 역으로 들어오는 모습이 보이자 안신은 판대장에게 작별인사를 했다. 판대장이 인자한 표정을 지으며 말했다.

"안신, 마오제 사건으로 견디기 힘들다는 것 알아. 마오제에 대한 안신의 마음은 충분히 이해해. 두 사람이 예전에는…… 친구였으니까 말이야. 하지만 그는 해서는 안될 일을 했어. 마약과 관련된 범죄는 결코 용서받을 수 없는 거야. 아무 이유도 없이 우리가 그를 죽음으로 몰아넣는 것이 아니라 그 스스로 죽어 마땅한 짓을 저지른 거라고."

안신은 고개를 들어 판대장을 쳐다보았다. 판대장의 얼굴이 무척 초췌해 보였다.

"저는 대장님 심정 이해해요. 대장님 부친은 마약 때문에 돌아가셨잖아요. 이런 일을 한 마오제가 원망스럽지만 아마 대장님은 저보다 더 원망스러우실 거예요!"

판대장은 안신의 기분과 그녀가 한 말에 대해 생각하는 듯하다가 입을 열었다.

"안신, 마약퇴치 사업에 헌신하는 것은 개인적인 감정 때문이 아니야. 그렇게 생각하지 말았으면 좋겠네."

기차가 곧 출발하려고 했다. 역무원이 작은 녹색 깃발을 흔들기 시작했다. 안신은 판대장에게 인사를 건네고는 기차에 올라탔다. 기차는 즉시 덜커덩 소리를 내며 움직이기 시작했다. 그녀는 걸어나가는 판대장의 뒷모습을 지켜보았다. 오랫동안 깎지 않은 그의 머리칼이 바람에 날리며 검은 불꽃처럼 보였다.

그 순간 안신은 아기가 보고 싶어졌다. 물론 장톄췬도 보고 싶었다. 광핑으로 돌아온 그녀는 마음을 안정시키면서 과거를 잊으려고 노력했다. 과거를 잊으려면 현실의 생활에서 힘을 얻어야 했다. 그녀는 그 힘이 바로 자신의 가정, 즉 남편과 아기라고 생각했다.

그녀는 남편과 아기가 한없이 중요해지기 시작했다. 이제 지나간 일은 아무것도 아니게 되었다. 지금 그녀를 가장 따뜻하게 감싸주는 것은 가정이고 그녀가 가장 아껴야 할 것도 바로 가정이었다.

장톄췬과 시어머니는 안신이 광핑에서 일하게 되기를 원했다. 그러나 광핑경찰국은 기구를 축소하고 있어서 대학생을 수습경찰로 받아들일 계획이 없었다. 결국 광핑경찰국에 들어갈 수 있는 가능성은 희박했다. 장톄췬은 안신이 경찰 일을 하지 않아도 상관없다고 생각했다.

그러던 차에 장톄췬의 모친은 시 인민대회에 줄을 댔다. 마침 그곳은 민원실을 확충할 계획이어서 사람이 필요했다. 책임자인 인민대회 싱 부주임은 모친에게 안신의 채용을 약속했다. 하지만 안신의 수습기간이 끝나려면 일곱달을 기다려야 했고 그녀를 위해 자리를 비워둘 수 없었다. 그래서 장톄쥔은 안신에게 수습기간이 끝나는 시점까지 출산휴가를 연장하는 게 좋겠다고 말했다. 그는 안신에게 출산휴가 동안 인민대회 민원실에 출근하여 일단 자리를 굳혀놓은 다음 그 후의 일은 그때 가서 다시 논의하자고 했다.

안신은 원래 정이 든 난더와 마약수사대를 떠날 생각이 없었다. 하지만 법정에 출두하여 증언을 하고 나서는 난더를 떠나야겠다고 결심했다.

어느날 아침식사 자리에서 시어머니가 안신에게 말했다.

"오늘은 싱 부주임의 생신이란다. 선물을 전달하면서 네 직장을 민원실로 옮기는 문제에 대해 다시 얘기해보마. 휴가 연장에 대해 윗분들과 얘기를 해봤니?"

안신은 잠시 망설이다가 말했다.

"아직 얘기는 못 꺼냈지만 휴가는 연장할 수 있을 것 같아요."

안신의 말은 일종의 입장 표명이자 결정이었다. 시어머니와 장톄쥔은 몹시 기뻐했다. 장톄쥔은 한술 더 떠 곧 마약수사대로 찾아가 이 일을 마무리지으라고 했다.

"당신하고 아기의 몸이 좋지 않다고 말하면 될 거야. 의사의 진단서가 필요하면 내가 가서 만들어올게."

안신은 그럴 필요가 없다며 말렸다.

"판대장님은 제게 항상 잘해주세요. 사리판단이 분명하신 분이니 전화로 말씀드려도 될 거예요."

안신이 전화하기도 전에 판대장이 먼저 전화를 걸어왔다. 기차역에서 안신을 배웅할 때처럼 진중한 목소리였다. 안신이 물었다.

"대장님, 무슨 일이세요?"

판대장은 한참을 머뭇거리다가 말했다.

"오늘 오전 마오졔 사건에 대한 최종 결정이 나왔네."

안신은 마오졔라는 이름을 듣자 가슴이 뛰기 시작했다.

"아 네. 어떻게 됐나요?"

"검찰원에서 공소를 철회했다네. 그래서 마오졔는 오늘 무죄로 풀려나네."

15

　안신은 마오졔가 죽음을 면했을 뿐만 아니라 무죄로 석방됐다는 소식을 듣고 홀가분한 느낌이 들었다고 했다. 마오졔와 관련해 그녀가 느낀 정신적 부담은 너무나도 컸을 것이다. 여자는 옛 연인이 자신의 손에 죽는 것을 바라지 않는 법이다. 설령 그를 사랑하지 않게 되었거나 혹은 그를 사랑한 적이 없다고 해도 어쨌든 두 사람이 한때 아름다운 시간을 함께 보냈던 것만은 분명한 사실이다.

　안신의 증언이 있은 지 일주일 뒤 변호사는 재판의 흐름을 뒤바꾼 검찰측 증인 즉 안신과 관련해 증인으로서의 타당성 문제를 제기했다. 두 명의 변호인은 안신이 이 사건의 검찰측 증인이 될 수 없다는 의견을 제시했다. 그녀가 우취안의 배 위에서 피고인과 나눈 대화는 하늘과 두 사람은 알겠지만 제3자는 전혀 알 수 없으며 증명할 방법도 없기 때문에 증거로 채택할 수 없으며, 적어도 피고인의 생사여탈을 결정할 만한 증거는 될 수 없다는 것이 변호인의 주장이었다. 변호인들이 제시한 또다른 주장은 간결하고 직설적이었지만 모두를 놀라게 하기에 충분했다. 피고와 연인관계였던 증인이 다른 남자와 결혼하기 위해 피고에게서 벗어나려 했고 뜻대로 되지 않자 수단과 방법을 총동원해 위증까지 행함으로써 피고를 사지로 몰아넣었다는 것이었다!

법정에서 변론을 듣고 있던 거의 모든 사람들은 두 눈을 크게 뜨고 목을 길게 내민 채 일제히 비어 있는 증인석을 바라보았다. 안신의 아름다운 외모와 마약수사대 경찰이라는 신분, 그리고 지모를 발휘하여 마약거래범을 체포한 경력은 한때 수많은 사람들에게 시대의 우상처럼 여겨졌다. 그러나 많은 일들이 극단에 이르면 오히려 역류가 시작되면서 일격에도 무너지는 법이다. 청천벽력 같은 변호인의 발언은 방청객들이 숭배해 마지않던 우상을 철저히 무너뜨렸다. 사람들은 진심으로 개탄하기 시작했다. 그녀가 꽃 같은 용모에 뱀 같은 마음씨를 가진 고전소설의 주인공 반금련과 다를 바 없다니! 가장 독한 것이 여인의 마음이라더니 하나도 틀리지 않구나!

법정 안이 소란스러워지자 잠시 휴정이 선포되었다. 검찰과 시 경찰국 간부들은 휴정 시간을 이용하여 긴급토론을 벌였다. 누군가 변호사의 주장에 단호하게 맞서야 한다고 주장했다. 변호사가 고의로 안신과 마오계의 관계를 왜곡했으니 두 사람의 관계에 대한 확실한 검증을 해야 한다는 것이 그의 주장이었다. 한편 안신과 마오계의 관계를 검증하는 것에 반대한 사람들도 있었다. 마약수사대의 판대장도 그 가운데 하나였다.

당시 두 변호인은 안신과 마오졔 사이에 수차례의 성관계가 있었음을 분명하게 암시했다. 변호인은 마오졔가 체포되기 얼마 전 안신이 난멍산의 외진 찻집에서 그와 밀담을 나눴다는 사실을 언급했다. 결국 안신이 관계 정리를 요구했지만 뜻대로 되지 않아 좋지 않게 헤어졌다는 것이 변호인의 주장이었다. 두 사람이 난멍산의 찻집에서 좋지 않게 헤어졌고 심지어 마오졔가 손을 휘둘러 안신을 폭행했다는 사실을 변호사는 찻집 주인과 종업원을 증인으로 소환해 증명하겠다고 했다. 변호사는 충분한 준비를 하고 나왔음이 분명했다. 판대장을 가장 놀라게 한 것은 변호사가 『난더일보』에 실린 '인민의 위병, 당대의 영웅'이라는 제목의 기사를 증거로 제출한 일이었다. 이 기사는 젊은 마약수사대 여경이 대의를 위해 우취안에서 마약사범인 남자친구를 체포하는 임무에 참여한 사실을 다루고 있었다. 이름을 구체적으로 밝히지는 않았지만 사건의 내용과 시간 및 장소 등으로 볼 때 안신을 다룬 기사였다. 몇달 전의 신문까지 찾아낸 것으로 보아 변호인들의 능력을 얕봐서는 안될 것 같았다.

판대장은 젊은 여성대원의 사생활이 법정이라는 공개적인 장소에서 상세히 파헤쳐지고 집요하게 추궁되는 데 반대했다. 시 경찰국 법률책임자도 판대장의 견해를 지지했다. 결국 여러 사람이 상의한 끝에 검찰원이 법원에 공소 철회를 하고 경찰국으로 사건을 돌려보내 보충수사를 하기로 결정했다. 경찰국에서는 새로운 증거를 찾을 수 없었기 때문에 마오졔를 풀어줄 수밖에 없었다.

판대장이 안신에게 전화했을 때는 마오제가 수속을 마치고 시 경찰국의 구치소에서 나오던 시각이었다.

판대장은 마오제가 풀려나기 직전 상부에 수사계획안을 올려 재수사를 하겠다고 했고 곧 허가를 받았다. 마오제가 풀려나던 그날, 판대장은 마오제의 집 근처에 대원들을 잠복시켰다. 그러나 잠복을 시작한 지 일주일이 지나도록 마오제의 모습을 볼 수 없었다. 마오제의 친척들과 친구들을 조사해봤지만 아무런 소득이 없었다. 그의 행방은 전혀 알 수가 없었다. 마오제의 형도 마약과 관련되어 있음이 분명했다. 관련이 없다면 부친의 시신을 방치해두었을 리 없고, 모친과 동생이 오랫동안 구금되어 있었는데 한번도 찾아가지 않았을 리 없는 것이다.

전화기에서 대장의 축 가라앉은 목소리가 전해지자 안신은 휴가 연장 문제를 꺼낼 수가 없었다. 그녀는 휴가 연장 문제를 난더에 가서 직접 얘기하는 게 좋겠다고 생각했다.

일주일 후 안신은 난더로 가서 판대장을 만났다. 판대장은 안신에게 마오제의 행방을 알 수 없어 그에 대한 수사가 잠정적으로 중단되었고, 마오제의 집 주변에 잠복하고 있던 대원들도 이미 철수한 상태라는 것을 알려주었다. 판대장은 오랫동안 안신을 만나지 못했던 터라 마약수사대 안에서 일어난 일들을 자세히 얘기해주었다.

"그리고 자네의 경우 성급하게 복귀할 게 아니라 좀더 쉬는 편이 좋을 것 같네. 어차피 자네는 수습경찰이라 이곳의 편제에 들어와 있는 것도 아니잖나? 아기의 돌이 지난 후에 복귀하는 것이 자네나 아기 모두에게 좋을 것 같네."

안신은 판대장의 배려에 감격하면서 속으로 약간의 부끄러움을 느꼈다. 그녀가 얼굴을 붉히며 말했다.

"대장님, 저는 대원들하고 헤어지는 게 정말 싫어요. 하지만 요즘 마음이 혼란스러워 어떻게 해야 좋을지 모르겠어요."

"아니, 왜 다시는 돌아오지 않을 사람처럼 얘기하는 건가? 나중에 마약수사대에 복귀하지 않을 생각인가?"

안신은 아무 말도 하지 못했다. 다시는 돌아오지 않을 생각이라는 말을 할 수가 없었다.

휴가 연장 문제가 해결되자 그녀는 난더에 사흘을 더 머물기로 했다. 그 기간에 자신을 대신해 근무할 사람에게 업무를 설명하는 한편 서류 작성 일을 도와주었다.

그녀가 광핑을 떠나 있는 동안 집에서는 엄청난 사건이 발생하는데, 이 사건은 그녀의 삶을 송두리째 흔들어놓게 된다.

안신이 광핑을 떠나던 그날 오전 장톄쥔의 모친은 시 인민대표대회 싱 부주임의 전화를 받았다. 싱 부주임이 먼저 모친에게 전화를 건 적은 한번도 없었다. 전화를 받으면서 장톄쥔의 모친은 의아함을 떨쳐버릴 수가 없었다.

"싱 부주임님, 갑자기 무슨 일이세요?"

"한번 이리로 오시는 게 좋을 것 같습니다. 만나서 말씀드리지요."

장톄쥔의 모친은 즉시 싱 부주임 집으로 갔다. 싱 부주임은 장톄쥔의 모친을 서재로 안내한 뒤 천천히 입을 열었다.

"이런 일은 사모님께 알리는 것이 옳다고 생각해 오시라고 했습니다. 저와 학장님 사이의 관계를 생각하면 더더욱 그렇지요. 학장님 생전에 서로 못할 이야기가 없었거든요. 학장님이 임종 직전 제게 사모님과 장례권을 부탁한 일도 있기에 저는 두 분께 책임감을 느끼고 있습니다."

모친은 싱 부주임이 장황하게 서두를 꺼내자 얼굴이 금세 흙빛으로 변하면서 목소리까지 떨렸다.

"싱, 싱 부주임님, 대체 무슨 일인데 그러세요? 괜찮으니까 어서 말씀해주세요."

싱 부주임은 신문을 꺼내 장례권의 모친에게 보여주었다. 몇달 지난『난더일보』였다. 싱 부주임이 그녀에게 보여준 것은 '인민의 위병, 당대의 영웅'이라는 제목이 붙은 기사였다. 붉은 펜으로 굵게 표시해놓은 부분이 있었다. 싱 부주임이 알려주기도 전에 그녀의 시선은 붉게 표시된 그 부분으로 향했다. 글을 읽던 그녀는 가슴이 뛰기 시작했다. 이어서 싱 부주임은 문서 하나를 그녀에게 건넸다. 광핑시 인민대표대회 법률공작위원회에서 발행하는『상황연구』였다. 그 문건에는 광핑일보 정치법률 담당 기자가 쓴 상황보고가 실려 있었다. 굵은 서체의 제목이 모친의 마음을 뒤흔들어놓았다. "난더 마약 거래범 공개재판, 드러난 경찰의 추문. 변호사의 폭로로 검찰 패소." 기자의 상황보고는 대단히 신랄했다. 한 여성 경찰의 인격과 품행에 대한 묘사는 끝까지 읽어내기가 어려울 정도였다. 장례권의 모친은 글을 읽어 내려가다가 갑자기 울먹이기 시작했다.

싱 부주임이 말했다.

"저도 조금 전에야 이 상황보고를 읽었습니다. 『난더일보』에서 이 사건을 보도한 적이 있다고 해서 『난더일보』를 구한 것입니다. 그런데 이 일은 지어낸 이야기가 아닌 것 같습니다. 장톄쥔이 그 아이를 사랑하고 사모님도 그 아이를 예뻐한다는 것 저도 잘 알고 있습니다. 하지만 그 아이에게 이런 일이 있었다면 마땅히 사모님과 장톄쥔이 알아야 한다고 생각했습니다. 그 아이는 장톄쥔과 사귀는 동안 다른 남자와 관계를 맺었다가 나중에 장톄쥔과 결혼하기 위해 차버렸을 뿐만 아니라 그자를 함정에 빠뜨리기까지 했습니다. 이 일이 세상에 알려지면 장톄쥔이나 사모님, 그리고 돌아가신 학장님께도 불미스러운 일이 될 겁니다. 미리 마음의 준비를 해두시기 바랍니다. 명예가 실추되고 추문에 휘말리는 것은 그나마 작은 일입니다. 제가 걱정하는 것은 아기가 장톄쥔의 아기가 아니면 어쩌나 하는 것입니다. 그 아기는 난더에 있을 때 생긴 것이 아니던가요? 시기적으로 그 남자와 몰래 교제하던 때와 일치합니다. 아기의 이름을 제가 지어주지 않았습니까? 아기의 이름인 장지즈는 장즈 학장님의 유지를 계승한다는 뜻입니다. 따라서 제게는 이 일을 말씀드릴 책임이 있지요. 학장님의 혈육이 아니라면 이런 이름은 학장님께 큰 불경을 저지르는 것이 됩니다! 사모님은 이 문제를 그냥 넘기지 마시고 검사를 한번 해보시길 바랍니다. 병원에만 가면 얼마든지 친자감별이 가능합니다. 외부에 알려지는 걸 원치 않으신다면 제가 제일병원 원장에게 부탁해놓도록 하겠습니다. 그 병원의 류(劉)원장은 저와 잘 아는 사이라

비밀을 보장해줄 겁니다."

장톄췬의 모친은 어떻게 길을 걸었는지도 모르게 정신없이 집으로 돌아왔다. 집으로 돌아온 그녀는 장톄췬에게 전화를 걸어 급한 일이 있으니 서둘러 집으로 돌아오라고 한 다음 두근거리는 마음으로 안신의 방으로 들어갔다. 그녀는 아기를 돌보고 있는 어린 가정부를 내보내고 문을 잠근 다음, 잠시 우두커니 있다가 안신의 물건들을 뒤지기 시작했다. 노트나 편지 같은 것은 없었고 옷과 생활용품 따위가 전부였다. 노트 모양의 물건을 열어보니 가계부였다. 가계부에는 사소한 수입지출 내역까지 상세하게 기록되어 있었다. 장톄췬 모친은 안신의 이런 점을 무척 마음에 들어했다. 안신은 가정을 잘 돌볼 수 있는 훌륭한 며느리였던 것이다. 한푼의 돈도 그녀의 손에서 나간 것이 있으면 반드시 그 내역을 알 수 있었다. 가계부를 살펴보던 그녀는 잠시 넋을 놓고 있다가 긴 한숨을 내쉬었다. 사실 오늘 싱 부주임의 얘기를 듣지 못했더라면 자신의 며느리에게서 어떤 문제점도 발견하지 못했을 것이다.

의심스러운 것을 발견하지 못하고 돌아서려는 순간 침대 위에 잠들어 있는 아기의 모습이 눈에 들어왔다. 아기의 희고 둥근 얼굴은 아무리 봐도 장톄췬을 닮은 것 같았다. 고인이 된 남편 장즈를 닮았다고 말하는 사람도 있었다. 둥글면서 약간 위로 올라간 코를 보면 정말 그런 것 같다는 생각이 들었다. 의혹에 찬 눈길로 아기의 얼굴을 살피던 그녀는 다른 일이라면 모두 용서해줄 수 있다고 생각했다. 요즘 젊은이들은 워낙 자유분방하기 때문에 혼전 성관계는 그리 심각한 문제가 아닐 수도 있다. 혼전의 일이니 몇마디 따끔하게 나무라면 그만이다. 하지만 아기만은 절대 다른 혈육이어서는 안된다. 다른 사람의 혈육을 설사 장톄췬이 받아들인다 해도 그녀 자신이 받아들일 수 없었고, 그녀가 받아들인다 해도 그녀의 남편 장즈가 받아들일 수 없을 것이다. 그녀는 남편에게 죄짓는 일을 절대 할 수 없었다. 장씨 집안의 후사를 잇는 문제에 있어서 그녀는 장즈의 아내로서 단호했다.

정오가 되어 장톄췬이 집으로 돌아왔다. 모친의 이야기를 듣고 얼굴이 파랗게 질린 장톄췬은 아기를 안고 모친과 함께 황급히 집을 나섰다.

그날 장톄췬은 광핑시 제일병원에서 장지즈라는 이름의 아기와 함께 혈액 샘플을 채취했다. 광핑시에는 아직 DNA검사를 할 수 있는 기관이 한 군데도 없었다. 현재 광핑시에 있는 병원에서는 혈액이나 구강세포, 조직세포, 정액을 이용한 친자감별만 가능했고 가장 정확성이 높은 DNA 검사를 위해서는 성(省)으로 혈액 샘플을 보낼 수밖에 없었다.

장톄췬은 DNA가 무엇인지 알고 있었지만 그의 모친은 알고 있지 못했다. 이에 류원장은 그녀에게 알기 쉽게 설명해주었다.

"일명 디옥시리보핵산이라고도 불리는 DNA는 일반적으로 유전자 또는 유전자를 담고 있는 염색체를 지칭하는 말입니다. 인체 세포의 분자물질인 셈이지요. 남성의 정자세포와 여성의 난자세포에는 각각 스물세 쌍의 염색체가 있습니다. 정자와 난자가 결합하면 도합

마흔여섯 개의 염색체가 모여 하나의 생명을 만들게 되지요. 따라서 아기의 DNA는 반드시 모친과 상응하는 유전자 바코드와 부친과 상응하는 유전자 바코드를 동시에 지니게 됩니다. 친자식이 아닐 경우 유전자 바코드가 일치하지 않지요. 지문과 마찬가지로 모든 사람은 고유의 DNA를 갖고 있습니다. 일란성 쌍둥이를 제외하고는 아직까지 두 사람의 유전자가 완벽하게 일치하는 경우는 발견된 적이 없습니다.”

설명을 들은 장톄췬의 모친은 긴장이 더해갔다. 두 모자는 아기를 품에 안고 다시 집으로 돌아왔다. 장톄췬은 왠지 모르게 마음이 무거웠고 까닭없이 아기가 낯설게 느껴졌다.

모자는 집으로 돌아왔지만 서로 아무 말도 하지 않았다. 저녁에 모친이 사소한 일로 가정부를 호되게 나무랐지만 장톄췬은 전혀 말리지 않았다. 두 사람은 중요한 판결을 기다리는 사람들마냥 검사 결과를 애타게 기다렸다. 장톄췬은 당장 안신에게 전화를 걸어 물어보고 싶었지만 모친이 극구 말렸다.

“지금 전화를 걸어서 뭐하겠니? 아직 아무것도 모르는 상태에서 안신에게 무슨 말을 할 수 있겠어?”

이틀 뒤 오전이었다. 싱 부주임의 전화를 받은 모친은 통화가 끝나자마자 어린 가정부에게 아기를 잘 돌보라고 지시한 다음 황급히 집을 나섰다. 그녀는 장톄췬의 회사로 가서 아들을 불러낸 다음 함께 싱 부주임의 집으로 갔다.

모친은 거실의 소파에 앉자마자 싱 부주임에게 물었다.

"싱 부주임님, 결과가 나왔나요?"

싱 부주임이 고개를 끄덕이자 모친이 다시 물었다.

"장톄췬의 아기가 맞나요?"

싱 부주임은 장톄췬의 눈길을 의식적으로 피하면서 대답했다.

"아닙니다."

모친은 동그랗게 뜬 눈으로 싱 부주임만 쳐다보았다. 그녀가 싱 부주임만 쳐다본 것은 장톄췬과 눈을 마주치지 않기 위해서였다. 그 순간 그녀는 아들과 눈을 마주치는 게 두려웠던 것이다. 싱 부주임이 말했다.

"검사결과 보고서는 성(省)의 인민병원에 있습니다만 광핑 제일병원의 류원장이 오늘 아침 전화로 결과를 알려주었습니다. 나중에 검사결과 보고서를 받으면 다시 한번 확인해보세요."

모친은 그제야 아들을 힐끗 쳐다보았다. 장톄췬은 고개를 숙인 채 아무 말이 없었다. 모친은 최대한 침착한 표정을 지으려고 애썼다. 그녀가 말했다.

"다시 확인한다 해도 결과는 마찬가지겠지요. 싱 부주임님이 직접 맡기신 일이니 정확하게 했겠지요."

싱 부주임이 담배에 불을 붙이며 말했다.

"그래도 검사결과 보고서가 도착하면 다시 한번 확인해보세요. 보고서는 잘 보관해두는 것이 좋을 것 같군요. 만일 장톄췬이 이혼을 하게 되면 보고서는 아이의 양육 책임과 관련해 영향을 미칠 수 있고, 소송 때 중요한 증거가 될 테니까요. 유전자 검사는 모든 법원에서 증거로 채택되고 있습니다. 전세계 어디든 마찬가지지요. 물론 어떻게 할지는 두 분이 심사숙고해 결정하실 문제입니다. 이 아이를 받아들일지 여부는 저와 상관없는 문제입니다만 '장지즈'란 이름은 더이상 사용하지 않았으면 합니다. 제가 지어준 이름이니 제게도 이 정도 의견을 제시할 자격은 있다고 생각합니다. '장지즈'라는 이름의 의미는 잘 알고 계시지요. 장즈 학장님의 후손이 아닌데 어떻게 '장지즈'라고 부를 수 있겠습니까? 물론 아이에게는 아무런 잘못이 없지만 말입니다."

모친이 말했다.

"저세상 사람이 된 남편에게 송구스러울 뿐이에요."

말을 마친 그녀는 오열하기 시작했다. 줄곧 답답한 얼굴로 침묵을 지키고 있던 장톄쥔이 입을 열었다.

"어머니, 그만 가시죠."

그러고는 싱 부주임에게 말했다.

"여러 가지로 신경을 써주셔서 감사합니다."

싱 부주임의 집을 나선 장톄쥔은 지나가는 택시를 불러세웠다. 그는 평소에 택시를 타는 일이 드물었다. 장톄쥔과 모친은 돌아오는 내내 아무 말도 하지 않았다.

집에 돌아오자마자 장톄쥔은 서재로 들어가 문을 걸어잠갔다. 어린 가정부는 혼자 아이를 돌보느라 미처 점심상을 차리지 못한 상태였다. 모친은 가정부에게 밖에 나가 점심을 사먹고 오라고 한 다음 서재로 가서 문을 두드렸다. 한참을 두드려도 아무런 기척이 없었다.

문에 바짝 붙어 귀를 기울였지만 안에서는 아무 소리도 들리지 않았다. 집에 돌아오자마자 한바탕 소리내어 울고 싶었던 모친은 그러지도 못했다. 그녀는 서재 밖에서 떨리는 목소리로 외쳤다.

"톄췐아, 힘들면 실컷 울도록 해. 마구 소리를 질러! 물건이라도 집어던져! 애야, 참을 필요는 없단다. 참으면 병이 돼."

귀를 기울이니 흐느끼는 소리가 어렴풋이 들렸다. 장톄췐은 내성적이고 기품있는 지식인이어서 고함을 치거나 물건을 부수지는 않았다. 모친은 문을 힘껏 두드리지도 못했다. 그녀는 아들이 안신을 사랑한다는 사실을 잘 알고 있었다. 아들은 줄곧 안신을 훌륭한 성품을 지닌 여자로 생각해왔다. 그런데 안신이 가문과 조상을 욕보이는 추악한 짓을 했으니 아들에게는 정말 청천벽력 같은 일일 것이다. 모친은 아들이 잘못된 생각을 하거나 정신을 놓지나 않을까 걱정했다.

모친이 난감해하고 있던 차에 쾅 하고 서재의 문이 열렸다. 그녀는 깜짝 놀라 뒷걸음질을 쳤다. 밖으로 나온 장톄췐은 곧장 침실로 들어갔다. 그녀가 장톄췐을 불러세우려 했을 때 그는 침실에서 아이를 안고 나오고 있었다. 잠들어 있던 아이는 장톄췐이 안자마자 귀가 찢어질 정도로 울어대기 시작했다. 아기를 죽이기라도 할 것 같은 아들의 표정을 보고 모친은 가슴이 방망이질 치기 시작했다. 그녀가 소리쳤다.

"톄췐, 지금 뭘 하려는 게냐? 아기에겐 죄가 없잖니?"

장톄췐은 아무 말 없이 아기를 안고 밖으로 달려나갔다. 아들이 곁을 스쳐 지나가는 순간 모친은 아들의 가슴 깊숙한 곳에서 나오는 절규를 들었다.

모친은 잠시 넋을 잃고 있다가 아기의 요람에 있던 작은 홑이불을 집어들고 황급히 밖으로 나갔다. 이미 아들의 모습은 보이지 않았다. 그녀는 홑이불을 들고 거리 이곳저곳을 경황없이 뛰어다녔지만 결국 발걸음을 멈출 수밖에 없었다. 그녀의 머릿속에서 무서운 추측들이 어지럽게 떠올랐다.

(제1권 끝)